古代经典家书导读

王人恩／编著

人民教育出版社
·北京·

严霜惨节，悲风断肌。去亲为客，如何如何！

鲍照《登大雷岸与妹书》

《江村风雨图》 明·吕文英

夫才不才者，本也；考不考者，末也。

袁枚《与弟香亭书》

《**文苑图**》 南唐 · 周文矩

锦水有鸳，汉宫有木。

卓文君《与相如书》

《汉宫春晓图》（局部） 明·仇英

人生孰无死？贵得死所耳！

夏完淳《狱中上母书》

《鬼雄图》 明 · 陈洪绶

前言

江水三千里，家书十五行。
行行无别语，只道早还乡。

这是明人袁凯作的五言绝句《京师得家书》，诗见于《海叟诗集》卷四，《明诗别裁集》选录以“天籁”二字评之，遂流传甚广。这首诗通俗易懂、明白如话，情真意切、余味无穷。“三千里”道出京城与故乡（松江华亭）的关山迢递，“早还乡”道出家人的思念盼归，而“行行无别语”点明“十五行”的短笺上，作者读到的是家人盼己归来的话语。诗表面上没有写如何怀念家乡亲人，其深层却饱含着强烈的思家念亲之情，作者收得家书后如获至宝的情状宛在眼前。一封家书激起了作者强烈的创作欲望，一封家书勾起了客居京城、远离故乡的游子的思乡之情，一封家书使袁凯给后人留下了代代有共鸣的“天籁”好诗。家书的魅力是何等地巨大！游子盼家书，有如婴儿望父母、大旱盼甘霖。家书对安慰人们渴盼亲人消息、欲知故乡情事的心思，安慰异地亲人牵肠挂肚的情意所起的作用，大约无可替代。无论是达官显贵、重臣名将，还是书生士子、贩夫走卒，莫不渴望收到报平安、诉衷情的家书。正因为如此，杜甫的“家书抵万金”（《春望》）成了千古流传的名句。

中国是文明古国、礼仪之邦。在通信手段极不发达的古代社会，人际交往、传递信息的重要方式就是写信。因此，中国古代的书信文化异常丰富，家书作品琳琅满目。这是一份优秀而珍贵的文化遗产，有很高的文学价值和史料价值，值得我们继承和弘扬。

一

家书，通常指家人来往的书信。本书所说的家书，是指内亲外戚之间往来的书信，不涉及上司与下属、师长与弟子以及同事、朋友之间往来的一般尺牍。

书信之文，名称繁多。概括而言，约有五类：牍、札、简、帖、函；分开来讲，有尺牍（或作“赤牍”）、尺素、素书、书、书札、书尺、书牍、尺翰、尺简、简、简札、简帖、刀笔等称谓。因书写用具或封缄方式不同，得名相异：写在木片上的书信叫“牍”“札”；写在竹片上的书信叫“简”；写在布、帛、纸上的书信叫“贴”（或作“帖”）。书信须装入封套，故又称“函”；须加缄封，故亦称“缄札”。用一尺长的木简书写，故曰“尺牍”；用一尺长的绢帛书写，故曰“尺素”……其实，这些名称并无严格的限制，在使用时较为灵活多变。总之，书信之文统称为“尺牍”，比较普遍。

从文体的角度来看，家书属于散文的范畴，是尺牍的一个组成部分。刘勰在《文心雕龙》中专设《书记》篇，列举了不少古代书信名篇，系统地论述了书信的源流、特点等。吴讷的《文章辨体序说》、徐师曾的《文体明辨序说》以及姚鼐的《古文辞类纂》，都把书信作为一种文体加以叙说。姚鼐在《复鲁絜非书》中还指出，鲁絜非所作“诸体中书、疏、赠序为上，记事之文次之，论辨又次之”，在评价桐城派文人鲁絜非书信文字做得好的同时，也表明了他对书信的重视程度和鉴赏水平。“家书”一词虽在西汉时已出现①，但最初指的不是书信，而是家藏之书。作为书信意义上的“家书”一词，最早似见于三国时期曹丕的《典论·太子》：

余蒙隆宠，忝当上嗣，忧惶踧踖，上书自陈。欲繁辞博称，则父子之间不文也；欲略言直说，则喜惧之心不达也。里语曰：“汝无自誉，观汝作家书”，言其难也。

这段文字弥足珍贵，它告诉我们，早在三国时期，家书已非常盛行。而家书的写作又是一件难事，甚至成为衡量人才华高下的试金石，以至形成了人人耳熟能详的“里语”。家书写作之难在于它必须是真情实感的自然抒发，敞开怀抱，尽所欲言，亦即“不文”而“直说”，不能写成矫饰做作的官样文章。抒发真情没有可套的“范文”，流露实感没有可描的“葫芦”，理由很简单——千人千面，千人千情。刘勰在论及“书”的写作要求时，也曾指出：“详总书体，本在尽言，言以散郁陶，托风采，

---

① 孔安国《尚书·序》云：“及秦始皇灭先代典籍，焚书坑儒，天下学士，难逃解散，我先人用藏其家书于屋壁。”

故宜条畅以任气，优柔以怿怀；文明从容，亦心声之献酬也。”（《文心雕龙·书记》）所谓“尽言”，即直吐胸臆，不加虚饰，其目的在于“散郁陶，托风采”，亦即抒发内心的喜怒哀乐，显示出自己的风范才华。言为心声，写信正是“心声之献酬”。刘勰在这里虽然是就书牍发论，但其实也指出了家书的写作要求。明白了这一点，我们可以加深对“汝无自誉，观汝作家书”的理解。对此，黄宗羲有一句诗概括得十分准确：“至文不过家书写，艺苑还应理学求。”（《与唐翼修广文论文》）他在《明文案序上》中也说：“凡情之至者，其文未有不至者也。”“至文”的首要条件是，作者撰述时须“一往情深”。只要粗略翻翻古人的文集，尤其是宋元以后的文集，即可发现大多数文人的集子里都列有尺牍一类，而在文人生前自己编定、刊行的集子里，尺牍的收录既多且佳。正是在这一意义上，鲁迅指出，书信是“较近于真实”的文字。“所以从作家的日记或尺牍上，往往能得到比看他的作品更其明晰的意见，也就是他自己的简洁的注释。”①

我们从古代诗歌中，也可以看出古人对家书写作的高度重视。且举几例，以见一斑：

> 洛阳城里见秋风，欲作家书意万重。
> 复恐匆匆说不尽，行人临发又开封。
>
> ——［唐］张籍《秋思》

---

① 鲁迅．孔另境编《当代文人尺牍钞》序［M］//鲁迅．鲁迅全集（第六卷）．北京：人民文学出版社，2005：429.

故园东望路漫漫，双袖龙钟泪不干。
马上相逢无纸笔，凭君传语报平安。
——［唐］岑参《逢入京使》

未读书中语，忧怀已觉宽。
灯前看封箧，题字有平安。
——［明］高启《得家书》

忽见平安字，封题是老亲。
自惊为客久，不敢述家贫。
松菊纵多故，路途惟一身。
临风应不尽，还问寄书人。
——［明］商家梅《得家书》

这四首诗写作的时间、地点不同，内容也有差异，但异中有同，都抒写了思念故乡亲人的怀抱和“家书抵万金”的感受。《秋思》写托人带一封信回乡，以安慰家人挂念自己之心；《逢入京使》写想带信回乡而没有纸笔，只好托使者带回平安口信；高启诗直道平安家书是对自己莫大的安慰；商家梅诗写获得“老亲”平安家书后的复杂心情。由此，可想见家书在古人的生活中占有多么重要的地位！

二

作为古代尺牍的一个组成部分，家书的发生发展源远流长，经历了一个由低级向高级发展的历史过程。每个发展阶段都有名篇问世，令人目不暇接。

姚鼐《古文辞类纂》序云：“书说类者，昔周公之告召公，有《君奭》之篇。春秋之世，列国士大夫或面相告语，或为书相遗，其义一也。”其实，《君奭》篇是周公对召公的一种“告语”，即告诫之辞，实难说是书信。刘勰认为，书信之体始于春秋战国：“三代政暇，文翰颇疏；春秋聘繁，书介弥盛。”（《文心雕龙·书记》）刘勰着眼于书牍的社会功能与当时需求之间的密切关系，颇具眼光。春秋时代，列国之间外交往来频仍，聘问礼节繁多，借以传达信息、交流思想的书牍自然应运而生。《左传》记载，文公十七年有《郑子家与赵宣子书》、成公七年有《巫臣遗子反书》、襄公二十四年有《子产与范宣子书》等，可以看作是我国最早的书信。但这些书信更多地带有公牍文的性质，与战国以后产生的私人之间传递信息、交流思想的书信，甚不相同，更不是我们所指的内亲外戚之间往来的家书。

有人认为，我国古代家书最早产生于汉代，这是不准确的。据笔者目前掌握的资料，现存的年代最早的家书，产生于战国末、秦代初。1975 年，湖北省博物馆等单位在湖北省云梦县城关西郊睡虎地 4 号墓发掘出土两件木牍，均为两面墨书秦隶，内容为从军出征的士卒“黑夫”和“惊”兄弟俩写给家里兄弟“中”（亦作“衷”）的家信。这是我国迄今出土的年代最早的两封家书实物，也是迄今发现的年代最早的两封古代家书。据专家考证，这两封家书写于秦始皇二十四年（前 223）[①]，墓主大约就是“中”。两封信中提到“直佐淮阳，攻反城久”，“居反城”。而《史记·秦始皇本纪》记载：“二十三年，秦王复召王翦，强

① 黄盛璋．云梦秦墓两封家信中有关历史地理的问题［J］．文物，1980（1）．

起之，使将击荆。取陈以南至平舆，虏荆王。”陈，即淮阳，故家书所言当指秦灭楚的战争。这两封木牍家书的文字有残缺，但依稀堪读。

细读这两封已残缺不全的家书，可以得出以下几点有关家书功能的认识：第一，问候亲友，表达作者对亲友的思念；自报平安，安慰亲人悬想的心灵。如两封家书中好几处有“母毋恙也”“毋恙也”“母得毋恙也”的字样，对在家的母亲致以问候，挂念之情溢于言表；数处有“多问”以及“多问新负、妴皆得无恙也”“问姑秭子产得毋恙也”的字样，对亲友致以问候，同样表达记挂的心情。而“黑夫、惊无恙也”“前日黑夫与惊别，今复会矣”“与从军，与黑夫居，皆毋恙也”，是自报平安，这是家书不可或缺的核心内容。第二，交代家事，提出要求。如“必言相家爵来未来”“告黑夫其未来状”，叮嘱“新负勉力视瞻丈人”“新负勉力视瞻两老”，告诫兄弟“中”要“教诏妴，令毋敢远就若取新”，方方面面都仔细交代。信中还要求母亲寄钱寄衣，且详细告知具体办法：如果安陆丝布价格低贱，就买上丝布做成夏衣（即禅襦裙）带来；如果价格昂贵，就把钱带来自己在南方买。木牍中还有“钱衣，愿母幸遗钱五六百，□（□表示原文字迹不清，无法辨认，下同）布谨善者毋下二丈五尺”一节，坦率具体地向母亲提要求，而“室（实）弗遗，即死矣。急急急”，又是那么急切和直截了当，不加修饰做作，真是“辞若对面”。第三，信中还透露出对自己目前处境、未来前途的些许担忧，如“黑夫等直佐淮阳，攻反城久，伤未可智也”，从军打仗时死伤难以自料，所以会这么说。这恰恰表明家书语言直白、感情真挚的特点。总之，这两封木牍家书质朴无华、不加矫饰，坦率明言，如话家常，具备了家书所应有的核心要素。因此，它们在中国古代家书发展史上自应占有重要的地位。这也印证出章学诚的判断是大致准确的："后世之文，其体皆备于战国。"①

随着社会的发展和简、缉、帛、纸等书信载体的进步，汉代的家书大大向前发展了一步，其内容更加丰富，对象更加广泛，特别是文人学者对写信非常重视，将之视作创作活动的一个组成部分。这一时期的家书异彩纷呈，有不少流传千古的名篇佳作。如刘邦的《手敕太子文》，深悔早年轻薄文人之举，强调为学的重要性，又告诫太子刘盈谦恭以自立。再如司马谈的《命子迁》，告知司马迁要继承父志，完成《史记》的写作。司马迁在个人荣辱与文化事业的传承之间，经过艰难痛苦的思索，最终选择后者，完成了《史记》。从某种意义上说，没有司马谈的《命子迁》，就没有司马迁的《史记》。家书的作用是何等重要！而东方朔的《诫子》重在告诫儿子容身避害，刘向的《诫子歆书》则重在提醒儿子要懂得祸因福生、祸藏于福的深刻道理，"吊者在门，贺者在闾"和"贺者在门，吊者在闾"的名言流传至今。这两封家书又从一个方面反映出汉代家书内容的拓展，家书已经成为人们教子的重要手段之一。例如，孔子八世孙孔鲋在《将没戒弟子》中写道：

鲁，天下有仁义之国也。战国之世，讲颂不衰，且先君之庙在焉。吾谓叔孙通处浊世而清其身，学儒书而知权变，是今师

① 章学诚．诗教上［M］//章学诚．文史通义．叶瑛校注．北京：中华书局，1985：60.

也。宗于有道，必有令图，归必事焉。

这是以家书品评人物。孔臧的《与侍中从弟安国书》则以家书论文衡艺：

臧报侍中相知：忿俗儒淫词冒义，有意欲校乱反正，由来久矣。然雅达博通，不世而出；流学守株，比肩皆是。众口非非，正将焉立？每独念至此，夙夜反侧，诚惧仁弟道非信于世，而以独知为愆也。

人之所欲天必从。旧章潜于壁室，正于纷扰之际，欻尔而见，俗儒结舌，古训复申。岂非圣祖之灵，欲令仁弟赞明其道以阐其业者哉？且曩虽为今学，亦多所不信。唯闻《尚书》二十八篇，取象二十八宿，谓为至然也。《河图》古文，乃自百篇邪？如《尧典》，说者以为尧舜同道，弟素常以为杂有《舜典》，今果如所论，及成王道雷风，周公信自在，俗儒群驱，狗吠雷同，不得其仿佛，恶能明圣道之真乎？

知以今雠古之隶篆推科斗，已定五十余篇，并为之传云。其余错乱，文字摩灭，不可分了，欲垂待后贤，诚合先君阙疑之义。顾惟世移，名制改变，文体义类，转益难知。以弟博洽温敏，既善推理，又习其书，而犹尚绝意，莫肯垂留三思；纵使来世亦有笃古硕儒，其若斯何？呜呼，惜哉！先王遗典，缺而不补；圣道之业，分半而泯。后之君子，将焉取法？假令颜、闵不殁，游、夏更生，其岂然乎？不得已已，贵复申之！

信中表达了对今文《尚书》的不满，认为孔安国整理古文《尚书》，使孔子学术得以再传，遣词用语典雅而精当。司马相如与卓文君、秦嘉与徐淑的往来之作，却用以抒衷情，道爱慕。杨贵的《病且终令其子》遗言薄葬，欧阳地余的《戒子》则留语拒受官属财物。其他如尹赏的《临死戒诸子》、陈咸的《戒子孙》、樊宏的《戒子》和《遗敕薄葬》、张酺的《敕子蕃》、崔瑗的《敕妻子》和《遗令子实》、赵咨的《遗书敕子胤》、范冉的《遗令敕子》、张奂的《诫兄子书》等，都值得一读。马援的《诫兄子严、敦书》以其精警的内容和精练的语言获得了很大的反响，信中的"刻鹄类鹜""画虎类狗"二语已成为熟典。郑玄的《戒子益恩书》命辞吐意，是著名的述志教子的家书。邳彤的《报父弟妻子》则写得安详而悲壮：

> 事君者不得顾家。彤亲属所以至今得安于信都者，刘公之恩也。公方争国事，彤不得复念私也。

据《后汉书·任李万邳刘耿列传》载："(王)郎所置信都王捕系彤父弟及妻子，使为手书，呼彤曰：'降者封爵，不降族灭！'彤泣涕报曰……"在生死面前，邳彤毅然向忠而背孝，作书道其内心情愫，写得感人至深。无独有偶，赵岐的《遗令敕兄子》同样写得坦荡而超脱：

> 大丈夫生世，遁无箕山之操，仕无伊吕之勋，天不我与，复何言哉！可立一员石于吾墓前，刻之曰："汉有逸人，姓赵名嘉，有志无时，命也奈何！"

"有志无时，命也奈何"八字背后涌动着一股人生的悲怆、苦涩和辛酸，与赵岐的另一篇《孟子题辞》中所谓的"乱思系志"，一脉相通。

到了魏晋南北朝时期，文学进入自觉的时代，书信体文学也获得了长足的发展。不少文人以擅长书牍写作而为人称道，《文心雕龙·书记》云："魏之元瑜，号称翩翩；文举属章，半简必录；休琏好书，留意辞翰；抑其次也。嵇康绝交，实志高而文伟矣；赵至叙离，乃少年之激切也。至如陈遵占辞，百封各意；祢衡代书，亲疏得宜：斯又尺牍之偏才也。"在书信体文学蓬勃发展的同时，作为其重要组成部分的家书亦不甘落后，因此出现了"汝无自誉，观汝作家书"的"里语"，可知当时人们对家书写作的重视和推崇。曹操有著名的《戒子植》，言短而意丰，严厉的语气中蕴藏着老父亲的爱子之情。曹丕的《戒子》也别具怀抱：

父母于子，虽肝肠腐烂，为其掩避，不欲使乡党士友闻其罪过。然行之不改，久矣人自知之。用此任官，不亦难乎？

前半段十分准确地概括人之常情，后半段言过失必为人所知，绵里藏针，令人警戒，与其父曹操家书的风格有异曲同工之妙。孙权有《让孙皎书》，其中的"人谁无过，贵其能改"已成为名言。刘备有《遗太子敕》，其中的"勿以恶小而为之，勿以善小而不为"二语流传千古。诸葛亮于戎马倥偬之余写有《诫子书》两封，其《诫外甥书》尤为脍炙人口。虞翻的《与弟书》见解通达而大胆：

长子容当为求妇。其父如此，谁肯嫁之者？造求小姓，足使生子。天其福人，不在旧族。扬雄之才，非出孔氏之门；芝草无根，醴泉无源，家圣受禅，父顽母嚚，虞家世法出痴子。

在崇尚门第的时代，虞翻却反对门当户对，见识过人。殷褒的《诫子书》写道：

夫道也者，易寻而难穷，易知而难行也。故京房之徒，考步吉凶之变，而不能自见其祸，更为姚平所诫，此道之难知也。省尔之才，不及于房，而吾之言，过于平矣。昔正考夫三命滋恭，晏平仲久而敬之，曾、颜之徒，有若无，实若虚也。况尔析薪之智，欲弹射世俗，身为谤先，怨祸并集，使吾怀朝父之忧，为范武子所叹，亦非汝之美也。若朝益暮习，先人后己，恂恂如也，则吾闻音而识其曲，食旨而知其甘，永终吾余年矣，复何恨哉？古人有言，思不出其位。尔其念之，尔其念之！

这为儿子指出了安身立命、全躯避祸的途径，坚决反对“弹射世俗”。姜维《报母书》中的“良田百顷，不计一亩；但见远志，无有当归”，运用嵌入药名及谐音的手法抒写胸怀，别具一格。其他如王祥的《诫子孙遗令》、羊祜的《诫子书》、王修的《诫子书》、陶渊明的《与子俨等疏》、源贺的《遗令敕诸子》、杨椿的《诫子孙》、范晔的《狱中与诸甥侄书以自序》等，都堪称家书中的优秀之作。

南北朝是骈文的兴盛时期，家书受其影响也有骈偶的倾向，并融叙事、抒情、写景、状物于一体。此类家书，首推鲍照的《登大雷岸与妹书》，它以书简写景状物，诉说路途艰辛和旅怀愁苦，抒发惊奇感叹之情，直似一篇写景状物之赋。后代如此写家书者，寥若晨星，大概是自觉难以企及的原因吧。直到清代，王闿运的《到广州与妇书》始一补千年之空白，虽文采略逊于鲍照，但文辞古朴，章法近似，足资开人眼界。再如何逊的《为衡山侯与妇书》、魏长贤的《复亲故书》、宇文护的《报母阎姬书》及阙名的《为阎姬与子宇文护书》、庾信的《为梁上黄侯世子与妇书》等，都是以骈偶文写作家书的佳作。《复亲故书》虽为模仿《报任安书》《报孙会宗书》之作，但时见新颖。《报母阎姬书》《为阎姬与子宇文护书》是古代家书中不可多得的名篇，钱基博认为前者"为北朝第一篇文字"，后者"足与护书称珠联璧合矣"①。钱锺书也指出："窃欲言北齐无文章，惟《阎姬与宇文护书》，可乎？"②

唐代诗歌高度繁荣，盛况空前，可是家书发展似略显不够。个中原因，尚待探究。翻检《全唐文》，家书不多，佳作委实较少。骆宾王有《与情亲书》和《再与情亲书》，李华有《与弟莒书》，元稹有《诲侄等书》以及《莺莺传》中莺莺给张生的家书等，各有特色。

宋代家书较唐代有所发展，明白浅显是宋代家书的突出特点。试读范仲淹的《与中舍书》：

> 某再拜中舍三哥：今日得张祠部书，言二十九日，曾相看三哥来，见精神不耗。其日晚吃粥数匙，并下药两服，必然是实。缘三哥此病因被二婿烦恼，遂成咽塞，更多酒伤着脾胃，复可吃食，致此吐逆。今既病深，又忧家及顾儿女，转更生气，何由得

① 钱基博. 中国文学史［M］. 北京：中华书局，1993：247.

② 钱锺书. 管锥编：第四册［M］. 北京：中华书局，1979年：1512. 引文中的《阎姬与宇文护书》，即《为阎姬与子宇文护书》。

安？但请思之，千古圣贤，不能免生死，不能管后事，一身从无中来却归无中去，谁是亲疏？谁能主宰？既无奈何，即放心逍遥，任委来去。如此断了，既心气渐顺，五脏亦和，药方有效，食方有味也，只如安乐人。忽有忧事，便吃食不下，何况久病，更忧生死，更忧身后，乃在大怖中，饮食安可下？请宽心将息将息。今送关都官服火丹砂并桔皮散去，切宜服之服之。

这封家书是范仲淹写给当时任太子中舍的三哥范仲温的，分析病由头头是道，劝导兄长安心养病，去掉心病，“放心逍遥，任委来去”，“心气渐顺”之后，病自然就会痊愈。信写得入情入理，言疾病生死当以豁达的态度对待，具有深刻的人生启迪意义。欧阳修的《与十二侄》以亲切关怀的口吻教导侄子要尽公报国、廉洁奉公，不能遇事躲避，在国家危难之时要能够“临难死节”，读来催人振奋。司马光的《训俭示康》更是流传甚广的名篇。再如王安石的《与舅氏吴司录议王逢原姻事书》、苏轼的《与侄千之书》和《与元老侄孙书》、黄庭坚的《答洪驹父书》和《与徐甥师川》、朱熹的《与长子受之》、文天祥的《狱中家书》等，都清新可读。试读黄庭坚的《答洪驹父书》：

驹父外甥教授：别来三岁，未尝不思念。闲居绝不与人事相接，故不能作书，虽晋城亦未曾作书也。专人来，得手书，审在官不废讲学，眠食安胜，诸稚子长茂，慰喜无量。寄诗语意老重，数过读，不能去手，继以叹息，少加意读书，古人不难到也。诸文亦皆好，但少古人绳墨耳，可更熟读司马子长、韩退之文章。凡作一文，皆须有宗有趣，终始关键，有开有阖，如四渎虽纳百川，或汇而为广泽，汪洋千里，要自发源注海耳。老夫绍圣以前，不知作文章斧斤，取旧所作读之，皆可笑。绍圣以后，始知作文章，但以老病惰懒，不能下笔也。外甥勉之，为我雪耻。

《骂犬文》虽雄奇，然不作可也。东坡文章妙天下，其短处在好骂，慎勿袭其轨也。甚恨不得相见，极论诗与文章之善病，临书不能万一，千万强学自爱，少饮酒为佳。

所寄《释权》一篇，词笔纵横，极见日新之效。更须治经，深其渊源，乃可到古人耳。《青琐》祭文，语意甚工，但用字时有未安处。自作语最难，老杜作诗，退之作文，无一字无来处，盖后人读书少，故谓韩、杜自作此语耳。古之能为文章者，真能陶冶万物，虽取古人之陈言入于翰墨，如灵丹一粒，点铁成金也。

文章最为儒者末事，然既学之，又不可不知其曲折，幸熟思之。至于推之使高，如泰山之崇崛，如垂天之云；作之使雄壮，如沧海八月之涛，海运吞舟之鱼，又不可守绳墨令俭陋也。

洪驹父即黄庭坚的外甥洪刍，字驹父。在家书中，作者不以文坛巨擘自居、自高，而以亲切可敬的口吻、挥洒自如的笔调论文衡艺，谈读书门径，讲为文诀窍。这完全可以认为是一篇优秀的文论之作。黄庭坚在另一篇家书佳作《与徐甥师川》中所谈的读书与治学方法，在今日尤有借鉴意义。南宋谢枋得之妻李氏的《托孤母氏书》，写得激昂慷慨、字字血泪：

母氏慈鉴：嗟呼！劬劳之恩，今生已矣。缅舟山之急湍，吾君何在？眺长淮之清流，吾夫何在？殉国殉夫，舍此尚遑他及哉？

顾女犹苟活于世者，以梦珠甫二龄，未得所托。浸令三尺藐孤，展转入于贼手，则女诚谢家罪人矣。或告元贼甚重女婿，呼为豪杰，且下令保全家属。似为女计，可不死，并可不避。然而币重言甘，贼之惯技也；见患授命，愚夫妇之素志也。覆巢之下，宁有完卵？女盖计之熟矣。

吴媪虽愿直，事女有年，其心无他。梦珠属彼，遣投母所，子兄弟行，尚求善视之。俟其长成，嘱以勿食新禄，勿忘国仇，则女见亡婿于地下，或无惭色耳。

临颖涕泣，不知所云！

这封信表达了作者在风雨飘摇、国破家亡、夫离子散时的悲愤心情，以及不向元人投降、坚贞不屈的决心。它与文天祥的《狱中家书》一样，是体现南宋末年时代最强音的优秀家书。

明清两代是古代家书发展的高峰时期，这可以从以下几方面得到证明：一是明清许多文人学士的文集中都收有尺牍，其中包括家书；二是个人尺牍专集和尺牍选本大量涌现，如汤显祖的《玉茗堂尺牍》、袁宏道的《袁中郎尺牍》、郑板桥的《郑板桥家书》、袁枚的《小仓山房尺牍》、姚鼐的《姚姬传先生尺牍》、许葭村的《秋水轩尺牍》、龚未斋的《雪鸿轩尺牍》，以及马睿卿辑《名家尺牍选》、李渔辑《尺牍初征》、周亮工辑《尺牍新钞》等。明代的钟惺还专门编有《如面谭》，他在序言中写道：

此编一出，不啻如棋之有谱，如医之有案，如兵之有法，如阵之有图。倘或操觚之时，遇着某事，即于某门下寻而索之，恍若聋而开耳，盲而开目，醉而得醒，寐而呼觉，得心应手，措手象心，不爽于衡，不穷于用，安见纸上数言，不宛若对膝剧谈耳！不然而茫无可凭，漫无可据，究将与走越北辕者等，谬谓绝尘可目前奔，舍筏自尔径渡，吾不信也。嗟嗟！变鸩舌者引置庄岳，禁童心者徙居俎豆，即云是随也，其殆尺牍中之庄岳俎豆也可。

这就明确告诉人们编撰《如面谭》的目的是为人们写作尺牍提供方便，供人们模仿学习。尺牍名家和尺牍选本的大量涌现，使尺牍的创作空前繁盛，家书佳作如雨后春笋，层出不穷，难以备述。王守仁、唐顺之、张居正、汤显祖、袁宏道、王夫之、郑板桥、袁枚、姚鼐、纪昀、林则徐、龚自珍等留下了许多家书名篇。郑板桥、纪昀、林则徐、左宗棠、张之洞、胡林翼、彭玉麟、曾国藩、李鸿章、袁世凯十人的家书流传甚广、影响甚大，到民国时被襟霞阁主辑为《清代名人家书》。

三

古代家书浩如烟海，其内容极为丰富而复杂，表现形式高度自由。无论是报告平安、话说家常、问病慰疾、训诫子弟、相互劝勉，还是探讨人生、论文衡艺、辨析学问、抒情言志乃至描摹山水等，都可以在家书中加以表现。

报告平安是古代家书的核心要素之一。前文提到的湖北省云梦县秦墓出土的两件木牍家书，就已经包含报平安的内容。晋人帖中多用“平安”作为问候的套语。张籍、岑参、高启、商家梅的诗作，也说明唐、明时期的家书依然把报平安视为不可或缺的重要内容。这一点在小说中也有反映。《水浒传》第三十五回《石将军村店寄书　小李广梁山射雁》写石勇为宋江寄家书：

酒罢，石勇便去包裹内取出家书，慌忙递与宋江。宋江接来看时，封皮逆封着，又没“平安”二字。宋江内心越是疑惑，连忙扯开封皮，从头读至一半，后面写道：“父亲于今年正月初头因病身故，见今停丧在家，专等哥哥来家迁葬。千万，千万！切不可误！弟清泣血奉书。”

结果，宋江被这封假家书蒙骗，“恨不得一步跨到家中，飞也似独自一个去了”。又第三十九回《浔阳楼宋江吟反诗　梁山泊戴宗传假信》写朱贵用蒙汗药麻翻了戴宗，从戴宗的便包里搜出一个纸包，包着一封书，“朱贵拆开，却是一封家书，见封皮上面写道：‘平安家信，百拜奉上父亲大人膝下，男蔡德章谨封。’”可以说，“平安家信”乃家书的肝胆所在，甚至可以认为，不报告平安的家书少之又少。我们再看几首诗：

风南枝北两沉沉，忽有书来似万金。
三十年间听雨梦，八千里外望云心。
旧书尚喜黄盈架，先陇应添碧满林。
若问客游新况味，紫薇花发玉堂深。

——［元］陈孚《得家书寄呈可翁家兄》

卧看平安字，移灯就枕衾。
儿痴甘废学，母老最关心。
山药来乡味，溪藤寄野吟。
愁多翻不寐，归思在遥岑。

病起家书至，频看坐夜分。
弟兄传雁影，亲友散鸥群。

尝稻应翻雪，栽松欲入云。
故山归去日，嘉树定缤纷。

——［元］吴景奎《得家书二首》

封罢开封泪满弹，夜窗梅雨逼灯寒。
到头剩有平安在，信笔方知慰藉难。
好友多情烦再索，痴儿解事定争看。
诗成亦拟邮筒付，得句从来胜得官。

——［清］汪孟鋗《友人南归作家书》

坐久月当户，露凉侵鬓丝。
江湖新雁少，游子达书迟。
拂簟不成梦，倚栏无限思。
萤光忽明灭，已近授衣时。

——［清］方士庶《秋夜盼儿子家书不至》

闻道慈闱健，平安得汝书。
别来儿女大，深忆弟兄孤。
边徼犹羁宦，家山未定居。
今宵归梦好，暂遣旅愁除。

——［清］顾奎光《六月朔得谔斋弟书（其一）》

此外，清人卢雅西《塞外接家书》云“料来狼狈原应尔，便说平安那当真”，何南园《都中寄家书》云“每因疾病愁家远，强说平安下笔难”，黄蛟门《寄张香岩》云“接到手书偏不发，先从函外看平安”——莫不把平安家书视为“抵万金”“似万金”的至宝。这些诗作，写出了家人盼望收到在外儿女的家书的焦急，写出了远离故乡的游子彻夜难眠、思家念亲而写寄平安家书的悲伤和遥想。家书的功能可谓大矣！

训诫子弟是古代家书最重要的内容，几乎百分之九十的家书都非常重视教导子弟后生为人处世的问题。在这一点上，古代家书文化与家训文化相近相通、交叉融合，你中有我，我中有你。不少家书本身就是蕴含强制性、约束性和训诫性内容的家训，只是以家书的形式表现出来罢了。与本书同时，笔者还编撰了《古代经典家训导读》一书，共选录了汉代至清末的家训五十篇，其中大多数也可以归入家书的范畴，因此本书不再重复收录。这里仅节选清人聂继模的《给子书》，以见其一斑：

> 你在官，不宜数问家事。道远鸿稀，徒乱人意，正以无家信为平安耳。你向家居本少，二老习为固然，岁时伏腊，不甚思念。今遣你妻子赴任，未免增一番怅恋，想亦不过一时情绪，久后渐就平坦，无为过虑。
>
> 山僻知县，事简责轻，最足钝人志气，须时时将此心提醒激发，无事寻出有事，有事终归无事。今服官年余，民情熟悉，正好兴利除害。若因地方偏小，上司或从宽恕，偷安藏拙，日成痿痹，是为世界木偶人，无论将来不克大有所为，无以对此山谷愚民，且何以无负师门指授？
>
> 见答黄孝廉札，有“为报先生春睡熟，道人轻撞五更钟”句；此大不可。《诗》曰：“夙兴夜寐，无忝尔所生。”居官者宜晚睡早起，头梆盥漱，二梆视事；虽无事亦然。庶几习惯成性，后来猝任繁剧，不觉其劳，翻为受益。

它本身是一封家书，又何尝不是一篇优秀的家训呢？

从汉代开始，家书的内容有所拓展，在严肃的话题之外，还涉及了婚姻爱情、家庭琐事等更深广的生活层面。如东汉冯衍的《与妇弟任武达书》向妇弟数落自己妻子的过错，“以白为黑，以非为是，造作端末，妄生首尾。无罪无辜，谗口嗷嗷，乱匪降天，生自妇人”，“房中调戏，布散海外，张目抵掌，以有为无”，“不去此妇，则家不宁；不去此妇，则家不清；不去此妇，则福不生；不去此妇，则事不成”，絮絮叨叨，疾首痛心。而司马相如和卓文君、秦嘉和徐淑的家书写得情意绵绵，实开后代情书之先河。何逊的《为衡山侯与妇书》，写夫妻别后的刻骨相思。庾信的《为梁上黄侯世子与妇书》，更涉笔新婚的快乐和别后的凄凉。再如元代赵鸾鸾的《与柳颖书》，明代徐妙锦的《答永乐帝书》、刘秀华的《答任芝卿书》、陈淑娟的《寄龙希哲书》、马守真的《致王百谷书》、李香君的《在南都后宫私寄侯公子书》，清初柳如是的《寄钱牧斋书》、董小宛的《临入清宫致冒辟疆书》等，都是感人肺腑、情意缠绵的情书。试读柳如是的《寄钱牧斋书》：

古来才子佳妇，儿女英雄，遇合甚奇，终始不易。如司马相如之遇文君，如红拂之归李靖，心窃慕之。

自悲沦落，堕入平康。每当花晨月夕，侑酒征歌之时，亦不鲜少年郎君、风流学士，绸缪缱绻，无尽无休。但是事过情移，便如梦幻泡影，故觉味同嚼蜡，情似春蚕。年复一年，因服饰之奢靡，食用之耗费，入不敷出，渐渐债负不赀，交游淡薄。故又觉一身躯壳以外，都是为累，几乎欲把八千烦恼丝割去，一心焚修，长斋事佛。

自从相公辱临寒家，一见倾心，密谈尽夕。此夕恩情美满，盟誓如山，为有生以来所未有，遂又觉入世尚有此生欢乐。复蒙挥霍万金，始得委身，服伺朝夕。春宵苦短，冬日正长。冰雪情坚，芙蓉帐暖；海棠睡足，松柏耐寒。此中情事，十年如一日。

不意河山变迁，家国多难。相公勤劳国家，日不暇给。奔走北上，跋涉风霜。从此分手，独抱灯昏。妾以为相公富贵已足，功业已高，正好偕隐林泉，以娱晚景。江南春好，柳丝牵舫，湖镜开颜。相公徜徉于此间，亦得乐趣。妾虽不足比文君、红拂之才之美，藉得追陪杖履，学朝云之侍东坡，了此一生，愿斯足矣。

柳如是以情书规劝钱谦益"偕隐林泉，以娱晚景"，表现出一介弱女子高尚的民族气节。而林觉民的《与妻书》也以真挚的感情诉夫妻之爱，言革命之理，道赴义之志。

从文学的角度来看，古代家书具有鲜明的艺术特点：

第一，真实自然，不假修饰。由于家书是私人之间感情交流的工具，阅读对象是亲人，因此它最易开诚布公、吐露心扉，无须做作，有什么就说什么，想说什么就说什么。颜之推在《颜氏家训·杂艺》中引江南谚语云"尺牍书疏，千里面目也"，《后汉书·蔡邕列传》云"相见无期，唯是书疏，可以当面"，都认为见到书信如见其人一样。俗语也有"见信如见人"的说法，不少书信中还有"见信如面"的套语。凡此均说明家书的写作可以敞开思想，绝少拘忌，不可故弄玄虚，或弄虚作假。正因为如此，我们从古代家书中可以发现作者真实可信的生平、思想、学术观点等。刘邦的《手敕太子文》就是一篇"忏悔录"；马援的《诫兄子严、敦书》以切身体会训诫子侄不要"论议人之长短"，而他本身却"不免于讥议"；孙枝蔚的《诫子文》可以向儿子坦白自己壮年"以饮酒近妇人为事"的"劣迹"；杨椿的《诫子孙》举例阐明杨氏一门何以能稳保富贵、兄弟几人何以能身居显位的原因——既不轻论人过，又对太后阳奉阴违；孔臧的《与侍中从弟安国书》为后人留下了可贵的学术史料；林则徐的《复郑夫人书》则为后人留下了鸦片泛滥成灾的历史资料。因此，黄宗羲将家书推崇为“至文”。

第二，内容广泛，写作自由。一封家书的写作不能没有目的，它往往是为着某种需要而写作；而需要很多，所以家书的内容也是方方面面的。内容决定形式，从实际需要出发，家书的内容可多可少，篇幅可长可短，既可挥洒地写长信，也可简要地写短札，长的可达几千字，短的也可以只有几十字。如范晔的《狱中与诸甥侄书》、鲍照的《登大雷岸与妹书》、王僧虔的《诫子书》、徐勉的《为书诫子崧》、王闿运的《到广州与妇书》等就较长，而曹操的《戒子植》、曹丕的《戒子》、汤显祖的《与男开远》、宋懋澄的《与家二兄》等就较短。写作手法也比较灵活多变，或议论，或写景，或抒情，或熔写景、抒情、议论于一炉；亦可骈可散，或骈散并用。既可以写得通俗随便、妙趣横生，也可以写得精警含蓄、耐人寻味。如冯衍的《与妇弟任武达书》，即有骈有散，融叙事、议论、抒情于一体，嬉笑怒骂，趣味横生，具有较高的文学价值。

四

俞樾所撰《茶香室丛钞》卷九“家书以《千字文》编号”条载：“宋韩元吉《南涧甲乙稿》有《赴信幕诗》云：‘游宦三年方启足，家书千字又从头。’自注曰：‘家书以千字文为号。’”这条资料说明，古人对家书是何等珍视！宋人韩元吉用《千字文》编家书超过了千封，又从头编起。杨绛先生在《记钱锺书与〈围城〉》里提到，钱锺书的父亲钱基博把钱锺书写的家信一张张贴在本子上，“有厚厚许多本，亲手贴上‘先儿家书（一）（二）（三）……’”。《傅雷家书》的畅销，同样说明现当代人对家书的高度珍视。

当今通信手段的日新月异，给人们互通信息、交流情感提供了莫大的方便，但另一方面却给具有悠久历史的家书文化带来了难以估量的负面影响，家书写作的衰落已是不争的事实。传统文化是割裂不得的，在这一点上我们的教训很多很多。如何继承并发展家书文化的精华，抛弃其糟粕，值得我们深深地思考。有感于斯，本书精选了汉代至清末的五十三篇家书，做了注释和导读，并将典雅难懂者译成白话文，旨在为弘扬传统文化做一点儿添砖加瓦的工作。另，因林则徐《复郑夫人书》、曾国藩《致四弟》、左宗棠《致孝威、孝宽》、李鸿章《谕文儿》、张之洞《致儿子书》、吴汝纶《与儿书》、林觉民《与妻书》、方声洞《赴义前禀父绝笔书》八篇家书文字简单明白，故省去翻译，特此说明。

王人恩

二〇二一年三月于厦门

目录

山霤至柔，石为之穿；蝎虫至弱，木为之弊。

与子琳书

孔臧

作者简介

孔臧（约前201—前123），孔子后裔，西汉经学家孔安国的堂兄。汉武帝元朔二年（前127）拜太常，元朔五年（前124），坐事被免职。

告琳：顷来[1]闻汝与诸友讲肄书传[2]，滋滋[3]昼夜，衎衎[4]不怠，善矣！人之进道，惟问其志，取必以渐[5]，勤则得多。山霤[6]至柔，石为之穿；蝎虫[7]至弱，木为之弊[8]。夫霤非石之凿，蝎非木之钻[9]，然而能以微脆之形，陷[10]坚刚之体，岂非积渐[11]之致乎？训曰："徒学知之未可多，履而行之乃足佳。"[12]故学者所以饰百行[13]也。

侍中子国[14]，明达渊博，雅学绝伦，言不及利，行不欺名，动遵礼法，少小长操[15]。故虽与群臣并参侍[16]，见待崇礼[17]，不供亵事[18]，独得掌御唾壶[19]。朝廷之士，莫不荣之。此汝所亲见。《诗》不云乎："毋念尔祖，聿修厥德。"[20]又曰："操斧伐柯，其则不远。"[21]远则尼父[22]，近则子国，于以立身，其庶[23]矣乎？

——《全上古三代秦汉三国六朝文·全汉文》卷十三

注释

1 顷来：近来。
2 讲肄（yì）书传：讲习经书和解释经书的文字。
3 滋滋：同“孜孜”，勤奋的样子。
4 衎（kàn）衎：坚强勉力的样子。
5 以渐：按照循序渐进的方式。以，按照。渐，逐渐。
6 山霤（liù）：从山上向下流的水。
7 蝎（hé）虫：木中蠹虫，通名为“蝎”。
8 弊：破，坏。
9 “夫霤”二句：山霤不是用来在石头上打眼的凿子，蝎虫也并非钻木的钻子。
10 陷：攻破。
11 积渐：逐渐积累。
12 “训曰”三句：古训说，仅仅通过学习知道了道理还不值得赞扬，只有身体力行才值得称道。多，赞扬。佳，夸奖。
13 饰百行：提高多方面的品行。
14 侍中子国：指侍中孔安国。孔安国，字子国。侍中，官名。
15 少小长操：幼年即具备了成人的操守。
16 参侍：参与侍奉君主的事务。
17 见侍崇礼：谒见待命，崇尚礼节。
18 亵事：卑贱之事。
19 御唾壶：皇帝所用的痰盂。
20 “毋念”二句：出自《诗经·大雅·文王》。意谓不要只是怀念你的祖先，还是抓紧进修你的德行。
21 “操斧”二句：出自《诗经·豳风·伐柯》，原文为“伐柯伐柯，其则不远”。意谓砍一个斧柄，那个样板（指所握的旧斧柄）就在手里。柯，斧柄。则，样板。
22 则尼父：以孔子为典范。则，以……为典范。尼父，对孔子的尊称。
23 庶：差不多。

大意

说与孔琳：近来听说你和学友们讲习经书并解释经书的传注，昼夜孜孜不倦，坚强努力而不懈怠，这很好！人的进步，关键只看他有无志向，采取循序渐进的方式，勤奋学习就能获取更多知识。山上流下来的水极为柔弱，但它能穿透石头；蠹虫的力气极为弱小，但它能蛀坏木头。那山上流下的水不是用来在石头上打眼的凿子，蠹虫也并不是钻木的钻子，但是它们能凭微小柔弱的形体，攻破坚固刚硬的物体，难道不是逐渐积累而达到的吗？古训说：“仅仅通过学习知道了道理还不值得赞扬，只有身体力行才值得称道。”

所以，学习是提高多方面品行的好途径。

侍中孔安国，聪明通达，学问渊博，风雅博学，无与伦比，言谈不涉及私利，行为与其声名相符，举动遵守礼仪法规，幼年时就具备了成人的操守。因此他虽然与大臣们一并参与侍奉君主的事务，谒见待命，崇尚礼节，却不做卑贱之事，独独得到了执掌皇上唾壶的美差。朝廷中的人士，没有不以此为荣的。这都是你亲眼看到的。《诗经》不是说吗："不要只是怀念你的祖先，还是抓紧进修你的德行。"又说："拿着斧子砍一个斧柄，那个样板就握在你的手里。"就远而言，以孔子为榜样；就近而论，以子国为典范，由此而立身处世，大概就可以了吧？

导读

以祖先孔子为榜样，循序渐进地读书学习

在给儿子孔琳的这封家书中，孔臧首先称赞儿子能够与学友们昼夜勤奋学习，孜孜以求，作者的欣慰之情可以感知。然而，担忧随之而来，因为昼夜学习而不知循序渐进，会造成两种后果：一是搞垮身体，适得其反，令为人父母者担心；二是一日曝十日寒，前功尽弃。为此，孔臧接下来着重讲了循序渐进的道理。他用"山霤至柔，石为之穿；蝎虫至弱，木为之弊"两个极为形象的比喻，说明了逐渐积累对于为学而言的重要性。

榜样的力量是无穷的。中国古人尤为重视为子女树立学习的典范。一般来讲，孔夫子是最好的榜样。孔臧又系孔子后裔，孔子既是祖先，又是楷模，所以孔臧告诫孔琳"远则尼父"，勿数典忘祖之意自在不言之中。而"毋念尔祖，聿修厥德"两句诗的引用，又意在教导儿子勿一味以有孔子这样的祖先为荣，沾沾自喜，而应该抓紧时间提高自己的德行。孔圣人距离孔琳生活的时代很久远了，

看不见，摸不着，因此，孔臧近取孔安国这一榜样让儿子效法。他用不少文字叙述了孔安国的学问、德行和声誉，劝勉孔琳向子国看齐，“操斧伐柯，其则不远”二句形象生动地指明榜样就在你眼前。更为重要的是，孔臧所讲孔安国的一切又都是孔琳身经目验的，其感召力、影响力或许比孔子还要大。

不难看出，这封家书层次分明，比喻形象生动，好句如珠，又具有循循善诱、慈祥和蔼的特点，是一篇文情并茂的优秀作品。

名言警句

白头吟，伤离别。

与相如书

卓文君

作者简介

卓文君（生卒年不详），临邛（今四川邛崃）人，西汉富豪卓王孙之女。貌美，善鼓琴。年少丧夫，寡居娘家。正逢司马相如免官归蜀，在其家中就宴。受相如琴心挑动，随之私奔至成都。因无以为生，又返临邛，当垆卖酒。后卓王孙给僮百人、钱百万，及其嫁时衣被财物，遂与相如重归成都买田宅。《史记》有传。

群华竞芳[1]，五色凌素[2]，琴尚在御[3]，而新声代故。锦水有鸳，汉宫有木。彼木而亲，嗟世之人兮，瞀于淫[4]而不悟。朱弦啮[5]，明镜缺。朝露晞[6]，芳弦歇。白头吟，伤离别。努力加餐毋念妾。锦水汤汤[7]，与君长诀！

——《文章辨体汇选》卷二百五十二

注释

1 群华竞芳：众花竞相争奇斗艳。华，同“花”，这里用以比喻众女子。

2 五色凌素：绚丽的色彩掩盖了洁白的本色。

3 琴尚在御：早先喜欢的琴还在弹奏。意谓司马相如还把自己当作妻子。御，弹奏。

5 瞀（mào）于淫：被美色迷惑。瞀，愚昧、迷惑。

6 朱弦啮（niè）：朱弦已被咬断。朱弦，这里用以比喻两人的情感。

7 晞：干。

8 汤（shāng）汤：形容水盛大的样子。

大意

群花竞相争奇斗艳，绚丽的色彩掩盖了洁白的本色。早先喜欢的琴还在被弹奏着，而新的乐曲代替了旧曲。锦水边上有成对的鸳鸯，汉宫里面有交缠的树木。那树木是如此亲密，可叹那世人啊，被美色迷惑而不醒悟。朱弦已被咬断，明镜也已残缺。清晨的露水干了，美妙的琴声已经停歇。头发斑白而吟诗，慨叹将要离别。努力吃饭，不要想我。锦水滔滔不绝，我与你诀别！

导读

闻君有两意，故来相决绝

《西京杂记》载：“司马相如将聘茂陵人女为妾，卓文君作《白头吟》以自绝，相如乃止。”《乐府诗集·相如歌·楚调曲》载《白头吟》古辞两首，其一云：“皑如山上雪，皎若云间月。闻君有两意，故来相决绝。今日斗酒会，明旦沟水头。躞蹀御沟上，沟水东西流。凄凄复凄凄，嫁娶不须啼。愿得一心人，白头不相离。竹竿何嫋嫋，鱼尾何簁簁。男儿重意气，何用钱刀为！”诗的主旨是女子向用情不专的人表示决绝，似乎与卓文君与司马相如之间的摩擦吻合。但是，有不少人对此提出怀疑，清人冯舒《诗纪匡谬》言："《宋书·大曲》有《白头吟》，作'古辞'；《乐府诗集》《太平御览》亦然。《玉台新咏》题作《皑如山上雪》，非但不作文君，并题亦不作《白头吟》也。惟《西京杂记》有文君为《白头吟》以自绝之说，然亦不著其辞；或文君自有别篇，不得遽以此诗当之也。宋人不明其故，妄以此诗实之，……可笑可怜。"也有现代研究者认为"皑如山上雪"一诗非文君所作。

而《与相如书》却是用韵文写就的决绝之辞。全篇用比兴手法倾诉满腔复杂的感情，有埋怨，有惋惜，有关怀，有决绝。"朱弦啮，明镜缺。朝露晞，芳弦歇"诸句既形象传神，又与文君同相如私奔成婚的诱因吻合。全书写得情感真挚，柔情与刚烈并见，难怪司马相如读后放弃了弃旧娶新的念头。

名言警句

诵子嘉吟，而回予故步。

报卓文君书

司马相如

作者简介

司马相如（约前179—前117），字长卿，蜀郡成都（今四川成都）人。汉景帝时为武骑常侍，因病去职。客游梁，为梁孝王门客，与邹阳、枚乘、严忌等辞赋家交游。因作《子虚赋》《上林赋》，为汉武帝所重，用为郎，奉命出使西南有功。后为孝文园令。病卒于家。《史记》有传。代表作品有《大人赋》《长门赋》和散文《喻巴蜀檄》《难蜀父老》等。有《司马文园集》存世。

五味虽甘，宁先[1]稻黍？五色有灿，而不掩韦布[2]。惟此《绿衣》[3]，将执子之釜[4]。“锦水有鸳，汉宫有木。”诵子嘉吟，而回予故步[5]。当不令负丹青[6]，感白头也。

——《全汉文》卷二十二

注释

1 先：先于，前于，这里指超过。

2 韦布：韦带布衣，这里指贫贱者穿的衣服。韦，熟牛皮。

3 《绿衣》：《诗经·邶风》中的篇

名。其《序》曰："绿衣，卫庄姜伤己也，妾上僭，夫人失位而作是诗也。"作者引此诗，意在表明自己不会喜新厌旧，令卓文君像庄姜那样"伤己"。

4 执子之釜：意谓即使再像当年一样逃到临邛，穿上犊鼻裈，在酒垆边抹灶洗锅，也心甘情愿。《史记·司马相如列传》记载："相如与俱之临邛，尽卖其车骑，买一酒舍酤酒，而令文君当垆。相如身自着犊鼻裈，与保庸杂作，涤器于市中。"

5 "诵子"二句：读了你写的美好诗文，改变了我原来的想法。嘉吟，美好的诗文，这里指《与相如书》。回予故步，指打消娶妾的念头。

6 负丹青：辜负夫妻间的美好感情。丹青，比喻坚贞不渝的爱情。

大意

五味虽然甘甜，怎能够超过充饥的稻黍？五色绫素虽然光灿耀目，但不能掩盖韦布衣服。想到了《绿衣》诗篇，即使再去抹灶洗锅，我也乐意。"锦水边上有成对的鸳鸯，汉宫里面有交缠的树木。"吟诵你美好的诗文，纠正了我原先的错路。一定不会辜负我们之间的情感，让你感叹年老色衰。

导读

优美的家书成就一桩美好姻缘

"相如解作《长门赋》，竟遣文君怨《白头》。"（吕兆麒《读书有感》）司马相如同卓文君私奔之事，在封建社会中是石破天惊的，"文人无行"的指责不绝如缕，正统文人的讪笑难以备述。但也有赞颂者，如李卓吾《藏书》卷二九即云："使其当时，卓氏如孟光，必请于王孙，吾知王孙必不听也。嗟夫！斗筲小人何足计事！徒失佳耦，空负良缘，不如早自抉择，忍小耻而就大计。《易》不云乎：'同声相应，同气相求。'同明相照，同类相招；'云从龙，风从虎'，归凤求凰；何可负也！"《古诗归》卷二中谭元春点评《紫玉歌》云："被愚拗父母板住，不能成对，赍情而死；读《紫玉歌》，益悟文君奔相如是上上妙策，非胆到识到人不能用。"李卓吾、谭元春的看法在封建时代同样是石破天惊的。

文君与相如私奔，不知遭受了多大的压力和非议，殊不知将中道见弃！其痛苦自可想知，她优美的书信感动了司马相如，使其悬崖勒马。"当不令负丹青，感白头也"是相如的内心真情的抒发，也是对文君的最好安慰。这封家书回信言简意赅，文辞优美，一针见血，不愧为大家手笔。

年少多失，改之为贵。

诫兄子书

张　奂

作者简介

张奂（104—181），字然明，敦煌酒泉（今甘肃酒泉）人。东汉桓帝时举贤良对策第一，拜为议郎。桓帝永寿元年（155），迁安定属国都尉，击匈奴有功。后任武威太守、度辽将军等职。延熹二年（159），梁冀被诛，张奂以故吏被免官禁锢。《后汉书》有传。《隋书·经籍志》载有“太常卿《张奂集》二卷”，今大多亡佚。

汝曹薄祐[1]，早失贤父，财单艺尽[2]，今适喘息。闻仲祉[3]轻傲耆老[4]，侮狎同年[5]，极口恣意[6]。当崇长幼，以礼自持。闻敦煌有人来，同声相道，皆称叔时宽仁，闻之喜而且悲。喜叔时得美称，悲汝得恶论。《经》言：“孔子于乡党，恂恂如也。”[7]恂恂者，恭谦之貌也。《经》难知，且自以汝资父[8]为师。汝父宁轻乡里邪[9]？年少多失，改之为贵。蘧伯玉年五十，见四十九年非[10]，但能改之，不可不思吾言。不自克责[11]，反云“张甲谤我，李乙怨我，我无是过”，尔亦已矣！

——《全上古三代秦汉三国六朝文·全后汉文》卷六十四

注释

1 薄祐：福薄。

2 财单艺尽：家财殚尽，技能尽绝。单，通“殚”，竭尽。艺，技艺，这里指养家的本领、手艺。

3 仲祉：张奂兄长的儿子，与后文的“叔时”是兄弟。

4 耆老：老人。

5 侮狎同年：侮辱戏弄同辈的人。同年，这里指同辈。

6 极口恣意：信口开河，想说什么就说什么。极，与“恣”意义相同，指放肆无惮。

7 “《经》言”三句：出自《论语·乡党》，原文为“孔子于乡党，恂恂如也，似不能言者”。意谓孔子在本乡的地方上非常恭顺，好像不能说话的样子。《经》，这里指《论语》。

8 资父：慈父。

9 邪：同“耶”。

10 “蘧（qú）伯玉”二句：出自《淮南子·原道》，原文为“蘧伯玉年五十而知四十九非”。意谓蘧伯玉五十岁了才知晓了前四十九年所犯的错误。蘧伯玉，名瑗，字伯玉，春秋卫国人。卫大夫史鳟知其贤，屡荐于灵公，皆不用。

11 克责：克制自责。

大意

你们兄弟福薄，早年就失去了贤良的父亲，家财殚尽，技能尽绝，现在困境才刚有转机。我听说仲祉在家乡对老年人傲慢无礼，对同辈人侮辱戏弄，信口开河，胡说八道。应当尊重年老和年幼的人，按照礼法约束自己。听敦煌来人，异口同声地称道叔时宽厚仁义，听到这些高兴而又悲伤。高兴的是叔时得了好名声，悲伤的是你受到了坏议论。《论语》说：“孔子在本乡的地方上非常恭顺。”恂恂，是恭敬谦虚的样子。《论语》难以深知，姑且就以你的慈父为榜样。你父亲难道轻贱乡里人吗？年轻的时候多有过失，改正了就可贵。蘧伯玉五十岁时，反思了前四十九年的错误，只要能改正就好，不能不思量我的话。现在你若不克制自责，反而说什么“张甲诽谤我，李乙怨恨我，我没有这样的过错”，那你也就完了吧！

导读

年少多失，改之为贵

张奂之兄早亡，两个侄儿由张奂抚养。听说仲祉轻狂傲慢，他深以为忧，即写此信加以训导。这封家书先点明侄子仲祉的过错和叔时的美名，做一对比；再引孔子对待乡人十分恭谦的事例，推出榜样让侄子效法；后以蘧伯玉年五十而见四十九年非的事例，教诲侄子痛改前非。“年少多失，改之为贵”可谓至理名言。而末尾数句又堵住了侄子强辞夺理、自饰巧辩的退路，直似老吏断狱。“尔亦已矣”四字十分警切，相信仲祉读后不会无动于衷。

名言警句

明镜可以镜形，宝钗可以耀首。

重报妻书

秦　嘉

作者简介

秦嘉（生卒年不详），字士会，陇西郡（今甘肃临洮县）人，一说汉阳郡平襄县（今甘肃通渭县）人。汉桓帝时，在陇西郡任掾史，后为郡上计入京，留为黄门郎，数年后病卒于洛阳。其作品现存此篇和《与妻徐淑书》，以及《赠妇诗》一首、《留郡赠妇诗》三首、《述婚诗》三首。

车还空反[1]，甚失所望。兼叙[2]远别恨恨之情，顾[3]有怅然。间[4]得此镜，既明且好，形观文彩，世所希有[5]。意甚爱之，故以相与。并致宝钗一双，价值千金；龙虎组履一緉[6]；好香四种，各一斤；素琴[7]一张，常所自弹也。明镜可以镜[8]形，宝钗可以耀首[9]，芳香可以馥身[10]去秽，麝香可以辟恶气，素琴可以娱耳[11]。

——《全后汉文》卷六十六

注释

1 车还空反：车空着回来了。在《与妻徐淑书》中，秦嘉向正在娘家养病的妻子徐淑道明自己将赴洛阳，请妻子前来相别，并派车前去迎接。徐淑终因病重，未能成行，故云“车还空反”。反，同“返”。

2 兼叙：指徐淑在《与妻徐淑书》的复信（即《答夫秦嘉书》）中所叙。

3 顾：看（信）。

4 间：近来。

5 希有：极少见。希，同“稀”。

6 龙虎组履一緉（liǎng）：绣有龙虎图案的用丝线编织的鞋子一双。緉，古时计算鞋的单位，相当于“双”。

7 素琴：不加装饰的琴。

8 镜：照。

9 耀首：使头面光芒四射。耀，使……光耀。

10 馥身：使身体馨香。馥，香，这里指使……发出香气。

11 娱耳：使耳朵欢乐。娱，使……快乐。

大意

车子空着返回，我感到很失望。你在信中叙说远别后憾恨的感情，阅后怅然若失。近来得到这面镜子，既明亮又好看，外形花纹华丽，世间所少有。想来你一定会喜欢它，所以把它送给你。并送上宝钗一双，其价值千金；绣有龙虎图案的用丝线编织成的鞋子一双；好香四种，各一斤；素琴一张，是你时常弹奏的。明镜可以照看容貌，宝钗可以使你头面生辉，芳香可以使你身体馨香并去掉污秽，麝香可以祛除邪恶之气，素琴可以使耳朵快乐。

导读

书信往来，互诉衷情

秦嘉担任郡上计吏，将赴洛阳。此时妻子徐淑因病住在娘家，秦嘉写了《与妻徐淑书》：

> 不能养志，当给郡使，随俗顺时，僶俛当去。知所苦故尔。未有瘳损，想念悒悒，劳心无已。当涉远路，趋走风尘，非志所慕，惨惨少乐。又计往还，将弥时节，念发同怨，意有迟迟。欲暂相见，有所属托，今遣车往，想必自力。

徐淑随即写了《答夫秦嘉书》：

> 知屈珪璋，应奉藏使，策名王府，观国之光。虽失高素皓然之业，亦是仲尼执鞭之操也。自初承问，心愿东还，迫疾惟宜，抱叹而已。日月已尽，行有伴例，想严庄已办，发迈在近。“谁谓宋远，企予望之。”室迩人遐，我劳如何！深谷逶迤，而君是涉；高山岩岩，而君是越。是亦难矣！长路悠悠，而君是践；冰霜惨烈，而君是履。身非形影，何得动而辄俱？体非比目，何得同而不离？于是咏萱草之喻，以消两家之思；割今者之恨，以待将来之欢。今适乐土，优游京邑，观王都之壮丽，察天下之珍妙，得无目玩意移，往而不能出耶？

两信往来，互诉衷肠，情感缠绵，生动感人。于是秦嘉又写了此信，故曰“重报”，并致以镜、钗、履、香、琴诸物，以表相思深情。赠言赠物，体贴入微，恩爱之情流淌于字里行间。

值得一提的是，秦嘉赠言赠物、因物达情的写法似开启了中国文学中因物达情的先河，如著名的《莺莺传》中就有类似的描写。崔莺莺报张生书中云：

> 兼惠花胜一合，口脂五寸，致耀首膏唇之饰。虽荷殊恩，谁复为容！……玉环一枚，是儿婴年所弄，寄充君子下体所佩，玉取其坚润不渝，环取其始终不绝。兼乱丝一绚、文竹茶碾子一枚。此数物不足见珍，意者欲君子如玉之贞，弊志如环不解，泪痕在竹，愁绪萦丝，因物达情。

其中“耀首”一词即出自《重报徐淑书》，这透露出元稹对《重报徐淑书》是熟悉的，并受到了它的启迪。卢仝《自君之书矣》言：“妾有双玉环，寄君表相忆。环是妾之心，玉是君之德。”贾至《寓言》之二云：“闻有关河信，欲寄双玉盘。玉以委贞心，盘以荐嘉餐。”卢、贾之诗乃诗歌而非书信，显得简明，不比书信那样铺叙婉深。

素琴之作，当须君归；明镜之鉴，当待君还。

又报秦嘉书

徐　淑

作者简介

徐淑（生卒年不详），秦嘉之妻，与嘉同郡人。与夫恩爱情深，有才华，能诗文。秦嘉死后，亲自前往洛阳接回灵柩。为抚育弱男幼女，她力拒兄弟逼嫁，对簿公堂，并毁形自守，誓死不从，后因哀恸而卒。据《通渭县志》载，城西榜罗镇附近之秦家坪，有秦、徐之墓及碑刻。据《隋书·经籍志》载，徐淑有集一卷，今已佚。其现存作品除此文外，尚有《答夫秦嘉书》《为誓书与兄弟》《答夫诗》。

既惠音令[1]，兼赐诸物，厚顾殷勤，出于非望[2]。镜有文彩之丽，钗有殊异之观，芳香既珍，素琴益好，惠异物于鄙陋[3]，割所珍以相赐，非丰恩之厚，孰肯若斯[4]！览镜执钗，情想仿佛[5]；操琴咏诗，思心成结。敕[6]以芳香馥身，喻[7]以明镜鉴形，此言过矣，未获我心也。昔诗人有飞蓬之感[8]，班婕妤有谁荣之叹[9]。素琴之作，当须君归；明镜之鉴，当待君还。未奉光仪，则宝钗不设也[10]；未侍帷帐，则芳香不发也[11]。

——《全上古三代秦汉三国六朝文·全后汉文》卷九十六

注释

1 惠音令：赐予言辞优美的书信。惠，赐、赠。音令，指优美的书信。

2 出于非望：出乎我的期望之外。

3 鄙陋：谦词，这里指作者自己。

4 孰肯若斯：谁能够做到这样。斯，这里指赠言赠物。

5 情想仿佛：思念之情想来与你一样。

6 敕：命，令。

7 喻：告喻。

8 飞蓬之感：出自《诗经·卫风·伯兮》，原文为“自伯之东，首如飞蓬。岂无膏沐，谁适为容”。意谓丈夫行役在外，在家的妻子无心梳洗打扮，头发乱得像蓬草一样。

9 “班婕妤”一句：班婕妤曾作《自悼赋》，其中有“君不御兮谁为荣”句，自伤自叹。班婕妤，班固之祖姑，汉成帝时入宫，立为婕妤，颇得宠。后赵飞燕姊妹得宠，她恐日久见危，自请供养皇太后，遂退居东宫。

10 “未奉”二句：意谓如果不是丈夫你站在面前，那么宝钗决不戴在我的头上。光仪，对人的容貌的敬称，相当于“尊容”。

11 “未侍”二句：意谓如果不是侍奉你于帷帐之中，那么好香决不使用。

大意

你既惠赐我优美的书信，又赠给我许多物品，厚爱殷勤之至，出乎我的期望之外。镜子有漂亮的花纹，宝钗有特别的外观，芳香已很珍贵，素琴更为美好。惠赠奇珍异宝于鄙陋的我，割舍你所珍爱的物品惠赐于我，如果不是有深厚的恩情，谁肯这样做！每当拿起镜子、把玩宝钗时，思念之情想来与你一样；每当弹琴咏诗时，思念的心宛如拧成绳结。你叫我用芳香熏身，嘱咐我以明镜照面，这话错了，没能把握住我的真心。从前的诗人有“首如飞蓬”的感慨，班婕妤有过“君不御兮谁为荣”的伤叹。素琴的弹奏，当等待你归来之时；明镜的照用，当等待你回家之日。如果不是丈夫你站在我的面前，那么宝钗决不戴在我的头上；如果不是侍奉你于帷帐之中，那么好香决不使用在我的身上。

导读

宝钗不设，芳香不发，以待君归

徐淑收到丈夫的信与赠物后，感慨万千，遂写了这封情感真挚缠绵的回信。先叙蒙赐厚赠，大喜过望，而睹物思人，更增怀念之感。再说丈夫不懂自己的心，夫君不归来，“宝钗不设”而“芳香不发”，因为“自伯之东，首如飞蓬，岂无膏沐？谁适为容”？因为“君不御兮谁为荣”？只有等丈夫归来，自己才弹琴作乐，如此把对丈夫的挚爱、依恋之情写得淋漓尽致。在短小的篇幅中，隶事运典、排比对偶、比喻变文都十分恰当，而语意含蓄委婉，文采斐然。若非才女，谅不能如此；若非情女，亦不能如此。

我们注意到，徐淑信中“宝钗不设”“芳香不发”的写法是从《诗·卫风·伯兮》而来，而且变换语句内涵，另出机杼。此后，这种自表钟情的写法在古代文学中屡见不鲜，如徐干《室思》：“自君之出矣，明镜暗不治。”杜甫《新婚别》：“罗襦不复施，对君洗红妆。”高明《琵琶记》写蔡伯喈赴试，赵五娘临妆感叹：“一旦远别离，镜匣掩清光。流尘暗绮练，青苔生洞房。”《祝发卖葬》亦云：“一从鸾凤飞，谁梳云鬓，妆台不临生暗尘。”

综观秦嘉、徐淑的书信，徐淑之作要比秦嘉更有文采。如果再读一下徐淑的《为誓书与兄弟》，会加深这种认识：

盖闻君子导人以德，矫俗以礼，是以烈士有不移之志，贞女无回二之行。淑虽妇人，窃慕杀身成义，死而后已。夙遘祸罚，丧其所天，男弱未冠，女幼未笄，是以僶俛求生，将欲长育二子，上奉祖宗之嗣，下继祖祢之礼，然后觐于黄泉，永无惭色。

仁兄德弟，既不能厉高节于弱志，发明德于暗昧，许我他人，逼我于上，乃命官人，讼之简书。

夫智者不可惑以事，仁者不可胁以死。晏婴不以白刃临颈，改正直之辞；梁寡不以毁形之痛，忘执节之义。高山景行，岂不思齐？计兄弟不能匡我以道，博我以文，虽曰既学，吾谓之未也。

《艺文类聚》将徐淑的书信作为“闺情”书信的典范加以收录，是十分恰当的。

名言警句

交友之美，在于得贤，不可不详。

戒弟伟

刘廙

作者简介

刘廙（180—221），字恭嗣，南阳安众（今河南镇平）人。事曹操为丞相掾属，转五官将文学，文帝即位，官任侍中，封关内侯。《三国志》有传。有文数篇传世。

夫交友之美，在于得贤，不可不详[1]。而世之交者，不审择人，务合党众[2]，违先圣人[3]交友之义[4]，此非厚己辅仁[5]之谓也。吾观魏讽[6]不修德行，而专以鸠合[7]为务，华而不实，此直搅世沽名[8]者也。卿其慎之，勿复与通。

——《全上古三代秦汉三国六朝文·全三国文》卷三十四

注释

1 详：审慎。

2 党众：集团。

3 先圣人：指孔子。

4 交友之义：指《论语·述而》所说的“君子不党”。

5 厚己辅仁：使自己的德行加深，对仁义之人有帮助。

6 魏讽：字子京，济阴（今山东菏

泽）人。先事曹操，后与陈祎共谋袭邺城。而陈祎惧祸，向曹丕告密，魏讽被杀。刘廙给弟弟刘伟的这封信，写于魏讽谋反前。

7 鸠合：纠合。

8 搅世沽名：搅乱社会，骗取声名。

大意

结交朋友的好处，在于结识有贤能的人，不可不慎重。而世上交友的人，对选择结交的对象不慎重，一味地结党成群，违背了古代圣人关于结交朋友的原则，这不是使自己的德行加深而对仁义之人有帮助的做法。我看魏讽不加强德行的修养，而专门以纠合党众为能事，华而不实，这简直是搅乱社会、骗取声名的人。你还是谨慎为好，不要再和他来往。

导读

谨慎交友，不结私党

刘廙之弟刘伟与当时甚为活跃的魏讽交往过密。魏讽的确有一定的才华，影响也不小，《三国志·武帝纪》注引《世说》谓魏讽“有惑众才，倾动邺都”。《三国志·刘晔传》注引《傅子》说他“自卿相以下皆倾心交之”。然而，颇有识人之才的刘廙却观察出魏讽乃“华而不实”“搅世沽名”之徒，于是写信规劝其弟悬崖勒马，“勿复与通”。后来的事实充分证明刘廙有先见之明，他对魏讽的评价和判断是正确的。魏讽与陈祎共谋叛曹袭邺，而陈祎却在关键时刻出卖了他，独自跑到曹丕那里告了密，于是魏讽及其党从皆被诛杀。刘伟看来没有听从刘廙的忠告，一意孤行，因此也被处死。按当时的法律规定，刘廙“当相坐诛”，而曹操不愧为一代枭雄，他下令对刘廙原宥不问，曰：“叔向不坐弟虎，古之制也。”由此亦可看出，刘廙既慎重交友，又有识人之才。例如，刘廙的兄长刘望之，在当时很有名望，被荆州牧刘表征辟为从事。但刘望之同样交友不慎，他所交结的两个朋友都因“谗毁”而被刘表诛杀，刘望之很是不服，刘廙对他说：“赵杀鸣、犊，仲尼回轮。今兄既不能法柳下惠和光同尘于内，则宜模范蠡迁化于外。坐而自绝于时，殆不可也！”刘望之也听不进去刘廙的劝告，不久也被刘表所杀。

谨慎交友，不结私党，是古人非常重视的一条处世原则。颜延之《庭诰》云：“与善人居，如入芝兰之室，久而不闻其芬，与之化矣。与不善人居，如入鲍鱼之肆，久而不闻其臭，与之变矣。是以古人慎与所处。”所谓“近朱者赤，近墨者黑”，正道出了交友须慎而又慎。《戒弟伟》的参考价值正表现在这里，而刘廙善于识人、工于谋己的特点也引人思考。

名言警句

夫酒之设，合礼致情，可以致醉，无致迷乱。

诫 子 书

诸葛亮

作者简介

诸葛亮（181—234），字孔明，琅琊阳都（今山东沂南县）人，三国蜀汉政治家、军事家。幼年丧父失母，后隐居隆中（今河南南阳市西）躬耕读书十余年，刘备三顾茅庐求教，遂提出了著名的“隆中对”，辅佐刘备建立蜀汉。刘备死，又辅佐刘禅，被封为武乡侯，领益州牧，主持军国大事。后于建兴十二年（234）病死于五丈原（今陕西眉县西南）军中。《三国志》有传。原有集二十五卷，多已散佚。后人辑有《诸葛亮集》，《出师表》为其名篇。

夫酒之设，合礼致情[1]，适体归性[2]，礼终而退，此和之至也。主意未殚[3]，宾有余倦[4]，可以致醉，无致迷乱[5]。

——《全上古三代秦汉三国六朝文·全三国文》卷五十九

注释

1 致情：表达感情。致，达。

2 适体归性：使身体舒适，回归本性。

3 殚：尽。

4 余倦：犹“未倦”，指没到疲倦的时候。

5 迷乱：神志失常而不清。

大意

设酒宴客，合乎礼仪而表达感情，使身体舒适而回归本性，礼节完毕而撤席散去，这是和谐的极致。如果主人的酒兴未尽，宾客没到疲倦的时候，可以喝到醉了为止，但不要到神志不清的地步。

导读

小酌怡情，酗酒伤身

酒的历史几乎与中华文明史一样源远流长。酒与中国古人的生活息息相关，诸如宴会宾客、郊游行旅、祭祀庆典、婚丧嫁娶、战争凯旋、消愁解闷、吟诗作赋等场合，大都有饮酒活动。早在周代时，朝廷就设置了酒人、酒正等官职，把饮酒当成天子、诸侯的专利。《仪礼》中记载了详尽的饮酒规矩，从而使饮酒与维持封建社会秩序的“礼”发生了密切的联系。然而，酒的功能是多元的，饮酒适量有益，诸葛亮概括为“合礼致情，适体归性”，过量则有害。鉴于殷商以酒招灾的史实，周朝为防止饮酒过量而失礼，特制定了一套“酒礼”。《诗·小雅·宾之初宴》对此有一定的反映，《酒诰》则对“荒缅于酒”大加否定。后来的扬雄作《酒箴》以讽谏汉成帝，曹操也曾发布酒禁，北魏的高允写有《酒训》，总论酗酒的教训。

诸葛亮的教子方法既传统，又灵活。他并不反对儿子饮酒，因为不饮酒无以“合礼致情，适体归性”，但强调不要喝到迷乱的地步，这种主张是很开明的。这封家书对酗酒贪杯者不无教益，对一些严禁子女饮酒却适得其反的家长来说，也有参考价值。明代“公安三袁”的故事，正说明了这一点。

袁中道因科场失意而恣意饮酒，释愁解闷，他自己就说：“予几年前性刚命蹇，其牢骚不平之气，尽寄之酒。”（《回君传》）有一次，他“偕回及豪少年二十余人，结为酒社。大会时，各置一巨瓯，校其饮最多者，推以为长。予饮较多，已大酣，恍忽中见二十饮人，皆罗拜堂下。时月色正明，相携步斗湖堤上，见大江自天际来，晶莹耀明，波涛激岸，汹涌澎湃。相与大叫，笑声如雷。是夜，城中居民皆不得眠”。（《回君传》）这真是到了如诸葛孔明所言的“迷乱”的境地。此时远在京城做官的袁宗道特地写信，劝慰其弟：“又邑中人云：弟日来常携酒人数十辈，大醉江上，所到市肆鼎沸。以弟之才，久不得意，其磊块不平之气，固亦有此。然吾弟终必达，当尚静养以待时，不可便谓一发不中，遂息机也。信陵知终不可用，故以酒色送其余年。陈思王绝自试之路，始作平乐之游耳。弟事业无涯，其路未塞。”袁中道听从了哥哥的劝导，终于在三十四岁时中举。更可贵的是，后来他深刻认识到了饮酒的危害，曾说道：“自念平生无一事不被酒误，学道无成，读书不多，名行不立，皆此物为之祟也。甚者乘兴大饮后，兼之纵欲，因而发病，几不保躯命。”（《答钱受之》）由此亦可见家书的功能。

名言警句

人谁无过？贵其能改。

让孙皎书

孙　权

作者简介

孙权（182—252），字仲谋，吴郡富春（今浙江富阳）人。东汉末年，他继承父孙坚、兄孙策之业，占据江东六郡。建安十三年（208），联合刘备大破曹操于赤壁，与北方的曹操和西蜀的刘备形成鼎足之势。黄龙元年（229）称帝于武昌（今湖北鄂城），国号“吴”。谥“大皇帝”，世称“吴大帝”。《三国志》有传。

自吾与北方为敌[1]，中间十年[2]，初时相持年小，今者且三十矣。孔子言“三十而立”[3]，非但谓五经也[4]。授卿以精兵，委卿以大任，都护[5]诸将于千里之外，欲使如楚任昭奚恤[6]，扬威于北境，非徒相使[7]逞私志[8]而已。

近闻卿与甘兴霸[9]饮，因酒发作，侵陵[10]其人，其人求属吕蒙[11]督中。此人虽粗豪，有不如人意时，然其较略[12]，大丈夫也。吾亲之者，非私之[13]也。吾亲爱之，卿疏憎之。卿所为每与吾违，其可久乎？夫居敬而行简，可以临民[14]；爱人多容[15]，可以得众。二者尚不能知，安可董督[16]在远，御寇济难[17]乎？

卿行长大，特受重任，上有远方瞻望之视，下有部曲[18]

朝夕从事，何可恣意有盛怒邪？人谁无过？贵其能改。宜追前愆[19]，深自咎责。今故烦诸葛子瑜[20]重宣吾意。临书摧怆[21]，心悲泪下。

——《全上古三代秦汉三国六朝文·全三国文》卷六十四

注释

1 与北方为敌：指与曹操为敌。因曹操占据黄河流域的广大地区，所以说与“北方”为敌。

2 中间十年：若从赤壁之战（208）算起，此信写于建安二十三年（218）。

3 三十而立：语出《论语·为政》。意谓人到了三十岁，说话做事都有把握，可以立身处世了。

4 非但谓五经也：不仅仅是说读了五经。五经，儒家的五部经书，即《诗》《书》《礼》《易》《春秋》。

5 都护：官名，这里指率领。

6 昭奚恤：战国时楚国大将，威震中原各诸侯国。

7 相使：让你。相，你。

8 私志：个人的意志。

9 甘兴霸：即甘宁，字兴霸，巴郡临江（今四川临江）人，东吴名将。

10 侵凌：侵犯欺凌。

11 吕蒙：字子明，继周瑜、鲁肃之后的吴军统帅。

12 较略：大致，大体。

13 私之：偏爱他。

14 “夫居敬”二句：语出《论语·雍也》。意谓内心严肃认真，办事抓大体而不烦琐，可以统治民众。临，治理。

15 多容：多些宽容。

16 董督：督查统帅。

17 济难：解救危难。

18 部曲：部下。

19 追前愆：补救前面的过失。追，补救。愆，罪过、过失。

20 诸葛子瑜：即诸葛瑾，字子瑜，诸葛亮之兄。汉末时，他避乱江东，为孙权长史，累拜大将军，领豫州牧。

21 摧怆：悲伤。

大意

自从我们与北方曹操为敌以来，时间已过去十年，开始相持时，你年纪尚小，现在你已近三十岁了。孔子说“三十而立”，这不仅仅是说通读了五经。我把精锐的部队交给你，把重大的担子委托给你，在千里之外率领众将，想让你像楚国任用昭奚恤一样，在北部边境奋扬国威，不只是让你显耀个人的意志罢了。

近日听说你与甘兴霸饮酒，由于酒力发作，你冒犯欺凌了他，他要求调往吕蒙帐下。此人虽然粗鲁豪放，有不能令人满意的地方，但是就大体而言，是一个大丈夫。我亲近他，并非出于偏爱他。我亲近爱护的人，你却疏远憎恶。你的所作所为每每与我相背离，这样怎么可能久居其位呢？内心严肃认真而办事抓大体、不烦琐，可以统治民众；爱护他人多些宽容，可以得到民心。这两点尚且不懂，怎么能够在远方督查统帅军队，抵御侵犯而解救危难呢？

你快要长大成人了，特地接受了重大的担子，上有我在远方眺望注视，下有部下早晚共事，怎么可以放纵感情、大发雷霆呢？谁人没有过失？贵在能改正。你应该补救前面的过失，深深地自我责备。现在特地烦请诸葛子瑜再次表明我的意思。写下这封书信我很悲伤，心中忧痛，潸然泪下。

导读

人谁无过？贵其能改

《三国志·吴书·宗室传》载，孙皎“尝以小故与甘宁忿争，或以谏宁，宁曰：‘臣子一例，征虏吴公子，何可专行侮人邪！吾值明主，但当输效力命，以报所天，诚不能随俗屈曲矣。’”可知孙皎与甘宁喝酒时侮辱对方。甘宁愤愤不平，他认为自己作为人臣，与征虏将军孙皎是平等的，孙皎不能因为自己是孙权的堂弟，自认为高人一等。虽有人劝说甘宁，甘宁依然不平，表示不能“随俗屈曲”。孙权听说此事后，便写信批评孙皎，劝其“宜追前愆”，要“深自咎责”；并派与孙皎交情甚厚的诸葛瑾前去传达他的意思。孙皎得信后，“上疏陈谢，遂与宁结厚”。

这封信言语诚挚，情感真切，晓以大义，动之以情，让孙皎明白自己肩上的重担，不可因小事而与部下不和。孙权侧重批评孙皎尚不知“居敬而行简，可以临民；爱人多容，可以得众”的道理，更毋论“董督在远，御寇济难”之类的国家大事了。“人谁无过?贵其能改”，八字饱含真情，又给了孙皎台阶下，怪不得孙皎读后“上疏陈谢，遂与宁结厚”。如果孙权以盛气凌人的口吻责备他，恐怕得不到这样的效果。难怪曹操要感叹“生子当如孙仲谋”！

名言警句

官无金张之援，游无子孟之资。

与从弟君苗君胄书

应　璩

作者简介

应璩（190—252），字休琏，汝南（今属河南汝南县）人，应玚之弟。博学好属文，善为书记，魏文帝、魏明帝两世历官散骑常侍。齐王曹芳即位，迁侍中、大将军长史。曹爽秉政，多违法度，璩为诗以讽，多切时要，世共传之。复为侍中，典著作。《三国志》有传。其《百一诗》甚有名。原有集，已佚。张溥辑有《应休琏集》。

璩报[1]：间者[2]北游，喜欢无量[3]。登芒济河[4]，旷若发蒙[5]。风伯[6]扫途，雨师[7]洒道，按辔清路[8]，周望[9]山野，亦既至止[10]，酌彼春酒[11]。接武茅茨[12]，凉过大夏[13]；扶寸肴脩[14]，味逾方丈[15]。逍遥陂塘[16]之上，吟咏菀柳[17]之下，结春芳以崇佩[18]，折若华以翳日[19]，弋下[20]高云之鸟，饵出[21]深渊之鱼，蒲且[22]赞善，便嬛[23]称妙，何其乐哉！虽仲尼忘味于虞《韶》[24]，楚人流遁于京台[25]，无以过也。班嗣[26]之书，信[27]不虚矣。

来还京都[28]，块然独处[29]。营宅滨洛[30]，困于嚣尘[31]，思乐汶上[32]，发于寤寐[33]。昔伊尹[34]辍耕，郅恽[35]投竿，思致君于有虞[36]，济蒸人于涂炭[37]。而吾方欲秉耒耜于山阳[38]，沉钩缗于丹水[39]，知其不如古人[40]远矣。然山父不贪天地之乐[41]，曾参[42]不慕晋楚之富，亦其志也。

前者邑人[43]念弟无已，欲州郡崇礼[44]，官师授邑[45]，诚美意也。历观前后，来入军府，至有皓首[46]犹未遇也[47]，徒有饥寒骏奔[48]之劳。俟河之清[49]，人寿几何？且宦无金张之援[50]，游无子孟之资[51]，而图富贵之荣，望殊异之宠[52]，是陇西之游[53]，越人之射[54]耳。幸赖先君[55]之灵，免负担[56]之勤，追踪[57]丈人，畜鸡种黍，潜精坟籍[58]，立身扬名，斯为可矣。无或游言[59]，以增邑邑[60]。郊牧[61]之田，宜以为意[62]，广开土宇[63]，吾将老焉[64]。刘、杜二生[65]，想数往来。朱明[66]之期，已复至矣。相见在近，故不复为书。慎夏自爱。璩白[67]。

——《全上古三代秦汉三国六朝文·文选》卷四十二

注释

1　报：告知，报告。

2　间者：近来。

3　无量：无限。

4　登芒济河：登越芒山，渡过黄河。芒，山名，即邙山，又称“北邙山”，在洛阳北。河，这里指黄河。

5　旷若发蒙：开阔明朗得就像揭去了头上的覆盖物一样。

6　风伯：即风神，字飞廉，能兴疾风。

7　雨师：雨神。

8　按辔清路：放缓马步，行进在清静的道路上。按辔，扣紧马缰，使马慢步前行。

9　周望：四边眺望。周，遍。

10　亦既至止：到达目的地之后。既，已经，……以后。止，语气词。

11　酌彼春酒：畅饮那春酒。酌，斟、饮。春酒，冬天酿而春天成的酒。

12　接武茅茨：步入那茅草屋里。接武，细步徐行。武，足迹。行路足迹前后相接，即所谓细步。

13　大夏：即大厦。

14　扶寸肴脩：小小桌子上的肉菜。扶寸，同“肤存”，古代长度单位，一指为寸，一肤四寸，形容很小。肴脩，肉菜。脩，肉干。

15 方丈：指一丈见方的桌子，与“扶寸”相对为文，形容菜肴丰盛。

16 陂（bēi）塘：池塘。

17 菀柳：枝叶茂盛的柳树。

18 结春芳以崇佩：编结春花充作配饰之物。春芳，春花。崇，李善注引毛苌《诗》传曰“崇，充也”，这里指充作、当作。

19 折若华以翳（yì）日：折下若木以阻止日神西落。若华，即若木，神话传说中生长于昆仑山日入处的一种树木。

20 弋下：射下。

21 饵出：钓出。饵，诱鱼上钩的食物，这里用作动词。

22 蒲且（jū）：即蒲且子，古代楚国的善射者。

23 便（pián）嬛（huán）：古之善钓者。李善注引《淮南子》曰：“虽有钩针芳饵，加以詹何、便嬛之妙，犹不能与网罟争得也。”高诱注曰：“便嬛，白翁（传说人名）时人也。”

24 仲尼忘味于虞《韶》：据《论语·述而》记载，“子在齐闻《韶》，三月不知肉味，曰：‘不图为乐之至于斯也。’”仲尼，即孔子。虞《韶》，虞舜时的《韶》乐。

25 楚人流遁于京台：楚庄王在京台流连忘返。楚人，指楚庄王。流遁，流连忘返。京台，高台。

26 班嗣：西汉人。《汉书·叙传》记载，“彪字叔皮，幼与从兄嗣共游学，家有赐书，内足于财。好古之士，自远方至；父党扬子云以下，莫不造门。嗣虽修儒学，然贵老、严之术。桓生欲借其书，嗣报曰：‘若夫严子者，绝圣弃智，修生保真，清虚淡泊，归之自然，独师友造化，而不为世俗所役者也。渔钓于一壑，则万物不奸其志；栖迟于一丘，则天下不易其乐……’”桓生，即桓谭。

27 信：的确，确实。

28 京都：指魏国当时的京城洛阳。

29 块然独处：孤独自处。

30 营宅滨洛：在洛水边上营造住宅。

31 困于嚣尘：为俗世喧嚣所困扰。嚣尘，人事喧闹荡起尘埃，这里比喻俗世。

32 思乐汶上：想在汶水边快乐地隐居。汶上，即汶水流域，古齐地，在今山东省境内。

33 发于寤寐：醒着睡着时都产生隐居的想法。寤，睡醒。寐，睡着。

34 伊尹：人名，商汤之臣。

35 郅恽：人名，东汉官员，曾任长沙太守。

36 思致君于有虞：想着辅佐商汤成为虞舜那样的贤君。致，使……达到。有虞，即有虞氏，指舜。

37 济蒸人于涂炭：拯救民众于水火之中。蒸人，民人、民众。涂炭，烂泥和炭火，比喻灾难困苦。

38 秉耒耜于山阳：在山阳拿起农具耕田。秉，持。耒耜，农具的统称。山阳，地名，李善注引《汉书》曰“河内郡有山阳县”，在今河南省修武县。

39 沉钩缗于丹水：沉放钓钩于丹水之中。钩缗，两种钓鱼工具，即渔钩和渔线。

40 古人：指伊尹、郅恽等致君尧舜者。

41 山父不贪天地之乐：巢父不贪图君临天下的荣乐。山父，即巢父，古之隐者。

42 曾参：字子舆，春秋鲁国人，孔子的弟子。《孟子·公孙丑下》记载：“曾子曰：‘晋楚之富，不可及也；彼以其富，我以吾仁；彼以其爵，我以吾义，吾何谦乎哉？'”

43 邑人：同邑之人。

44 欲州郡崇礼：想让州郡的长官对我弟尊敬优待。

45 官师授邑：百官被授予城邑封地。官师，百官。

46 皓首：白首。

47 犹未遇也：还没有得到提拔重用。遇，指得到君王、长官的赏识提拔。

48 骏奔：急速奔走。

49 俟河之清：等待黄河水由浊变清，比喻期望之事无望达成或难以实现。

50 宦无金张之援：做官时没有金日磾、张汤那样的权臣帮忙引荐。金，指金日磾，字翁叔，本为匈奴休屠王太子，后归汉，武帝赐姓金，初为马监，迁侍中，甚得武帝宠信。张，指张汤，字安世，杜陵人，武帝时官至御史大夫。援，援引、帮扶。

51 游无子孟之资：从政却没有像霍光那样的显宦加以提拔。游，这里指从政为官。子孟，即霍光，字子孟，霍去病之弟，武帝时为奉车都尉，后辅佐昭帝，拥立宣帝，主政二十余年。资，帮助。

52 殊异之宠：特别的宠信。

53 陇西之游：指陇西之人不习水性，下水后越是急躁，越是下沉。陇西，地名，在今甘肃省境内。游，游泳。

54 越人之射：越人善水而不善射，故其学射，欲射远则反近。越人，古族名，秦汉前主要生活于长江下游以南，从事渔猎、航海、农耕等。

55 先君：对逝去父亲的尊称。

56 负担：指去做肩挑身背等体力劳动。

57 追踪：仿效。

58 潜精坟籍：心静而专一地研习古代典籍。坟籍，古代典籍。

59 无或游言：不要为虚浮无用之言所迷惑。无，同“毋”。或，同“惑”。游言，李善注引《礼记》曰：“大人不倡游言。郑玄曰：‘游，浮也。不可用之言。’”

60 邑邑：同“悒悒”，忧闷不乐。

61 郊牧：近郊远郊。《尔雅·释地》：“邑外谓之郊，郊外谓之牧。”

62 宜以为意：应该对它用心留意。

63 土宇：土地和屋宅。

64 老焉：在那里养老。

65 刘、杜二生：指作者的两位友人，具体不详。

66 朱明：出自《尔雅·释天》，原文为“夏为朱明”，其注将“朱明”解释为“气赤而光明”。

67 白：禀告，陈述。这是古代尺牍书札中的套语。

大意

应璩告知：近来北方之游，欢喜无限。登越芒山渡过黄河，眼界大开，就像揭去了头上的覆盖物一样。风神清扫路途，雨神洒水大道，我放缓马步，行进在清净的道路上，四边眺望高山平野，到达目的地以后，畅饮那春酒。我步入那茅屋之中，清凉得胜过高楼大厦；小小桌子上的肉菜，味道超过那丰盛的宴席。在池塘边上漫步逍遥，在翠柳树下咏歌吟诗，编结春花充作佩饰之物，折下若木阻止太阳西下，射下那高翔云天的飞鸟，钓出那潜藏深渊的大鱼，连古代善射者蒲且也赞赏射得好，连古代善钓者便嬛也称道钓得妙，这是何等快乐啊！即使孔子听了《韶》乐而三月不知肉味，楚庄王在京台流连忘返，也无法超过我的快乐。班嗣信中所说的隐居的快乐，的确真实不虚。

回到京城，孤独自处。我想在洛水边上营造住宅，但那里为俗世喧嚣所困扰，又设想在汶水边上快乐隐居，向往得寤寐难忘。从前伊尹停止耕田而去做官，郅恽弃掷钓竿而去从政，或想辅佐商汤成为虞舜那样的贤君，或想拯救民众于水深火热之中。而我却正想在山阳拿起农具耕田，在丹水边沉钩钓鱼，由此可知我与古人的救世济民之心相比差得太远了。然而巢父并不贪图君临天下的荣乐，曾参并不羡慕晋楚大国的豪富，这也算是他们的志向吧。

不久前同乡之人对我弟怀念不已，他想让州郡的长官对我弟尊敬优待，让众官授予城邑封地，这确实是美好的愿望。但是历观古今，进入军府做幕僚的，有人等到头发花白，还未能得到提拔重用，白白地付出了饥寒奔走的辛劳。这就像等待黄河水由浊变清那样遥遥无期，而人一生的寿命又能有多长？况且做官如果没有金日磾、张汤那样的权臣的援引，从政如果没有霍光那样的显宦的提拔，而希图富贵的荣耀，期望特异的宠信，这就像陇西人学习游泳，越地人练习射箭罢了。我幸运地仰仗先君在天之灵的佑助，免却了肩挑身背的辛苦，能效法古代的隐者，养鸡种黍，心静而专一地钻研古代典籍，立身扬名于后世，这样就足够了。不能为虚浮无用之言所迷惑，以增加自己的忧闷不乐。我对郊外的田地，应该用心留意，广开荒地而建造房屋，将在那里养老度日。刘、杜二位儒生，想必时常往来。盛夏季节，已再次来到，与你们见面就在近期，所以不再写信。谨防夏热，多自珍爱。应璩禀白。

导读

山父不贪天地之乐，曾参不慕晋楚之富

这封家书是应璩写给从弟（即堂弟）君苗、君胄的。据陆侃如先生考证，它的写作时间是魏齐王芳嘉平二年（250），那一年应璩六十一岁。

此书开篇即纵写北游之乐，登山涉水，眼界大开，心胸豁朗，放目四望，快乐无边，举杯饮酒，乐何可支！然而，真正的乐当属隐居之乐，茅屋之凉胜过大厦，几样小菜胜过酒宴，在那里逍遥漫步，吟咏歌诗，采花自饰，射鸟钓鱼。这样的快乐，要比孔夫子、楚庄王自认为的极度快乐有过之而无不及。很显然，作者极写隐居之乐，正透露出他对宦海生涯的厌倦。作者历仕文帝曹丕、明帝曹叡、齐王曹芳三世，但始终不过是“出纳王命，王之喉舌”（《诗·大雅·烝民》）的侍臣而已。这样的处境必然使作者不能有自由的思想，也无法完全施展自己的抱负。魏文帝《与吴质书》指出：“德琏常斐然有述作意，才学足以著书，美志不遂，良可痛惜。”这虽然是针对应玚而言，其实，移之于比应玚才华更出众的应璩身上也成立。明代的张溥就曾敏锐地指出：“休琏历事二主，喉舌可舒，而世无赏音，义存优孟，嗟乎命也！”

开篇极写隐居之乐，正是为下文极写仕宦之苦做铺垫。从恬静无拘的隐居环境回到京城，京城的“嚣尘”真是甚嚣尘上，一对比高下自见，作者顿生归田隐居的志向。他又引伊尹辍耕、郅恽投竿的例证宕开一笔，表白自己不想、不愿也无力效法他们“致君尧舜”的举动，而极想效法巢父、曾子“不贪天地之乐”“不慕晋楚

之富”。理由很简单：人各有志。

末段即借邑人“念弟无已”、想让当权者提拔重用一事发泄一腔怨愤。如果说前文还能表现出谦谦君子的风度的话，那么这里则抛却掩饰，直抒胸臆，真的是“旷若发蒙”。作者抓住两点展开议论：一是怀才不遇者古今都有，而且居多，其荣古虐今之意甚明；二是抨击腐败的门阀等级制度对人才的压抑和扼杀，“宦无金张之援，游无子孟之资，而图富贵之荣，望殊异之宠，是陇西之游，越人之射耳”诸句，道出了封建社会官僚制度的本质。曹植《当墙所高行》有句：“龙欲升天须浮云，人之仕宦待中人。”说的正是同一个道理。

张溥曾评价：“休琏书最多，俱秀绝时表。列诸辞令之科，陈孟公、王景兴其人也。”《文选》就录入应璩书信四篇，可见昭明太子萧统对应璩书信文的青睐。读《与从弟君苗君胄书》，不难看出应璩书信文的特点：语词典雅，隶事工稳，排偶中见参差，清新中显潇洒，感情充沛而不造作，文气一贯而不凝滞。“秀绝时表”的评价，亦非虚言。

名言警句

文患其事尽于形，情急于藻，义牵其旨，韵移其意。

狱中与诸甥侄书以自序

范 晔

作者简介

范晔（398—445），字蔚宗，顺阳（今河南淅川）人。范宁之孙，范泰之子，出继从伯弘之。博涉经史，善为文章，精通音律。晋末为彭城王刘义康参军，历任秘书丞、新蔡太守、尚书吏部郎，迁左卫将军、太子詹事，参与机要，为文帝所亲信。宋文帝延和元年（432），左迁宣城太守，因不得志，于是删定自《东观汉记》以下诸书，撰为《后汉书》。元嘉二十二年（445），以参与孔熙先谋立刘义康，事泄被杀，四子一弟，同死于市。《宋书》《南史》皆有传。

吾狂衅覆灭[1]，岂复可言，汝等皆当以罪人弃之。然平生行己[2]在怀，犹应可寻，至于能不[3]，意中所解，汝等或不悉知。

吾少懒学问，晚成人，年三十许，政始有向[4]耳。自尔[5]以来，转为心化[6]，虽老将至者，亦当未已也。往往有微解，言乃不能自尽[7]。为性不寻注书[8]，心气恶，小苦思，便愦闷[9]，口机又不调利[10]，以此无谈功。至于所通解处，皆自得之于胸怀耳。文章转进，但才少思难，所以每于操笔，其所成篇，殆无全称[11]者。常耻作文士[12]。文患其事尽于形，情急于藻，义牵其旨，韵移其意[13]。虽时有能者，大较[14]多不免此累，政可类工巧图缋[15]，竟无得也。常谓情志所托，故当以意为主，以文传意。以意为主，则其旨必见；以文传意，则其词不流[16]。然后抽其芬芳，振其金石耳[17]。此中情性旨趣，千条百品[18]，屈曲有成理[19]。自谓颇识其数[20]，尝为人言，多不能赏[21]，意或异故也。

性别宫商、识清浊[22]，斯自然也。观古今文人，多不全了[23]此处；纵有会此者，不必从根本中来。言之皆有实证，非为空谈。年少中谢庄[24]最有其分，手笔差易，文不拘韵[25]故也。吾思乃无定方，特能济难适轻重[26]，所禀之分，犹当未尽。但多公家之言[27]，少于事外远致[28]。以此为恨，亦由无意于文名故也。

本未关史书，政恒觉其不可解耳。既造[29]《后汉》，转得统绪[30]，详观古今著述及评论，殆少可意[31]者。班氏[32]最有高名，既任情无例，不可甲乙辨[33]。后赞[34]于理近无所得，唯志可推[35]耳。博赡[36]不可及之，整理未必愧也。吾杂传论[37]，皆有精意深旨，既有裁味，故约其词句。至于《循吏》以下，及《六夷》诸序、论，笔势纵放，实天下之奇作[38]。其中合者，往往不减《过秦》篇[39]。尝共比方[40]班氏所作，非但不愧之而已。欲遍作诸志，《前汉》所有者悉令备[41]。虽事不必多，且使见文得尽；又欲因事就卷内发论，以正一代得失，意复未果。赞自是吾文之杰思，殆无一字空设，奇变不穷，同含异体[42]，乃自不知所以称之。此书行[43]，故应有赏音者。纪传例为举其大略耳，诸细意[44]甚多。自古体大而思精[45]，未有此也。

恐世人不能尽之，多贵古贱今，所以称情狂言[46]耳。

吾于音乐，听功不及自挥[47]，但所精非雅声[48]，为可恨。然至于一绝处[49]，亦复何异邪[50]？其中体趣[51]，言之不尽。弦外之意，虚响之音，不知所从而来。虽少许处，而旨态无极[52]。亦尝以授人，士庶中未有一豪似[53]者，此永不传矣！吾书虽小小有意，笔势不快。余竟不成就，每愧此名。

——《全上古三代秦汉三国六朝文·全宋文》卷十五

注释

1 吾狂衅覆灭：我因狂悖而遭杀身之祸，指与孔熙先等谋立彭城王刘义康一事。
2 行己：行事。
3 能不：得失。不，同“否”。
4 政始有向：才开始有志向。政始，方始。政，同“正”。
5 尔：那时，即“年三十许，政始有向”之时。
6 转为心化：指志向为心所化，坚定不移。
7 “往往”二句：心中常常有精微的见解，但用语言难以全部说出。
8 为性不寻注书：生性不喜推求烦琐的经传之书。
9 愦闷：头昏心乱。
10 口机又不调（tiáo）利：口才又不犀利。
11 全称：全篇完美。称，称道。
12 耻作文士：以自己是文士为耻。这里所说的“文士”，指长于文学创作的“秀才”，不同于“学究”。
13 “文患其事”四句：意谓为文忌讳记事穷形尽相，本为抒情达意而被词采所淹没，文字训义阻碍了立意的表达，注重音律而忽略了文意。
14 大较：大略，大概。
15 缋：同“绘”。《周礼·考工记·画缋》中有“画缋之事，杂五色”之句。
16 不流：不浮华。
17 “然后”二句：意谓之后才能引出完美的思想内容，现出清越的文辞形式。抽，引出。金石，这里指钟磬之类的乐器。
18 千条百品：千种百类。品，类。
19 屈曲有成理：为文技巧有一定的规律。屈曲，这里指作文的技巧。
20 数：道理，规律。

21 赏：知赏。

22 “性别”二句：我生性喜好辨别宫商五音、识别清音浊音，这都是原来就存在的语言现象。宫商，即宫、商、角、徵、羽五音的省称。清浊，指五音的清音和浊音。宫商和清浊在这里指文章的声律。

23 了：明白。

24 谢庄：字希逸，南朝宋文学家，颇有文才，以赋著名，曾任吴郡太守。

25 文不拘韵：为文不被声律所拘牵。

26 济难适轻重：有利于表达难以言传之事，适合于文字声律的轻重抑扬。

27 公家之言：政府官方公文之类的文章。公家，政府。

28 事外远致：文章的言外之意。

29 造：作，这里指编纂。

30 统绪：头绪。

31 可意：合意，如意。

32 班氏：指班固，字孟坚，《汉书》的作者。

33 不可甲乙辨：不能辨别出是甲是乙。因《汉书》是第一部断代史，无法比较高下。

34 赞：指《汉书》每篇传记之后的“赞曰”，从《史记》的“太史公曰”变化而来。

35 唯志可推：只有“十志”值得推崇。志，指《汉书》中的《食货志》《地理志》《五行志》《律历志》《礼乐志》《刑法志》《郊祀志》《沟洫志》《艺文志》《天文志》。推，推崇。

36 博赡：广博丰富。

37 传论：指《后汉书》每篇传记之后的“论曰”。

38 “至于”四句：范晔特别重视《循吏传》以及《六夷》诸序、论。这些列传的题材都比较广泛，不同于一人的专传和少数人的合传。范晔在论述时又往往目光四瞩，究源穷委，详述东汉一代（有时上溯至先秦两汉）某一方面史事的沿革得失，使这些序论带有某种专门的政治史、文化史、民族史等的性质；再加之作者往往有颇为精当的见解，因此具有相当深广的内容。

39 《过秦》篇：指西汉贾谊的《过秦论》，论述了秦的兴亡原因。

40 比方：比较。

41 悉令备：全部让它完备，即都撰写完备。悉，全、都。

42 同含异体：每篇论、赞虽同是议论，但内容各异。

43 行：行世，传布。

44 细意：细致精微之处。

45 体大而思精：规模宏大，思虑精密。

46 称（chèn）情狂言：纵情地狂说。称情，合乎情感的要求。

47 听功不及自挥：鉴赏音乐的能力赶不上自己弹奏。

48 雅声：高雅的音乐。

49 一绝处：指非雅乐的最高境界。

50 邪：同“耶”。

51 体趣：意趣。

52 旨态无极：意谓非雅乐的意蕴和表现形态无边无涯，优美动听。

53 豪似：非常相似。豪，同“毫”。

大意

我因狂悖而遭杀身之祸，难道还有什么可说的吗？你们都应当把我看作罪人而抛弃我。然而我平生行事心中有数，还能探寻，至于得失，我内心的悟解，你们或许不全知道。

我少年时懒于读书学习，成熟得晚，三十岁左右年纪时，才开始立有志向。自那时以来，志向为心所化，即使到老年将至的时候，也应当不会停止。我心中常常有精微的见解，但难以用语言全部表达出来。生性不喜推求烦琐的经传之类的书籍，脑子笨，稍微作些深思，便头昏心乱，口才又不犀利，因此没有清谈的才能。至于所获得的一些通明的见解，都是自得于内心的领悟罢了。为文有了进步，但才华稀缺而思维艰涩，所以每当提笔写作，所写成的篇章中，大概没有一篇是完美而可称道的。常常以作文士为耻辱，因为作文的忌讳在于记事穷形尽相，本为抒情达意却被词采所淹没，文字训义阻碍立意的表达，注重音律而忽略了文章的旨意。虽然不时有能够避免以上通病的才能之士，但大多免不了这些病累，正好比精巧的工匠在已有图案的画上图画，最终没有什么所得。我常常以为作文是为了寄托情志，所以应当以立意为主，以文传意。如果以意为主，那么作者的情志一定会显现出来；以文传意，那么作者的词采就不会浮华。之后才能引出完美的思想内容，展现出清越的文辞形式。这中间的旨意情趣，千种百类，变化技巧有一定的规律。我自以为很懂得其中的规律，曾经给别人讲，大多不能知赏，这大约是见解不同的缘故吧。

我生性喜好辨别宫商五音、识别清音浊音，是因为本来就存在这样的现象。纵观古今的文人，大多不全明白这个道理；即使有懂得的，也不一定是从根本上懂得。我说的都有确凿的依据，不是不切实际的空话。如在年少一辈中，谢庄最有这样的天分，文笔尚能变化，这是为文不拘韵律的缘故。我想为文押韵与否本无固定的方法，不过能够有利于表达难以言传之事，适合于文字声律的轻重抑扬就可以了，我所具备的天分，还应当说没能达到这一点。因为我只是多写官方应酬一类的公文，而在言外之意的方面表达得较少。常常以此为憾恨之事，也是无意于追求文名的缘故。

以上所谈没有涉及史书，正因为常常感觉到史书不大可理解而已。编纂《后汉书》之后，转而掌握了头绪，仔细阅读古今著述和评论，几乎很少有令人满意的史书。班固最负盛名，可既然他是按自己的想法著史而无先例，便无法比较《汉书》与其他史书的高下。它后面的“赞”文在说理方面几乎没有可取之处，只有“志”书值得推崇。就博大丰富而言，我的《后汉书》赶不上它，但就整理旧史而创建新例方面而言，我却无愧。我加进去的传、论都有精意深旨，既有裁夺，又有意味，所以词句简明。至于《循吏》以下以及《六夷》各序、论，笔势纵横自如，实在是天下的奇作。其中切中时弊的，往往不逊于《过秦论》。我曾经将《后汉书》与班固的《汉书》做比较，感到不仅是不惭愧而已。想把诸志都写完，把《汉书》所有的都撰写完备。虽然事情不一定丰富，但要让人看后有完整的印象；又想就事情而在书中发表议论，以订正一代的得失，这种想法也没能实现。“赞”文自然是《后汉书》出色的构思，几乎没有一字是虚设的，文字变化无穷、同中有异，竟不自知如何对它进行称道。这书行世之后，应当有知音的赏识。纪传例是仅仅举其大概而已，各种细致精微的内容还很多。自古规模宏大而思虑精密的史书，没有像它这样的。我担心世人不能全部了解，大多贵古贱今，所以纵情地乱说罢了。

我对于音乐，鉴赏的能力赶不上自己弹奏，但所擅长的不是雅乐，这是值得遗憾的。但是到了音乐的最高境界，非雅乐与雅乐又有什么不同呢？其中的意趣，语言难以说尽。弦外之音，虚响之意，不知从何处而来。虽然非雅乐很少有让人称许的地方，但它的意蕴趣味和表现形态无边无涯，优美动人。我也曾把它传授教人，可是学习的士人和百姓中没有一个能学得非常相似的，这一技法永远不会流传了！我的书法虽然稍有笔意，但笔势不畅快。其余的方面最终一无所成，我每每为我的声名而惭愧。

导读

用家书总结自己的一生

这是一篇明志之作，是作者临死前写给众甥侄的一封家信。人之将死，其言也善！范晔没有慷慨激昂的大丈夫式的陈词，也没有缠绵悱恻的别情和嘱托，而是着重总结了自己一生的笔墨生涯，对其代表作《后汉书》做了不少中肯又略显溢美的评价。这封家书一反一般绝命辞的旧套路，从容不迫地谈艺论文，从中我们可以感知范晔的品格与为人。

信中提出了不少文学、艺术相关的问题：以意为主，以文传意，耻作文士，识曲不如探缦，文章与声律的关系……后世不少文学、史学、音乐史研究者都非常重视这封家书。至于《后汉书》的优劣得失，前人的评论有褒有贬，且贬大于褒。然而，清人王鸣盛的《十七史商榷》却提出，《后汉书》独能“贵德义，抑势力，进处士，黜奸雄。……宰相多无述，而特表逸民；公卿不见采，而惟尊独行”。钱锺书则在《管锥编》中评价道：“按班书之‘赞’，即范书之‘论’，鲜如晔之纵横驰骋、感慨飞扬者，后来洵为居上；班‘述’范‘赞’，伯仲之间，均余食赘行也，‘无字虚设’之夸，前引《史通》指摘《隗嚣传·赞》，已足破之；若夫‘传’，则范记叙之笔逊班多多许。”

名言警句

思尽波涛，悲满潭壑。

登大雷岸与妹书

鲍　照

作者简介

鲍照（？—466），字明远，东海（今山东郯城）人。出身寒微，地位卑下，一生怀才不遇，羁旅他乡，遭遇坎坷。曾任临川王刘义庆、始兴王刘濬的国侍郎，后任临海王刘子顼的前军刑狱参军，故世称“鲍参军”。后刘子顼作乱，鲍照死于乱军之中。《宋史》《南史》均有传。他是我国南北朝时期的著名诗人，其诗文充满着愤世嫉俗的不平之气，风格俊逸，语言清新。其乐府诗成就很高，对后世影响较大。有《鲍参军集》。

吾自发寒雨，全行日少[1]。加秋潦[2]浩汗，山溪猥[3]至，渡泝[4]无边，险径游历，栈石星饭，结荷水宿[5]。旅客贫辛[6]，波路[7]壮阔，始以今日食时[8]，仅及大雷[9]。涂[10]登千里，日逾十晨。严霜惨节[11]，悲风断肌[12]。去亲为客，如何如何！

向因涉顿[13]，凭观[14]川陆，遨神清渚[15]，流睇方曛[16]。东顾五洲[17]之隔，西眺九派[18]之分，窥地门[19]之绝景，望天际之孤云。长图大念[20]，隐心[21]者久矣。

南则积山万状，争气负高[22]，含霞饮景[23]，参差代雄[24]，凌跨长陇，前后相属，带天有匝[25]，横地无穷；东则砥原远隰[26]，亡端靡际[27]，寒蓬夕卷，古树云平[28]，旋风四起，思鸟群归，静听无闻，极视不见；北则陂池潜演[29]，湖脉通连，苎蒿攸[30]积，菰[31]芦所繁，栖波之鸟，水化之虫[32]，智吞愚，强捕小，号噪惊聒，纷牣[33]其中；西则回江永指[34]，长波天合，滔滔何穷，漫漫安竭？创古迄今，舳舻[35]相接。思尽波涛，悲满潭壑[36]。烟归八表[37]，终为野尘[38]，而是注集，长写不测[39]，修灵[40]浩荡，知其何故哉？

西南望庐山，又特惊异。基压江潮[41]，峰与辰汉[42]连接。上常积云霞，雕锦缛，若华夕曜，岩泽气通[43]，传明散彩[44]，赫似绛天[45]。左右青霭，表里紫霄[46]。从岭而上，气甚金光。半山以下，纯为黛色。信可以神居帝郊[47]，镇控湘汉[48]者也。

若潨[49]洞所积，溪壑所射，鼓怒之所豗击[50]，涌澓[51]之所宕涤，则上穷荻浦[52]，下至狶洲[53]，南薄燕亙[54]，北极雷淀，削长埤[55]短，可数百里。其中腾波触天，高浪灌日，吞吐百川，写泄万壑；轻烟不流，华鼎振涾[56]，弱草朱靡[57]，洪涟陇蹙[58]，散涣长惊[59]，电透箭疾；穹溘崩聚[60]，坻飞岭覆[61]，回沫冠山，奔涛空谷，碪石[62]为之摧碎，碕岸[63]为之齑落[64]。仰视大火[65]，俯听波声，愁魄胁息[66]，心惊慓[67]矣。

至于繁化殊育，诡质怪章[68]，则有江鹅、海鸭、鱼鲛、水虎之类，豚首、象鼻、芒须、针尾之族，石蟹、土蚌、燕箕、雀蛤之畴[69]，折甲、曲牙、逆鳞、返舌之属，掩沙涨，被草渚，浴雨排风，吹涝弄翮[70]。

夕景欲沉，晓雾将合，孤雏寒啸，游鸿远吟，樵苏[71]

一叹，舟子[72]再泣，诚足悲忧，不可说也！风久雷飙，夜戒前路，下弦[73]内外，望达所届。

寒暑难适，汝专自慎，夙夜戒护，勿我为念。恐欲知之，聊书所睹。临涂草蹙，辞意不周。

——《鲍明远集》卷四十七

注释

1 “吾自”二句：意谓我自出发后便天寒降雨，或行或止，整天赶路的日子少。
2 秋潦：秋雨。
3 猥：多。又，王怀祖《广雅疏证》曰“猥至，言顿至也”，亦通。
4 渡泝（sù）：在广阔无边的水面上渡过或逆流而上。
5 “栈石”二句：意谓在栈道山路上戴星而食，在荷花丛中傍水而宿。这两句极言行途之艰辛。栈石，在山崖绝险处用木板架起的栈道。
6 旅客贫辛：旅客少见而辛苦。
7 波路：水路和陆路。
8 食时：吃晚饭时。
9 仅及大雷：才到达大雷。仅，才。大雷，地名，在今安徽省望江县，《水经注》称“大雷口”。
10 涂：同“途”，路途。
11 惨节：使人骨节感到惨痛。节，与下文“肌”对举，指人身上的骨节。
12 断肌：使人肌肉开裂。与“惨节”都是极言天气寒冷。
13 向因涉顿：离家数日来，因为跋山涉水。向，前一段时间，指离家数日来。涉顿，渡水与登高，即跋山涉水。
14 凭观：眺望。
15 遨神清渚：神游水中清明的小洲。
16 流睇方曛：纵目四望黄昏时分的景色。
17 五洲：江中五处沙洲。
18 九派：水分流为“派”。长江在浔阳分为九股支流，故有此称。
19 地门：与下文“天际”相对，泛指地势险要处。
20 长图大念：雄心壮志。
21 隐心：隐藏于心。
22 争气负高：千山中哪一个也不肯服气低头，争相比试高低。负，恃。
23 含霞饮景：山峰间飘着彩霞，山峰上照满阳光。景，同“影”。
24 参差代雄：随着阳光的移动，山色明暗变换，迭相称雄。
25 匝：绕一周。
26 砥原远隰（xí）：平坦如砥的平原和广阔的低地。砥，磨刀石。
27 亡端靡际：无边无际。亡，无。
28 “寒蓬”二句：寒冷的蓬草被风

斜卷着飞上天，多年的老树高耸入云。夕，侧、斜。

29 潜演：潜藏着水脉。演，地下水脉。

30 攸：所。

31 菰（gū）：菜名，即生于陂泽的茭白。

32 “栖波”二句：栖息于水中的鸥鹭之类，滋生于水中的鱼虾之类。

33 纷牣（rèn）：纷杂而充满。牣，盈满。

34 回江永指：曲折的江水永无休止地奔腾向前。

35 舳（zhú）舻：船只。舳，船尾。舻，船头。

36 “思尽”二句：思乡之情如同波涛一样起伏不停，悲伤之感就像深潭大壑一样难以测量。

37 八表：八方之外，指极远的地方。

38 野尘：天地中的浮气和游尘。《庄子·逍遥游》言“野马也，尘埃也，生物之以息相吹也”，当为此文所本。

39 长写不测：长流而变幻莫测。写，同“泻”。

40 修灵：即灵修，指水神。

41 基压江潮：山根坐落在江潮之上。

42 辰汉：星辰和天河。

43 岩泽气通：山川之间雾气相通。

44 传明散彩：传达光明，散发光彩。

45 赫似绛天：红得好像天是绛红色的。赫，红色。绛天，赤红的天。

46 表里紫霄：与紫霄峰相内外。表里，内外。紫霄，庐山上的一座高峰。

47 帝郊：天帝的游地。

48 镇控湘汉：镇守控扼湘江和汉水。

49 潨（cóng）：水流交会处。

50 鼓怒之所豗（huī）击：疾风鼓起的怒涛相互撞击。豗击，水相击。

51 涌澓（fù）：涌起的回流。澓，同“洑”。

52 荻浦：生满芦苇的水滨。

53 豨（xī）洲：水中沙洲。

54 南薄燕厎：南边靠近燕厎。薄，迫近。燕厎，与下文的“雷淀”应都是地名，今不可考。

55 埤（pí）：增补。

56 华鼎振涾（tà）：浪花翻腾，就像水沸于鼎中要溢流出来一样。华鼎，犹《汉书·武帝纪》所谓“文鼎”。涾，水沸腾溢出来。

57 弱草朱靡：小草的茎干被水淹没。朱，茎干。靡，倒下。

58 洪涟陇蹙：洪波巨浪前后相迫，就像丘陇相压迫一样。蹙，迫。

59 散涣长惊：崩散的波涛长远得惊人。涣，《玉篇》曰“涣，水盛貌”。

60 穹溘（kè）崩聚：大浪时而崩散、时而汇聚。穹溘，大水。

61 坻（chí）飞岭覆：在水浪的冲击下，水中陆地被冲飞，山岭被倾覆。坻，水中小洲。

62 碪（zhēn）石：即砧石，河边捣衣石。

63 碕（qí）岸：曲岸。

64 齑（jī）落：粉碎跌落。

65 大火：星名，即心宿。

66 愁魄胁息：身躯忧惧而呼吸紧张。胁息，屏住呼吸。

67 惊慓：惊怕而心跳加快。慓，急，《说文解字》曰“慓，疾也”。

68 诡质怪章：指形体诡怪、花纹奇特的各类动物。

69 畴：同“俦”，类。

70 吹涝弄翮（hé）：吹起大浪，翻动尾翮。翮，翎管、羽毛的硬管。

71 樵苏：樵夫。取柴曰“樵”，取草曰“苏”。

72 舟子：船夫。

73 下弦：月相的一种，夏历每月二十二日或二十三日时，看到的月亮缺一半，故有此称。

大意

我自出发后便天寒降雨，整天赶路的日子少。加上秋雨广阔无涯，山溪中的水也多汇入其中，因此不管是渡水还是逆流而上，都感到无有边涯，犹如在艰险的道路中游历一样，有时在栈道山路上戴星而食，有时在荷花丛中傍水而宿。旅客因路途艰辛而稀少，水旱两路都难行而又辽远，在今天晚饭时分，才刚到达大雷。途中行进了千里之远，日子超过了十天之久。严寒的霜气使人骨节感到惨痛、肌肉将要开裂。离开亲人而他乡作客，该怎么办啊、该怎么办！

离家以来，因为跋山涉水，得以眺望山川陆地，神游水中清明的小洲，纵目四望黄昏的景色。东视江水五处沙洲的断隔，西望长江九股水脉的分流，俯察地门的绝妙景色，仰望天际的孤单飘云。我的雄心壮志，隐藏于内心已经很久了。

南面群山千姿百态，哪一个也不肯服气低头而争相试比高低，山峰间飘荡着彩霞，山峰上洒满了阳光，随着阳光的移动，山色明暗变换，迭相称雄，凌跨过长长的坂坡，前后相连，山路长得似乎可绕天一周，横亘大地，没有尽头；东面平坦如砥的平原和广阔的低地，无边无际，寒冷的蓬草被风斜卷着飞上天空，多年的老树高耸入云，旋风四面而起，思念故巢的鸟儿成群地往回飞，仔细聆听似乎什么也听不到，极目远视似乎什么也看不见；北面水泽之中潜藏着水脉，湖水在地下暗相沟通，水中是麻草和蒿菜所积聚之处，是茭白和芦苇所繁育之地，栖息于水中的鸥鹭之类，和滋生于水中的鱼虾之类，它们之中智慧的吞吃愚昧的，强悍的捕食弱小的，号呼噪嚷惊慌吵闹之声，纷杂地充满在水中；西面曲折的江水永无休止地奔腾向前，长长的波浪似与天相接，滔滔不绝哪里是尽头，漫漫无边何处会枯竭？从古到今，水中船尾和船头相接而不断绝。我的思乡之情如同波涛一样起伏不停，悲伤之感就像深潭大壑一样难以量测。烟雾归之于八方之外，最终化为天地中的浮气和游尘，而江河流淌汇集，长流而变幻莫测，水神无思无虑，谁能知道这是什么原因呢？

再向西南远望庐山，又特别令人惊异。它的山根坐落在江潮之上，山峰又与星辰和天河相连接。山上常年积有云霞，就像雕制成的花样繁多的彩饰一样，霞光在黄昏照耀下地，山川之间雾气相通，传达光明而散发光彩，天好像被染成了绛红色。山峰左右飘着青色的云气，与紫霄峰互为表里。从山岭往上看，山气全像是金光一样。从半山往下看，则又全像青黑色一样。确实可以看作是神仙的居处和天帝的游地，是镇守控扼湘江、汉水的奇山。

说到细流急速汇成的巨川，山溪汩汩地喷射而成的水流，疾风鼓起的怒涛所形成的相互撞击，涌起的回流所形成的冲刷涤荡，则上至生满芦苇的水滨，下至水中沙洲，南近燕庂，北到雷淀，截长补短，大约方圆有数百里。其间腾飞的波涛触及上天，掀起的高浪似可灌洗太阳，吞吐着千百条水流，流泄入万千道沟壑；有时如轻烟一样不再流动，有时如沸腾于华鼎之中的水要溢出来一样，弱小的草的茎干被水淹没，洪波巨浪前后相迫就像丘陇相压迫一般，崩散起来的波涛长远得惊人，像闪电和飞箭一样疾快；大浪时而崩散，时而汇聚，在水浪的冲击下，小洲被冲飞而山岭被倾覆，波浪退下时旋起的浮沫盖过了山巅，奔腾的波涛使得山谷荡然无存，砧石因此而摧碎成块，曲岸因此而粉碎跌落。仰看天上的心宿，俯听水中的涛声，令人身感忧惧而呼吸不畅，心惊胆战而心跳加快。

至于繁衍生长于水中的各类生物，形体诡怪、花纹奇特的各类动物，则有江鹅、海鸭、鱼鲛、水虎之类，海豚、象鼻、芒须、针尾一族，石蟹、土蚌、燕箕、雀蛤之类，折甲、曲牙、逆鳞、反舌之类，它们满布沙洲，遍及草地，冒雨顶风，吹起大浪，翻动尾巴。

到夕阳将要西下，晓雾将要聚合时，孤飞的野鹤凄伤地呼啸，出游的鸿雁远远地呻吟，樵夫一声悲叹，船夫接而哭泣，的确足以令人悲伤忧愁，不可细说了！风在吹，雷在鸣，夜里不能往前赶路，下弦左右，有望到达目的地。

寒热难以适应，你一定要自保谨慎，早晚细心保重，不要以我远行为念。担心你想知道我的情况，姑且将所见书写于你。行路途中仓促写成，辞意当有不周全之处。

导读

模山范水，借景抒情

鲍照出身贫贱，在门阀森严的南朝受尽了歧视和压迫。《南史》本传载："照始尝谒义庆，未见知，欲贡诗言志，人止之曰：'卿位尚卑，不可轻忤大王。'照勃然曰：'千载上有英才异士沉没而不闻者，安可数哉！大丈夫岂可遂蕴智能，使兰艾不辨，终日碌碌，与燕雀相随乎？'于是奏诗。义庆奇之，赐帛二十匹。寻擢为国侍郎，甚见知赏。"宋文帝元嘉十六年（439）四月，刘义庆为卫军将军江州（今江西九江）刺史。这年秋天，鲍照自建康（今江苏南京）赴江州就职，途中登大雷岸，触景生情，给其妹鲍令晖写下了这封骈文体家书。

家书先写离家远游的艰辛，思家念亲之意自在其中；再写途中所见的景物，描绘出了一幅雄伟奇丽、秀美幽峭的山水图，同时以拟人化的手法给山水景物涂上一层感情色彩，使自己复杂的情感喷薄而出；最后以预计抵达日期和恳挚的关切作为家书的收尾。全文写景生动，色彩瑰丽，借景抒情，妙喻迭出，佳句美不胜收，不仅是一篇优美的家书，而且是一篇模山范水的杰作。吴汝纶曾评曰："奇绝惊艳，前无此体，明远创为之。"

对于《登大雷岸与妹书》的独创之处，钱锺书先生指出：

按鲍文第一，即标为宋文第一，亦无不可也。……“潭壑”取其容量，堪受幽深广大之“悲”，即李群玉《雨夜呈长官》：“请量东海水，看取浅深愁。”然波涛无极，言“尽”而实谓“思”亦不“尽”；潭壑难盈，言“满”则却谓“悲”竟能“满”。二语貌同心异，不可不察尔。“若潀洞所积，溪壑所射”至“樵苏一叹，舟子再泣”一节；按足抵郭璞《江赋》，更饶情韵。《文选》采郭赋而弃此篇，真贻红纱蒙眼之讥，尚非不收王羲之《兰亭集序》可比也。

镜想分鸾，琴悲别鹤。

为衡山侯与妇书

何　逊

作者简介

何逊（？—518），字仲言，东海郯（今山东郯城县）人。宋御史中丞何承天曾孙。八岁能诗，弱冠举秀才，仕途坎坷，历任建安王水曹参军，安西、安成二王参军事，兼尚书水部郎，庐陵王记室等职，世称“何水部”“何记室”。其诗文为前辈文人萧衍、沈约等推重。诗与阴铿齐名，世称“阴何”；文与刘孝绰齐名，世称“何刘”。《梁书》《南史》均有传。其诗的风格与谢朓相似，善于写景抒情，工于炼字炼句，文辞优美，音律和谐，对唐代近体诗影响很大。有《何水部集》。

昔人邀游洛汭[1]，会遇阳台[2]，神仙仿佛，有如今别。帐前微笑，涉想[3]犹存；而幄里余香，从风且歇[4]。掩屏[5]为疾，引领成劳。镜想分鸾[6]，琴悲别鹤。心如膏火，独夜自煎[7]，思等流波，终朝不息[8]。始知萋萋萱草[9]，忘忧之言不实；团团轻扇，合欢之用为虚[10]。路迩人遐，音尘寂绝[11]。一日三秋，不足为喻[12]。聊陈往翰，宁写款怀[13]？迟枉琼瑶[14]，慰其杼轴[15]。

——《全上古三代秦汉三国六朝文·全梁文》卷五十九

注释

1 昔人遨游洛汭（ruì）：典出曹植《洛神赋序》所记，“黄初三年，余朝京师，还济洛川。古人有言，斯水之神，名曰宓妃。感宋玉对楚王神女之事，遂作斯赋。”汭，河流弯曲处。

2 会遇阳台：典出宋玉《高唐赋》所记，“昔者，先王尝游高唐，怠而昼寝，梦见一妇人，曰：‘妾巫山之女也，为高唐之客，闻君游高唐，愿荐枕席。’王因幸之。去而辞曰：‘妾在巫山之阳，高丘之岨，旦为朝云，暮为行雨，朝朝暮暮，阳台之下。’”

3 涉想：想象，设想。

4 “而幄里”二句：但锦帐里的余香，顺风飘荡而将要散歇。幄，《周礼·天官·幕人》郑注曰“在旁曰帷，在上曰幕……四合象宫室曰幄”。从风，顺风。

5 掩屏：关闭门户。

6 镜想分鸾：照镜时想起你与我分离两处。

7 “心如”二句：语出《庄子·人间世》，原文为“山木自寇也，膏火自煎也”。

8 “思等”二句：语出《汉书·外戚·孝武李夫人传》，武帝悼李夫人曰“思若流波，怛兮在心”。

9 萱草：古人认为是一种食之可使人忘忧的草，俗称“忘忧草”。

10 “团团”二句：语出班婕妤《怨歌行》，原文为：“新裂齐纨素，皎洁如霜雪。裁为合欢扇，团团似明月。”

11 “路迩”二句：路途虽近，与你相隔却远，没有任何你的音信。迩，近。遐，远。音尘，本谓声音与尘埃，后借指信息。寂绝，空绝。

12 “一日”二句：语出《诗经·王风·采葛》，原文为“一日不见，如三秋兮”，形容离后相思之深切，却又言“不足为喻”，乃极言刻骨的相思之情。

13 “聊陈”二句：意谓写信给你，姑且陈说一下我的相思之情，而这怎能倾泻尽我忠诚的心意呢？翰，指书信。宁，怎么。写，同“泻”。款怀，忠诚的心意。

14 迟（zhì）枉琼瑶：我等待着你的回音。迟，等待。枉，表示敬意的词，犹“屈就”。琼瑶，语出《诗经·卫风·木瓜》，原文为“投我以木桃，报之以琼瑶”。毛诗注疏曰“琼瑶，美玉”。后引申为对人酬答的礼品或投赠的诗文、书信的美称。

15 慰其杼轴：安慰我那躁动不安的心。杼轴，织布机上的两个部件。杼即“梭”，司纬线。轴本作“柚”，滚筒，即卷织物用的轴。

大意

当年曹子建漫游到洛水边，深爱洛水女神宓妃，就像楚怀王与巫山神女幸会于阳台一样，他们幸福得好像神仙一般，我和你今天的分别与他们相似。虽然你在帐前的美妙微笑，还存在于我的想象之中；但是锦帐里的余香，顺风飘荡而将要散歇。我关门闭户苦思而愁出疾病，引颈翘望而导致脖颈酸困疲劳。照镜时想起了你与我分离两地，弹琴时悲叹我与你分居东西。我的心像灯火一样燃烧，在夜里独自煎熬，我的情像流水一样无有穷期，终日不能停止。我现在才知道茂盛的忘忧草，可以让人忘忧的说法欺人不实；团团的合欢扇，象征男女爱情的故事无用空虚。路途近而与你相隔那么遥远，一点也没有你的音信。古人所说“一日不见，如三秋兮”，不足以表达出我对你的思念。写信给你姑且陈说一下我的相思，它怎能倾泻完我忠诚的情怀？我等待着你的回信，以安慰我那颗躁动不安的心。

导读

代人抒情，亦成千古名篇

《梁书·太祖五王传》云：“南平元襄王伟，太祖第八子也。子恭，字敬范，天监八年，封衡山县侯。”天监八年即公元509年，可知这封为衡山侯萧恭代写的情书是何逊的晚年之作。

代人写情书于古于今都屡见不鲜，但真正写得好的却寥若晨星。因为代人抒情往往是为文而造情，不是捉刀者自己真实情感的抒发和自然流露，而可以说是“无端代人而哭笑”，所以套语不断、揣摩悬想就在所难免了。但是才华横溢的何逊却代人写出了“风流旖旎，六朝极笔”（清人蒋心余语）的情书，其感情之真挚，语言之精练，辞藻之华丽，典故之切当，均达到了美妙绝伦的地步，对后代书信文的发展影响甚大，其中如“镜想分鸾，琴悲别鹤”“思若流波，终朝不息”“聊陈往翰，宁写款怀”等名句，后来几乎成为情书中的套语。

明代钟惺所编名公尺犊规范《如面谭》中有两封“夫外寄妻书”，我们把它们与《为衡山侯与妇书》做一对比，即可见出何逊之信的优美。

去秋一别，今又腊矣。凤之双，鸾之孤，旧愁耿耿；鱼之沉，雁之杳，新思悠悠。愁耶？恨耶？将塞满心肺耶？老母赖卿孝养，雏儿赖卿顾腹，家事赖卿综理，佥曰区区得贤内助，窃喜，窃喜。书来云云，得无以我觅巫山之云雨，恋长安之花柳哉？有女如云，匪我思存。所思者卿而已。明年科场，承卿勉励，蟾宫折桂，固所愿也。路遥绪长，不尽所言。

远游客地，忽尔逾年，念想家事，心神如醉。长夜梦魂千里，清晨独坐悲伤。老亲在堂，幼女在抱，皆赖贤妻维持调护，终始如一，勿致父母有不孝之怨，子女失教诲之方，则贤妻之恩大矣。客邸稍稍如意，即整装速归，无俟挂念。便风有感，寄慰遐思。

名言警句

于时王家门中，优者则龙凤，劣者犹虎豹。

诫子书

王僧虔

作者简介

王僧虔（426—485），琅玡临沂（今山东临沂）人。王导五世孙，南朝宋左光禄大夫王昙首次子。元嘉中，除秘书郎、太子舍人，累迁至尚书令。入齐，转侍中、抚军将军、丹阳尹，授左光禄大夫。武帝即位，授侍中左光禄大夫。卒后赠司空，谥“简穆”。僧虔善隶书，宋孝武帝刘骏欲以善书显名于世，僧虔不敢显露才华，故常以拙笔书写，以此见容。齐高祖萧道成亦善书，与僧虔赌书法毕，谓僧虔曰：“谁第一？”僧虔曰：“臣书第一，陛下亦第一。”《南齐书》《南史》均有传。

知汝恨吾不许[1]汝学，欲自悔厉[2]，或以阖棺自欺[3]，或更择美业。且得有慨[4]，亦慰穷生[5]；但亟闻斯唱[6]，未睹其实。请从先师听言观行[7]，冀此不复虚身[8]。

吾未信汝，非徒然[9]也。往年有意于史[10]，取《三国志》[11]，聚置床头百日许，复徙业就玄[12]。自当小差于史[13]，犹未近仿佛[14]。曼倩[15]有云：“谈何容易！”[16]见诸玄，志为之逸[17]，肠为之抽。专一书，转诵数十家注，自少至老，手不释卷，尚未敢轻言。汝开《老子》卷头五尺许[18]，未知辅嗣[19]何所道，平叔[20]何所说，马、郑[21]何所异，指例[22]何所明，而便盛于麈尾[23]，自呼谈士，此最险事。设令袁令[24]命汝言《易》，谢中书[25]挑汝言《庄》，张吴兴[26]叩[27]汝言《老》，端[28]可复言未尝看邪？谈故如射[29]，前人得破[30]，后人应解[31]，不解即输赌矣。且论注百氏[32]，荆州《八帙》[33]，又《才性四本》[34]《声无哀乐》[35]，皆言家口实[36]，如客至之有设也[37]。汝皆未经拂耳瞥目[38]，岂有庖厨不修[39]，而欲延大宾者哉？就如张衡思侔造化[40]，郭象言类悬河[41]，不自劳苦，何由至此？汝曾未窥其题目，未辨其指归[42]，六十四卦[43]，未知何名；《庄子》众篇，何者内外；《八帙》所载，凡有几家；《四本》之称，以何为长。而终日欺人，人亦不受汝欺也。

由吾不学，无以为训。然重华无严父[44]，放勋无令子[45]，亦各由己耳。汝辈窃议，亦当云阿越[46]不学，在天地间可嬉戏，何忽自课谪[47]？幸及盛时逐岁暮[48]，何必有所减？汝见其一耳，不全尔[49]也。设令吾学如马、郑，亦必甚胜[50]，复倍不如，今亦必大减。致之有由，从身上来也。汝今壮年，自勤数倍，许胜，劣及吾耳[51]。世中比例举眼是[52]，汝足知此，不复具言[53]。吾在世虽乏德业，要复推排人间[54]，数十许年，故是一旧物[55]，人或以比数[56]汝等耳。即化[57]之后，若自无调度，谁复知汝事者？舍中亦有少负令誉[58]，弱冠越超清级者[59]，于时王家门中，优者则龙凤，劣者犹虎豹。失荫之后，岂龙虎之议[60]？况吾不能为汝荫，政[61]应各自努力耳。或有身经三公，蔑尔无闻[62]；布衣寒素，卿相屈体[63]。或父子贵贱殊，兄弟声名异，何也？体尽读数百卷书耳[64]。吾今悔无所及，欲以前车诫尔后乘也[65]。汝年入立境[66]，方应从官[67]，兼有室累，牵役性情[68]，何处复得下帷如王郎时邪[69]？为可作世中学[70]，取过一生耳。试复三思，勿讳吾言。犹捶挞志辈[71]，冀脱万一[72]，未死之间，望有成就者，不知当有益否？各在尔身，已切身，岂复关吾邪[73]？鬼唯知爱深松茂柏[74]，宁知子弟毁誉事？因汝有感，故略叙胸怀。

——《全上古三代秦汉三国六朝文·全齐文》卷八

注释

1　许：赞同，称许。

2　悔厉：悔改而振奋。厉，振奋。

3　或以阖棺自欺：有时以终生学习必有所得而自欺。阖棺，合上棺材盖，代指去世。

4　且得有慨：况且如果能有激昂向上之志。得，能。慨，激昂、愤激。

5　穷生：余生，晚年的光阴。

6　亟闻斯唱：多次听到这样的口号。亟，屡次。唱，同“倡”，这里指喊口号。

7　请从先师听言观行：让我们听从先师孔子“听其言而观其行”的教导。先师，指孔子。《论语·公冶长》中记载：“始吾于人也，听其言而信其行；今吾于人也，听其言而观其行。于予与改是。”

8　虚身：虚度一生。

9　徒然：空无所据。

10　有意于史：对史书有研究的心思。

11　《三国志》：晋陈寿撰，分魏、蜀、吴三书，记述了魏、蜀、吴三国的历史。

12　徙业就玄：改换专业去学老庄玄学。徙，移、换。就，靠近，引申为从事。玄，道家之学，南朝宋文帝元嘉十五年（438）于学官立老庄之学，称“玄学”。

13　小差（cī）于史：与研究历史稍有等级的区别，意谓高一个层次。差，分别等级。

14　仿佛：大概，轮廓。

15　曼倩：东方朔（前154—前93）之字。汉武帝初，东方朔待诏公车，不久待诏金马门，为常侍郎，拜太中大夫给事中，性诙谐滑稽，善辞赋，常以正道讽谏武帝，而终不得重用。

16　谈何容易：指向君王进言、谈说论议并非易事。《汉书·东方朔传》记载：“吴王曰：‘可以谈矣，寡人将竦意而览焉。’（非有）先生曰：‘於戏！可乎哉？可乎哉？谈何容易！’”《文选》李善注为“言谈说之道何容轻易乎”。《盐铁论·盐铁针石》记载："贾生有言曰：'恳言则辞浅而不入，深言则逆耳而失指，故曰谈何容易！'谈且不易，而况行之。"

17 志为之逸：精神因此而飘逸。志，精神。

18 "汝开"一句：你只展开了《老子》书卷五尺左右，言其对玄学了解很少。《老子》，即老子所著《道德经》，是道家的经典著作。

19 辅嗣：王弼（226—249）之字。王弼，三国魏山阳（今山东金乡西北）人。年十余，即笃好老庄，与钟会并知名。以何晏荐为尚书郎。著有《道略论》，注《易》《老子》，开魏晋以后玄学的先声。

20 平叔：何晏（190—249）之字。何晏，三国魏宛（今河南南阳）人。好老庄言，和夏侯玄、王弼等倡导玄学，崇尚清谈，是三国时期著名的玄学家。著有《道德论》《无为论》等。现有《论语集解》传世。

21 马、郑：指马融和郑玄。马融（79—166），字季长，扶风茂陵（今陕西兴平）人。东汉安帝时为校书郎中，于东观典校秘书。桓帝时为南郡太守。才高博洽，为世通儒，学生常有千数。一时名儒卢植、郑玄皆出其门下。著有《易注》《老子注》《三传异同说》等。郑玄（127—200），字康成，北海高密（今山东高密）人。少时为乡啬夫，后拜张恭祖为师，习《尚书》《礼记》《左传》等。后两入关中，拜马融为师，博览群经。"党锢之祸"起，遭禁锢。后潜心著述，杜门不出。他"括囊大典，网罗众家，删裁繁诬，刊改漏失"，遍注群经，被称为"通儒"。

22 指例：指王弼的《老子指略》。

23 盛（chéng）于麈（zhǔ）尾：装在麈尾之中，指用作清谈的谈资。麈尾，驼鹿（俗称"四不像"）尾做的拂尘。魏晋名士清谈，常手执拂尘，因称拂尘为麈尾，故又称客座清谈为"麈谈"。

24 袁令：指袁甫（生卒年不详），字公胄，东晋淮南（今江苏扬州）人。好学，以词辩著称，曾任松滋令，转淮南国大农郎中令。

25 谢中书：指谢安（320—385），字安石，东晋阳夏（今河南太康）人。少时神识沈敏，风宇条畅，善行书，累辟不就。寓居会稽，放情丘壑。时人每言，"安石不出，将如苍生何"？年四十，方有仕宦意，应桓温征为司马。简文帝死，桓温欲篡晋，以势劫安，安不为所动，温谋终不成。后为尚书仆射，领吏部，加后将军，一心辅晋，威怀外著，时人比之王导。太元八年（383）苻秦攻晋，加安征讨大都督，指授将帅，遣侄谢玄等大破苻坚于淝水，以总统功，拜太保。卒赠太傅。

26 张吴兴：指张玄（生卒年不详），字希祖，三国吴国张纮之子，清介有高行，被称为"吴中之秀"。

27 叩：询问，请问。

28 端：果真。

29 谈故如射：清谈本来就像射覆一样。故，同"固"，本来。射，即射覆，是古代一种猜测覆盖之物的游戏。

30 破：剖分，解析。

31 解：分析解释。清谈时，一人对另一人的语句做出分析，称为"解人"。

32 论注百氏：指有关道家著作的注释有百家之多。
33 荆州《八帙》：指晋殷仲堪所著《八帙》。
34《才性四本》：指三国魏钟会所撰《四本论》。
35《声无哀乐》：指嵇康所著《声无哀乐论》。
36 口实：谈话资料。
37 如客至之有设也：就像客人来了要有准备好的饭菜一样。设，备办酒菜。
38 未经拂耳瞥目：未曾耳闻目睹。拂耳，经耳。瞥目，过目。
39 修：置备。
40 张衡思侔（móu）造化：张衡的构思赶上了大自然的创造化育。张衡（78—139），字平子，南阳（今河南南阳）人，年少好学，游于三辅，入京师，观太学，遂诵六经，贯六艺，是著名的科学家和汉赋家，制造了科学仪器“浑天仪”和“候风地动仪”。侔，相等。
41 郭象言类悬河：郭象清谈起来口若悬河。郭象（？—312），字子玄，河南（今河南洛阳）人，西晋末，为东海王越所器重，引为太傅主簿，好老、庄，善玄谈，传世有《庄子注》。言类悬河，即口若悬河，比喻人健谈，言辞如河水倾泻，滔滔不绝。
42 指归：意旨，意图。
43 六十四卦：《周易》中的六十四种符号，相传为伏羲所作。阴阳是八卦的根本，八卦又以两卦相叠演为六十四卦，以象征自然、社会现象的发展变化。
44 重华无严父：虞舜没有好父亲。重华，虞舜的名。《尚书·尧典》记载，“曰若稽古帝舜，曰重华，协于帝”。
45 放勋无令子：帝尧没有好儿子。放勋，即帝尧。《尚书·尧典》记载，“粤若稽古帝尧，曰放勋，钦明文思安安”。
46 阿越：指古代越族所居之地江、浙、闽、粤的百越子弟。阿，词头。
47 何忽自课谪：何必要考核、谴责自己。何忽，犹“何必”。课，考核。谪，谴责。
48 幸及盛时逐岁暮：希望趁着年轻力壮之时追赶我这已到暮年的人。盛时，指年轻力壮的时候。岁暮，比喻已到暮年。
49 尔：这样。
50 胜：尽力。
51 劣及吾耳：刚刚赶上我而已。劣，仅、刚。
52 世中比例举眼是：世间这样的例证很多。比例，例证。举眼是，满眼都是。
53 具言：详细说明。具，全、尽。
54 推排人间：应付人间的各种事务。
55 旧物：先人的后代。
56 比数：相提并论。
57 即化：假如死了。化，死。
58 令誉：美好的名声。
59 弱冠越超清级者：年少时就超过清贵之官的人。弱冠，这里指年少。清级，清班，即清贵之官。
60 “失荫”二句：失去荫封以后，怎能再有龙虎的议论。荫，封建时代子孙因先世有功勋而推恩得赐官爵。
61 政：同“正”。
62 蔑尔无闻：渺小而没有名望。蔑，小、末。
63 屈体：弯腰，这里指尊敬、拜服。
64 体尽读数百卷书耳：终生读了几百卷书而已。

65 欲以前车诫尔后乘（shèng）也：想用前车颠覆的经验告诫后来的车辆。前车，指自己。后乘，指儿子。乘，车辆。

66 立境：而立之境地，指三十岁的年龄。

67 方应（yìng）从（zòng）官：正当答应给人做部下僚属。应，许诺、答应。从官，部下僚属。

68 牵役性情：牵拘驱役人的性情。

69 何处复得下帷如王郎时邪：什么地方又能够像王郎当时那样闭门苦读呢？下帷，放下室内悬挂的帷幕，原指教书，这里引申为闭门苦学。《史记·董仲舒列传》记载，“下帷讲诵，弟子传以久次相授业，或莫见其面，盖三年董仲舒不观于舍园，其精如此”。王郎，疑指王羲之，传说他临池学书，池水尽黑，草隶为古今之冠。

70 世中学：世俗的交往，与“世外交”（非世俗的交往）相对。

71 犹捶挞志辈：还要督促志儿一辈子。捶挞，本指用鞭子、棍子痛打，这里指督促。志，指王僧虔次子王志。

72 冀脱万一：希望或许很微小。脱，倘或、或许。万一，万分之一，表示极微。

73 岂复关吾邪：难道还与我有关吗。

74 鬼唯知爱深松茂柏：做了鬼的先人只知道喜爱坟墓上深茂的松柏。松柏，指坟墓，因古人墓地多种松柏，望其历久长存，故“深松茂柏”隐含子孙繁衍之意。

大意

我知道你埋怨我不赞许你的学习，想自己悔改而振奋，有时以终生学习必有所得而自欺，有时又改选自以为好的专业。况且如果能有激昂向上之志，也可以安慰我度过晚年；只是屡屡听到这样的口号，并没有亲见你的实际行动。请听从先师孔子听其言而观其行的教诲，希望从此不再虚度一生。

我不相信你，不是没有根据。你过去对于史书有研究的兴趣，将《三国志》取来，堆放在床头上有百天左右，又改换专业而去学老庄玄学。改行后自然应当比研究史学高一个层次，却仍没有掌握玄学的大致轮廓。东方朔有这样话说：“谈说论议哪有那么容易！”你一见到道家的各种著述，精神为之而飘逸，内心因此而激荡。专攻一部书，进而通晓几十家对这部书的注解，从小到老，手不释卷，尚且不敢随便谈论。而你只打开《老子》一书的开头几页，不知道王弼说了些什么，何晏作了什么解说，马融、郑玄的观点有什么不同，《指例》有什么发明，而随意地用作清谈的谈资，自称是清谈家，这是最危险的事。假若袁甫让你讲讲《周易》，谢安选你谈谈《庄子》，张玄询问你《老子》，果真可以又说不曾看过吗？清谈本来就像射覆之戏一样，前人必须有剖析，后人应当对前人的剖析做出解释，如果不能解释就像在射覆中输了一样。况且道家著作的注释有百家之多，荆州《八帙》，又有《四本论》《声无哀乐论》，这些都是清谈家谈话的资料，就如同客人要来需要有准备好的菜肴一样。你对于这一切都不曾耳闻目睹，哪里有厨房中的菜肴不预备妥当，而想宴请贵宾的事呢？就像张衡的构思赶得上大自然的创造化育一样，郭象清谈起来口若悬河一般，不自己劳神苦学，又怎能达到如此境地？你不曾看见过书籍的标目，没有辨察过它们的主旨，六十四卦，不知道都叫什么名字；《庄子》多篇，哪些在内篇、哪些在外篇；《八帙》所记述的，总共有几家；《四本》所称述的，以什么为长。而终日欺骗人，别人也不会受你的欺骗了。

因为我不学无术，没有用来教诲你的资本。然而重华没有值得尊敬的父亲，帝尧没有好的儿子，（父子之间）也各自由着自己罢了。你们一辈窃窃私议，也定会说百越子弟不学习读书，在天地之间还可以嬉戏玩耍，我们何必要自己苛责自己呢？希望你们趁着年盛之时追赶我这已到暮年的人，为什么要降低对自己的要求？你看到的百越子弟不学习念书只是一例罢了，人世间的子弟不都如此。假如我的学问像马融、郑玄，也一定会尽力努力，如果赶不上他们的一半，现在也一定会大大地放松学习。达到那样的地步是有原因的，是通过自身的艰苦努力才得来的。你现在正当壮年，再努力几倍，才刚刚赶上我而已。世间这样的例证很多很多，你足以懂得这一点，我不再细说。我在世虽然缺少德行和事业，又要应付人间的各种事务，几十年过去了，所以仍是先人的后代，有人还把我与你们相提并论。如果我死了以后，你们自己没有对人生的安排，谁又能知道你的事呢？家中也有少年就有美好的声誉，年少时就已超越清贵之官的子弟，在那时王家门户之中，优秀的则为贤才，差一点儿的也还是武将。失去荫封之后，怎能再有龙虎的议论呢？况且我不能够为你们荫封，正应当自己各自努力上进啊。有的人身经三公之位，而悄然无闻；有的人出身于平民寒门之家，而公卿宰相对他们拜服。有的父子贵贱悬殊很大，兄弟声名不同，这是为什么呢？终生读了几百卷书而已。我今天后悔没有什么成就，想用我这前车颠覆的经历告诫你们这后来的车辆啊。你已快三十岁了，正当答应做他人的僚属，兼有家眷亲人，牵拘驱役你的性情，哪里还能像王郎当时那样闭门苦读呢？因此你可以做世俗的交际，度过一生罢了。尝试着再三地思考，不要回避我的这番话。我还想督促志儿一辈，希望或许很微小，在我未曾死去的这一段日子中，盼望看到有所成就的子弟，不知道有没有益处？这各在你们自身的努力了，已经关系到你们个人，难道还与我有什么关系吗？做了鬼的先人只知道喜爱松柏茂盛、子孙繁衍，怎能知道子弟们被诽谤、被赞誉的事情？因为你有所感悟，所以我简略地叙述一下我的胸怀。

导读

为学须有专攻，为官需要自勉，力争读数百卷书

这是一篇可读性很强的家书。

琅玡王氏乃名门望族，人才辈出，诚如王僧虔所言“于时王家门中，优者则龙凤，劣者犹虎豹”。王氏从王导助司马睿建立偏安的东晋政权起，历东晋、南朝百余年，家门兴旺发达，担任要职、声望很高者甚多，以至于有“王与马共天下”之说。宋文帝曾抚摸着御床，对王昙首说：“此坐非卿兄弟，无复今日。”（《南史·王

昙首传》）宋武帝时，王导五世孙王僧达为尚书左仆射，以“自负才地，三年间便望宰相”。他的孙子王融于齐武帝时“自恃人地，三十内望为公辅”（《南史·王弘传》）。《南史·王筠传》载：“（王筠）与诸儿论前门集，云：‘史传称安平崔氏及汝南应氏，并累叶有文才，所以范蔚宗论崔氏雕龙，然不过父子两三世耳，非有七叶之中，名德重光，爵位相继，人人有集，如吾门者也。’”王氏一门的书法家极多，如王导即以行草名于当世，王廙“过江后为晋代书画第一”。他们的侄子王羲之是“书圣”，羲之有子七人，五人是书法家，王玄之善草行，王凝之善草隶，幼子王献之书画俱佳，自负书法超过其父。南朝时王微、王僧虔、王籍、王筠以及《诫子书》中提到的王僧虔次子王志等都是著名的书法家。赵翼《陔余丛考·世擅文字》论曰：

> 自羲之、献之外，先有丞相导、大司马敦、太保宏、太子詹事筠、荆州刺史廙、丹阳尹僧虔、黄门侍郎涣之、会稽内史凝之、豫章太守操之、中书令恬、领军洽散骑常侍徽之、东海太守慈、特进昙首、卫将军珣、中书令珉，皆以书名。……可谓世其家学者矣。

正是为“世其家学”、将王氏门楣发扬光大，王僧虔写下了这封《诫子书》。它所包含的哲理思想很丰富，人生经验也不少，以下两点足以引起世人、尤其是学人的重视。

一、为学须有专攻，不可追逐风尚，朝三暮四；否则一知半解，且自称某某专家，就会贻笑大方，成为后人“清谈”的“口实”。

看到儿子弃史从玄，王僧虔痛心疾首。因为当时玄学昌炽，跟风者甚多。作为父亲，王僧虔写家书告诫儿子勿追逐时尚，趋赶时髦。时髦的东西往往容易过时，更何况从事玄谈又谈何容易！王僧虔谆谆告诫其子要认真刻苦地读书，“未经拂耳瞥目”，不得“自呼谈士”。“汝开《老子》卷头五尺许”至“而终日欺人，人亦不受汝欺也”一节，对不学无术、常常“自呼谈士”而自欺欺人者作了形象准确的揭示，从正反两方论述了专攻的重要性和必要性，以及朝三暮四，追逐时尚造成的后果。这一节文字对世人，尤其是学人不啻一副清醒良药。夸夸其谈而不能“谈言微中”，一问摇头三不知，甚至不懂装懂而贻笑大方者，古今比比皆是。王僧虔对儿子的谴责又何尝不是对当时南朝学风的揭露呢？颜之推在《颜氏家训·勉学》中提到北朝“才学重臣”“俊士以史学自许”者误读《史记》《汉书》，闹了不少笑话。有的不知王粲、韦玄成为何许人，而妄加雌黄，甚至于“便自高大，凌忽长者，笑慢同列”；有的误以为“蹲鸱”是羊，是徐邈而非许慎，道听途说，强作解人；如此种种，不一而足。其实，王僧虔自己就误以前汉为后汉，把“善书”的掾吏陈遵与“刘侯”陈遵混为一人。由此可知，“专攻一书”而不旁骛，不轻易“自呼谈士”是何等重要。

二、为官自勉，不赖父荫；终生努力，力争读数百卷书。

在漫长的封建社会中，有不少人是因为先人有功勋、统治者推恩赐爵才得以做官仕宦的，其中一些人并没有真才实学、治国安民之策，所以居官时间不长，或被罢免，或遭杀身之祸。所以，对子弟为官宜自勉，不依赖祖先荫封的训诫屡见于史籍。《南齐书·陈显达传》载陈显达“谦厚有智计，自以人微位重，每迁官常有愧惧之色。有子十余人，诫之曰：‘我本志不及此，汝等勿以富贵凌人。……麈尾扇是王谢家物，汝不须捉此。’”《元史·木华黎传》亦载：“乃燕虽居显而小心谨畏，每诲群从子弟曰：‘先世从太祖皇帝出入矢石间，披坚执锐，斩将搴旗，勤劳四十余年，遂成功名。以故一家蒙恩甚厚，可谓极矣。慎勿骄惰，以堕先王之名，尔曹戒之。”告诫子弟勤勉自立、不赖祖先荫封的主旨很明显。王氏家族素以“麈尾扇”著称于世，有些人身居高位、显亲扬名是通过自身的艰苦努力得来的，当然也有父荫的因素，但不少人依赖荫封才有机会出将入相，当时的制度给了他们更多展示才华的机会。王僧虔所处的时代是政权屡屡更替、荫封制度逐渐崩坏的时代。有鉴于此，他谆谆告诫儿子要“各自努力”，“体尽读数百卷书耳”，来保全门第不衰，进而名彪青史。这一点同样值得今人好好借鉴。

名言警句

以清白遗子孙，不亦厚乎？

为书诫子崧

徐　勉

作者简介

徐勉（466—535），字修仁，东海郯（今山东郯县）人。幼孤家贫，自励清节，六岁即能属文。官至左仆射中书令。为萧衍掌书记，参与梁朝朝章仪制之议。勉娴于尺牍，兼善辞令，应对如流，手不停笔。为人清廉，公正无私，尝与客夜集，有虞暠者求官，勉正色答曰："今夕止可谈风月，不宜及公事。"虽屡居显职，不营产业，家无蓄积，自称以清白遗子孙。《梁书》《南史》均有传。有《会林》五十卷、为人章表集十卷。

吾家世清廉，故常居贫素，至于产业之事，所未尝言，非直[1]不经营而已。薄躬[2]遭逢，遂至今日，尊官厚禄，可谓备之。每念叨窃[3]若斯，岂由才致？仰藉先代风范，及以福庆[4]，故臻此耳。古人[5]所谓以清白遗子孙，不亦厚乎？

"遗子黄金满嬴，不如一经。"[6]详求此言，信非徒语[7]。吾虽不敏[8]，实有本志，庶得[9]遵奉斯义，不敢坠失。所以显贵以来，将三十载，门人故旧，亟荐便宜[10]，或使创辟田园，或劝兴立邸店[11]，又欲舳舻运致[12]，亦令货殖聚敛[13]。若此事众，皆距[14]而不纳，非谓拔葵去织[15]，且欲省息纷纭[16]。中年聊于东田间营小园者，非在播艺[17]，以要[18]利入；正欲穿池种树，少寄情赏。又以郊际闲旷，终可为宅，倘获悬车[19]致事，实欲歌哭于斯[20]。慧日十住[21]等，既应营婚，又须住止。吾清明门宅，无相容处。所以尔者，亦复有以[22]。前割西边，施[23]宣武寺，既失西厢，不复方幅[24]。意亦谓此逆旅[25]舍耳，何事须华[26]？常恨时人谓是我宅。古往今来，豪富继踵[27]，高门甲第[28]，连闼洞房[29]，宛其死矣[30]，定[31]是谁室？但不能不为培塿[32]之山，聚石移果，杂以花卉，以娱休沐[33]，用托性灵[34]。随便架立，不在广大，惟功德处，小以为好，所以内中逼促[35]，无复房宇[36]。近营东边儿孙二宅，乃藉十住南还之资[37]，其中所须，犹为不少，既牵挽不至，又不可中涂[38]而辍，郊间之园，遂不办保[39]。货与韦黯[40]，乃获百金，成就两宅，已消其半，寻园价所得，何以至此？由吾经始历年，粗已成立，桃李茂密，桐竹成荫，塍陌交通[41]，渠畎相属[42]。华楼迥榭[43]，颇有临眺[44]之美；孤峰丛薄[45]，不无纠纷[46]之兴。渎中并饶菰蒋[47]，湖里殊富芰荷[48]。虽云人外，城阙密迩[49]，韦生欲之，亦雅[50]有情趣。追述此事，非有吝心[51]，盖是笔势所至耳。忆谢灵运《山家诗》云："中为天地物，今成鄙夫有。"[52]吾此园有之二十载矣，今为天地物，物之与我，相校[53]几何哉？此吾所余，今以分汝。营小田舍[54]，亲累[55]既多，理亦须此。且释氏[56]之教，以财物谓之外命[57]；儒典亦称，何以聚人曰财[58]。况汝曹常情，安得忘此？闻汝所买姑孰[59]田地，甚为舄卤[60]，弥复[61]可安。所以如此，非物竞[62]故也，虽事异寝丘[63]，聊可髣髴[64]。孔子曰："居家理，治可移于官。”[65]既已营之，宜使成立，进退两亡[66]，更贻耻笑。若有所收获，汝可自分赡[67]内外大小，宜令得所[68]，非吾所知[69]，又复应沾之诸女[70]耳。汝既居长，故有此及[71]。凡为人长，殊复不易，当使内外谐缉[72]，人无闲言，先物后己，然后可贵。老生云：“后其身而身先。”[73]若能尔者，更招巨利，汝当自勖[74]，见贤思齐[75]，不宜忽略，以弃日也。弃日乃是弃身，身名美恶，岂不大哉！可不慎欤？

今之所敕[76]，略言此意，正谓为家以来，不事资产，既立墅舍[77]，以乖旧业[78]，陈其始末，无愧怀抱。兼吾年时朽暮，心力稍殚[79]，牵课奉公[80]，略不克举[81]，其中余暇，裁[82]可自休。或复冬日之阳，夏日之阴，良辰美景，文案间隙，负杖蹑屩[83]，逍遥陋馆，临池观鱼，披林[84]听鸟，浊酒一杯，弹琴一曲，求数刻之暂乐[85]，庶居常以待终[86]，不宜复劳家间细务[87]。汝交关[88]既定，此书又行，凡所资须，付给如别。自兹以后，吾不复言及田事，汝亦勿复与吾言之。假使尧水汤旱[89]，吾岂知如何？若其满庾盈箱[90]，尔之幸遇。如斯之事，并无俟[91]令吾知也。《记》云：“夫孝者，善继人之志，善述人之事。”[92]今且望汝全吾此志，则无所恨[93]矣！

——《全上古三代秦汉三国六朝文·全梁文》卷五十

注释

1 直：特，仅仅。

2 薄躬：犹“言我”。薄，发语词。

3 叨窃：自谦才不胜任而占据其位。

4 及以福庆：赶上了幸福的时代。及，赶上。福庆，幸福吉庆。

5 古人：指杨震。《后汉书·杨震传》记载：“性公廉，不受私谒，子孙常蔬食步行，故旧长者或欲令为开产业，震不肯，曰：‘使后世称为清白吏子孙，以此遗之，不亦厚乎？’”

6 “遗子”二句：赢，同“籯”（yíng），箱笼一类的盛物器具。《汉书·韦贤传》载，韦贤、韦玄成父子皆以明经位至丞相，故邹、鲁间谚曰：“遗子黄金满籯，不如一经。”

7 “详求”二句：详尽地琢磨这句谚语，的确不是空话。信，的确。徒，空。

8 不敏：不才。

9 庶得：或许能够。

10 亟（qì）荐便（biàn）宜：屡次进言我应办的事情。亟，屡次。荐，进、献。便宜，应办的事。

11 邸（dǐ）店：古代兼具堆栈、商店、客舍性质的市肆。

12 舳舻运致：靠船只运输致富。舳舻，这里指船只。

13 货殖聚敛：经商积财。货殖，居积财货、经营生利。

14 距：同“拒”。

15 拔葵去织：意谓居官者不与民争利。典出《汉书·董仲舒传》，原文为“故公仪子相鲁，之其家见织帛，怒而出其妻，食于舍而茹葵，愠而拔其葵，曰：‘吾已食禄，又夺园夫红女利虖！’”

16 省息纷纭：省去平息杂乱麻烦的事。

17 播艺：种植。

18 要（yāo）：求取。

19 悬车：指辞官归田。古人年七十辞官家居，废车不用，故曰“悬车”。

20 歌哭于斯：语出《礼记·檀弓》，原文为“歌于斯，哭于斯”。孔颖达疏解释为“歌谓祭祀时奏乐也。……哭于斯者，又言此室亦足居丧哭泣位也”。

21 慧日十住：代指佛光普照，参悟佛理。慧日，佛教语，谓佛之智慧有如太阳普照世间。十住，佛教语，也称“十地”，指参悟佛理而进入欢喜地、离垢地、发光地、焰慧地、难胜地、现前地、远行地、不动地、善慧地、法云地十地境界。

22 有以：有因。以，因。

23 施：给予。

24 方幅：四方端正。

25 逆旅：客舍。

26 华：华丽。

27 继踵：接踵。踵，脚后跟。

28 高门甲第：豪门贵族的宅第。

29 连闼洞房：门户连属的高大堂舍。闼，门。洞房，相通连之房。

30 宛其死矣：如果他死了。语出《诗经·唐风·山有枢》，此诗的主旨是讽刺悭吝的富人对于生活过分俭啬。宛，同“苑”，枯萎的样子。

31 定：究竟。

32 培塿（lǒu）：也作“部娄”，小土丘。

33 休沐：官吏休息沐浴，指休例假。

34 用托性灵：以寄托性情。用，以。性灵，性情，泛指精神生活。

35 逼促：狭窄。逼，狭。

36 无复房宇：不能再建房屋。无，

同“毋”，不。

37 藉十住南还之资：凭借之前将西边转让给宣武寺所得之补偿。十住，这里代指宣武寺。南还之资，即“前割西边，施宣武寺”而得的补偿。

38 涂：同“途”。

39 办保：雇用园工。保，佣工。

40 韦黯：梁韦稜弟，字务直，性强正，少习经史，位太府卿。侯景渡江，黯守城有功，迁轻车将军，以劳累卒。

41 塍（chéng）陌交通：田间的土埂和小道互相通达。塍，田埂。陌，田间小道。交通，互相通达。

42 渠畎相属（zhǔ）：田间的水道渠沟相连。畎，田间的水沟。属，连接。

43 迥榭：高远的屋榭。迥，高远。榭，在台上盖的高屋。《国语·楚语上》：“故先王之为台榭也，榭不过讲军实，台不过望氛祥。”《注》：“积土曰台，无室曰榭。”

44 临眺：俯视远望。

45 丛薄：草木丛生的地方。

46 纠纷：重叠交结。

47 菰蒋：即茭白，生于河边、陂泽，可作蔬菜。

48 芰（jì）荷：菱角和荷花。芰，菱角。两角者为“菱”，四角者为“芰”。

49 密迩：贴近，靠近。

50 雅：极，甚。

51 悋：同“吝”。

52 “忆谢灵运”三句：乃《山家诗》残句，见于《梁书·周舍徐勉传》。

53 相校（jiào）：相计。

54 田舍：田地和房舍。

55 亲累：亲戚家眷。累，家室。《汉书·匈奴传》：“匈奴闻，悉远其累重于余吾水北。”《注》：“累重谓妻子资产也。”

56 释氏：指佛。佛姓释迦氏，简称释氏。

57 外命：相对命根而言。佛教把生命的本源当作命根。

58 何以聚人曰财：语出《周易·系辞下》：“何以守位曰仁，何以聚人曰财。”《正义》：“财所以资物生也。”《疏》：“言何以聚集人众，必须财物，故言曰财也。”

59 姑孰：古城名，在今安徽当涂县。晋时置城戍守，因南临姑孰溪得名。

60 舄（xì）卤（lǔ）：瘠薄的盐碱地。

61 弥复：整治。

62 物竞：互相竞争。

63 寝丘：封地。本为春秋楚国邑名，在今河南固始、沈丘两县之间。相传楚令尹孙叔敖临死时告诫其子勿受楚王所封的美地，而请封于条件较差的寝丘，可以长保不失。

64 髣髴：类似。

65 “孔子”三句：语出《孝经·广扬名章》，邢昺疏云：“居家能理者，故资治为政，可移于绩以施于官也。是以君子能以此善行成之于内，则令名立于身没之后也。”

66 进退两亡：进，指经营好所买姑孰田地。退，指买下之后不再经营治理。亡，无。

67 赡：供给，供养。

68 宜令得所：应该让他们得到适宜的处所。得所，语出《诗·魏风·硕鼠》：“乐土乐土，爰得我所。”

69 非吾所知：不是我所能主管得了。知，主持、执掌。

70 沾之诸女：施恩于各位姊妹。沾，比喻施恩授泽。诸女，徐勉的女儿、徐崧的姊妹。

71 及：赶上，这里指赶上了居长而不得不顾及应尽的责任和义务。若释为“推己及人”之“及”，亦通。

72 谐缉：和谐团结。

73 “老生”二句：语出《老子》：“是以圣人后其身而身先，外其身而身存。”意谓不为天下先，正欲后起占先。

74 自勖（xù）：自我勉励。勖，勉励。

75 见贤思齐：语出《论语·里仁》：“见贤思齐焉，见不贤而内自省也。”意谓看见贤人，就应该向他看齐；看见不贤的人，就应该自己反省有没有与不贤的人类似的毛病。

76 敕：诫饬，告诫。

77 墅舍：供游乐休养的园林房舍。

78 以乖旧业：已经背离了我旧日的功业。以，通“已”。乖，背离、不一致。旧业，这里指旧日不经营产业的心志。

79 稍殚：渐尽。殚，尽。

80 牵课奉公：意谓主动向朝廷上缴赋税而不徇私情。课，赋税。

81 略不克举：一点都不敢私吞。举，没收。

82 裁：通“才”。

83 蹑屩（juē）：踏着草鞋。

84 披林：入林。披，拨开。

85 暂乐：一时的快乐。

86 居常以待终：过着守常不变的生活而等待老死。居常，循旧、守常不变。终，死。

87 细务：琐事，无关紧要的事务。

88 交关：本指交通往来，这里指与外界交往而主持家政。

89 尧水汤旱：指水灾和旱灾。《汉书·食货志》：“故尧、禹有九年之水，汤有七年之旱。”

90 满庾盈箱：装满粮仓和箱柜。庾，露天的谷仓。

91 无俟：不要等待。无，通“毋”，不。

92 “《记》云”四句：语出《礼记·中庸》，意谓真正的孝子，善于接续先人的遗志，善于继承先人的事业。述，遵循。

93 恨：遗憾。

大意

我们家世代清白廉洁，所以常常过的是贫困纯朴的生活，至于资产家业的事情，不曾谈论谋划过，不仅是不会经营罢了。我逢遇圣明的时代，于是达到了今天的境地，尊贵的官职和丰厚的俸禄，可以说全都齐备了。我每每想及才不胜任而到了如此地步，难道是由于有才干才获得的吗？实在是上靠祖先的风度规矩，又赶上了幸福吉庆的时代，所以达到这种地步而已。古人杨震所说的把清白家风遗留给子孙，不也是丰厚的遗产吗？

“留给子孙满筐的黄金，不及传给他们一部经书。”详尽地琢磨这句谚语，的确不是空泛之语。我虽然不才，而实实有着这样的心愿，或许能够遵照这种义举，不敢让它坠落失传。所以位显身贵以来，将近三十年间，门生老友屡次进言我目前要做的事情，有的让我创建田园，有的劝我设立货栈，又有人让我购船运输致富，也有人让我经商积财。像这样的事情很多，但我都拒绝而不采纳，并不是因为做官而不与民争利，而是想省却平息杂乱麻烦的琐事。我年届中年时姑且在东田之间营建小小田园的目的，并不在于种植，以求取利益的收入；正是想穿凿水池、栽种树木，稍稍寄托内心的情致。又因为郊野边上安静空旷，最终可以作为住宅，如果获准辞官归田，实在想在那里祭祀时奏乐、居丧时哭泣。佛光普照、参悟佛理等事务，既应营丧婚嫁，又必须居住休息。我们清白的门第，无法与之相容相处。之所以这样，也另有原因。先前割让西边的田地，给予宣武寺，已经失去了西厢房舍，不再四方端正了。我心里也认为这不过是客舍罢了，为什么要一定造得华丽呢？我经常憎恨当时人说这是我家的住宅。古往今来，豪强富户一个接一个，高耸的大门、一流的宅第，门户连属的高门深房，如果他们死了，究竟会是谁人的房室？但是又不能不设造一些小小的土丘，所以我聚集石块迁移果木，把花卉夹杂着种上，以供我休假时娱乐，以此寄托性情。随其所宜搭造起来，不求广大，只有做功德的地方，以小为好，因此里面狭窄，不能再建房屋。近来营造东边儿孙的两处住宅，是借宣武寺从南归还来的钱，两处住宅所要花的钱，还缺不少，这既牵缠住我不能一时完工，又不可以半途而废，郊野中的田园，就不能雇用园工。我把它卖给了韦黯，才获得百金，成就了两处住宅，已经消耗了一半，按园子的价值所得到的，又怎么能值这么多呢？由于我经营数年，（园子）大致已经建立起来了，桃木李树长得茂密，桐树竹林已经成荫，土埂和小道互相通达，水道和渠沟相互接连。华丽的楼房和高远的屋榭，很有俯视远眺的美景；孤高的山峰和长满草木的处所，不无重叠交结的兴致。水中一并长满了茭白，湖里生满了荷花。虽然说它在人烟之外，但贴近城市，韦生想得到它，也是极有情趣的。我追叙这件事，并不是存有吝啬不舍之心，大概是行笔的气势到此而已。回想谢灵运的《山家诗》说："中为天地物，今成鄙夫有。"我拥有这一田园已二十年了，现在是天地间的物品，物品与我，相计有多远呢？这是我留下的遗产，现在把它分给你。营造小小的田地房舍，亲戚家眷既多，从道理上讲也必须这样。况且佛教的教导，把财物叫作外命；儒家典籍也称说，凭什么把聚集人众说是钱财。何况你们具有常人的情感，怎能忘掉钱财呢？听说你所买得的姑孰田地，是很瘠薄的盐碱地，整治后可以稳妥地耕种。之所以这样，并不是相互竞争的缘故，虽然这事与封地不同，姑且可以相类比。孔子说："居家理财，处理政务时可以把这种经验用到为官上。"既然已经经营了，应当让它成功，进一步经营与就此罢手不管这二者都不做，更是留下了被人耻笑的把柄。如果有所收获，你可以自己分配供养内外大小人等，让他们各得其所，这不是我所能主管得了的，你又要必须施恩于各位姊妹。你既然身居长子的位置，便有这样的责任义务。凡是为人做长子的，都特别不容易，应当让家里家外和谐团结，众人没有闲言碎语，要先人后己，这之后才可能尊贵。老子说："遇事谦退无争，反倒能在众人中领先。"如果能够做到这一点，更会招致巨大的利益，你应当自励，见贤思齐，不应忽略这一点，而抛弃光阴。抛弃光阴就是抛弃自身，身名的美与恶，难道不是大事吗！能不谨慎吗？

今天我所告诫你的事，粗略谈了这种心意，正是要说明治家以来，不从事治办产业，现在既然建造了园林房舍，就已经背离了我旧日的功业，陈述一下此事的始末，我感到内心没有惭愧。加上我年老时暮，心力渐尽，我主动向朝廷上缴赋税，毫无贪污，从公之余，才可以自己休息。或可在晴朗的冬天，阴凉的夏日，趁着良辰美景，在处理公务的间隙里，拄着拐杖，踏着草鞋，在简陋的馆舍里逍遥度日，到水池边观赏游鱼，进入林间听鸟儿的鸣叫，喝一杯浊酒，弹一曲古琴，寻求片刻的快乐，或许能过守常不变的生活而等待老死，不应再为家中琐事而劳累。你现在与外界交往而主持家政，这封信又已发开，凡是我的所有蓄积，都像分别一样交付与你。从此以后，我不再谈及田产的事，你也不要与我谈这件事。假使遇到天灾人祸，我怎能知道如何应付？如果你能够（将财产）装得满仓满箱，这就是你的幸运。诸如此类的事，都不要等着让我知悉。《礼记》说：“真正的孝子，善于接续先人的遗志，善于继承先人的事业。”现在期望你能成全我的心愿，就没有什么遗恨憾事了！

导读

把清白留给子孙，胜过千金万银

这是一封情文并茂的佳作，是古代家书中的精华。

徐勉以清廉著称于世，他虽居显位，而不治家业，所以家无蓄积，其俸禄也分给亲族中的贫乏者。门人故旧，或从容致言让他“发家致富”，徐勉答道：“人遗子孙以财，我遗之以清白。子孙才也，则自致辎軿；如其不才，终为他有。”基于这种考虑，他给儿子徐崧写了这封家书。

家书详尽地叙述了徐门以清白传世的家风，而自己“善继先人之志，善述先人之事”的“孝子”品格自在不言之中，正因为如此，他虽身居高位，却不治产业。这不是自己不懂得治产业的方式，而是不愿经营，不愿有辱门风。尽管门人故旧屡次以多种形式相劝，他仍不动心。这么做的目的，就是要把清白留给子孙。

但是我们注意到，作者向儿子倾诉了一些内心矛盾的真情：在郊野营造了田园，并言明其目的是赏心悦目，而不是治办家产，好让儿子理解父亲的用意，别说自己自相矛盾。作为慈父，徐勉鼓励儿子将买下的盐碱薄田修治好，如有收获，可以分赡内外人等，施恩于各位姐妹。因为徐崧乃长子，俗语云“生人不要生哥哥，生畜牲不要生骆驼”，就是说长子受的苦要比其他人多得多，即徐勉所说“凡为人长，殊复不易”，告诫儿子勇敢地承担起长子的责任，先受苦再尝甜。这点在古代家书中是极难看到、弥足珍贵的。

家书的另一个主要内容是向徐崧移交“家产”，安排后事。期望儿子像自己一样做个“孝子”，亦即“善继先人之志，善述先人之事”。反复申明自己以后不理家政，也不让儿子向自己汇报，卸担、压担之意甚明。其中的许多道理，值得后人仔细玩味。

这封家书的语言极有特色，骈散相间，使文字有了节奏和音乐美，读起来朗朗上口。引用的前代文字又非常准确而简洁，增加了文章的深度。而一些典故镶嵌得恰如其分，如拔葵去织、悬车致事、歌哭于斯、中涂（途）而辍，颇能传神。全信从头至尾，可谓好句如珠，令人不忍罢读。难怪徐勉的传记说他六岁时就写过祈祷之文，长大后“既闲尺牍，兼善辞令。虽文案填积，坐客克满”，他能够“对如流水，手不停批”。综上所述，我们认为这是一篇不可多得的文情并茂的家书。

名言警句

孝则竭力所生，忠则致身所事，未有孝而遗其亲，忠而后其君者也。

复亲故书

魏长贤

作者简介

魏长贤（生卒年不详），魏收族叔，钜鹿下曲阳（今河北晋县）人。博涉经史，辞藻清华。孝静时举秀才，除汝南王悦参军。入齐，平阳王淹辟法曹参军，转著作佐郎。河清（562—565）中上书讥刺时政，大忤权幸，出为屯留令。武平（570—571）中辞疾去职。周平齐，屡辟不就，不复出仕。卒年七十四。《北史》有传。

日者惠书[1]，义高旨远[2]。诲仆以自求诸己[3]，思不出位[4]，国之大事，君与执政[5]所图；又谓仆禄不足以代耕[6]，位不登于执戟[7]，干非其议[8]，自贻悔咎[9]。勤勤恳恳[10]，诚见故人之心。静言再思[11]，无忘寤寐[12]。

仆虽固陋[13]，亦尝奉教[14]于君子矣，以为士之立身，其路不一[15]。故有负鼎俎以趋世[16]，隐渔钓以待时[17]，操筑傅岩之下[18]，取履圯桥之上[19]者矣；或有释赁车以匡霸业[20]，委挽辂以定王基[21]，由斩袪以见礼[22]，因射钩而受相[23]者矣；或有三黜不移，屈身以直道[24]，九死不悔，甘心于苦节者矣[25]。皆奋于泥滓[26]，自致青云[27]。虽事有万殊[28]，而理终一致[29]，榷其大要[30]，归乎忠孝而已矣。夫孝则竭力所生[31]，忠则致身所事，未有孝而遗其亲，忠而后其君[32]者也。仆自射策金马[33]，记言麟阁[34]，寒暑迭运[35]，五稔[36]于兹，不能勒成一家[37]，润色鸿业[38]。善述人事，功既阙如[39]；显亲扬名，邈焉无异[40]。每一念之，曷云其已[41]！自顷王室板荡[42]，彝伦攸斁[43]，大臣持禄而莫谏[44]，小臣畏罪而不言，虚痛朝危，空哀主辱，匪躬之故，徒问其语[45]，有犯无隐[46]，未见其人。此梅福所以献书[47]，朱云所以请剑[48]者也。抑[49]又闻之，嫠不恤纬，而忧宗周之亡[50]；女不怀归，而悲太子之少[51]。况仆之先人，世传儒业，训仆以为子之道，厉[52]仆以事君之节。今仆之委质[53]，有年世矣，安可自同于匹庶[54]，取笑于儿女子哉！是以肠一夕而九回[55]，心终朝而百虑[56]，惧当年[57]之不立，耻没世而无闻[58]，慷慨怀古[59]，自强不息[60]，庶几伯夷之风，以立懦夫之志[61]。

吾子又谓仆干进务入[62]，不畏友朋[63]，居下讪上[64]，欲益反损[65]。仆诚不敏[66]，以贻吾子之羞；默默苟容[67]，又非平生之意。故愿得锄彼草茅[68]，逐兹鸟雀[69]，去一恶，树一善，不违先旨，以没九泉[70]；求仁得仁，其谁敢怨[71]？但言与不言在我，用与不用在时。若国道方屯[72]，时不我与[73]，以忠获罪，以信见疑[74]，贝锦成章[75]，青蝇变色[76]，良田败于邪径[77]，黄金铄于众口[78]，穷达[79]运也，其如命何！吾子忠告之言，敢不敬承嘉惠[80]？然则仆之所怀，未可一二为俗人道也[81]！投笔[82]而已，夫复何言？

——《全上古三代秦汉三国六朝文·全北齐文》卷四

注释

1 日者惠书：往日赐书。日者，往日。惠，赐。

2 义高旨远：情义崇高，意义深远。

3 自求诸己：反躬自省，即从自身方面寻找不足。

4 思不出位：思虑不出于职分之外。

5 执政：主持政务的人，即朝中重臣。

6 禄不足以代耕：指俸禄不多。《孟子·万章下》："下士与庶人在官者同禄，禄足以代其耕也。"意谓俸禄足以抵偿他们耕种的收入，故后以"代耕"指俸禄。

7 位不登于执戟：指官阶不高。执戟，又称执戟郎，秦汉时的宫廷侍卫官，因值勤时手执戟而名。《史记·淮阴侯列传》："臣事项王，官不过郎中，位不过执戟。"为此句所本。

8 干非其议：抵触、非议执政者的决议。这里指魏长贤上疏讥刺政事、大忤权贵一事。

9 自贻悔咎：自己招致来了灾祸。悔，灾祸，这里指魏长贤上疏遭贬屯留令一事。

10 勤勤恳恳：诚恳至极的样子。语出司马迁《报任安书》"意气勤勤恳恳"。

11 静言再思：平静地反复思考。言，语气词，无义。

12 无忘寤寐：即寤寐不忘。无，通"毋"，不。

13 固陋：见识鄙陋。

14 奉教：接受教益。乐毅《报燕惠王书》："臣虽不佞，数奉教于君子矣。"当为此句所本。

15 不一：不一样。

16 负鼎俎以趋世：背着锅和砧板而干时求用。鼎，锅。俎，砧板。二物为庖人随身携带之物，故称负鼎俎，这里比喻干时以求进用。

17 隐渔钓以待时：指吕尚隐居渭水以待文王事。《史记·齐太公世家》："吕尚盖尝穷困，年老矣，以渔钓奸周西伯。西伯将出猎，卜之，曰：'所获非龙非螭，非虎非罴，所获霸王之辅。'于是周西伯猎，果遇太公于渭之阳，与语大说，曰：'自吾先君太公曰'当有圣人适周，周以兴。'子真是邪？吾太公望子久矣。'故号之曰'太公望'，载与俱归，立为师。"

18 操筑傅岩之下：指傅说（yuè）事。《尚书·说命上》："说筑傅岩之野。"《注》："傅氏之岩在虞、虢之界，通道所经，有涧水坏道，常使胥靡刑人筑护此道。"《史记·殷本纪》："武帝夜梦得圣人，名曰说。以梦所见视群臣百吏，皆非也。于是乃使百工营求之野，得说于傅险中。是时说为胥靡，筑于傅险。见于武丁，武丁曰是也。得而与之语，果圣人，举以为相，殷国大治。故遂以傅险姓之，号曰傅说。"《索隐》："旧本作'险'，亦作'岩'也。"筑，捣土之杵。

19 取履圯（yí）桥之上：指张良游下邳桥上遇黄石公授以兵书事，见《史记·留侯世家》。

20 释赁车以匡霸业：疑指宁戚遇齐桓公事。秦汉典籍记述此事纷乱不一。《北堂书钞》百四十一引《晏子春秋》云："宁戚欲干齐桓公，困穷饭牛于北门外，桓公诏夜门避任车，戚乃击辕而歌。桓公悯而异之，命后车载之。"（今本《晏子春秋》无此节文字。）后桓公以为非常人，召见，拜为上卿。

21 委挽辂（hé）以定王基：指娄敬过洛阳、脱挽辂而向刘邦献建都长安之策事。《史记·刘敬列传》："刘敬者，齐人也。汉五年，戍陇西，过洛阳，高帝在焉。刘敬脱輓辂，衣其羊裘，见齐人虞将军……于是虞将军入言上。上召入见，赐食。"刘敬遂进"入关而都"之策，刘邦采纳，并云"娄"者"刘"也，赐姓刘氏。委，脱卸。輓，同"挽"，挽车用的绳索。辂，挽辇的横木，缚于辕上，供人拉车使用。

22 由斩祛（qū）以见礼：指寺人披斩重耳衣袖事。《左传·僖公五年》载，重耳遭骊姬之难，晋献公使寺人披追杀重耳，寺人披斩重耳之祛。《左传·僖公二十四年》载，重耳即位为文公，晋献公之旧臣吕甥、郤芮怕受到重耳的迫害，"将焚公宫而弑晋侯。寺人披请见。公使让之，且辞焉……"，经过辩白，晋文公接见了寺人披，寺人披就把吕、郤二人欲作乱一事报告给文公，使文公免于难。

23 因射钩而受相：指管仲射中齐桓公衣钩而桓公任管仲为相事。《左传·僖公二十四年》载，春秋时齐襄公昏乱，其弟纠奔鲁，以管仲、召忽为傅。小白（桓公）奔莒，鲍叔为傅。襄公死，纠与小白争入齐为君，在路管仲射中小白衣带之钩。小白先入，是为齐桓公，迫鲁人杀纠，俘管仲。桓公不记旧仇，任管仲为相，终成霸业。

24 "三黜"二句：指柳下惠三次被罢官事。柳下惠，即展禽，春秋中期鲁国大夫，食邑柳下，一称柳下季，"惠"是其谥号。柳下惠妻之《柳下惠诔》云："屈柔从俗，不强察兮。蒙耻救民，德弥大兮。虽遇三黜，终不蔽兮。恺悌君子，永能厉兮。"《论语·微子》："柳下惠为士师，三黜。人曰：'子未可以去乎？'曰：'直道而事人，焉往而不三黜？枉道而事人，何必去父母之邦？'"

25 "九死"二句：指屈原事。屈原信而见疑，忠而被谤，虽被放逐，然"睠顾楚国，系心怀王，不忘欲反，冀幸君之一悟，俗之一改也。其存君兴国，而欲反覆之，一篇之中，三致志焉"（《史记·屈原列传》）。其代表作《离骚》有句："虽九死其犹未悔"，"虽体解吾犹未变兮"。

26 奋于泥滓：在卑下耻辱的处境中奋斗。泥滓，泥垢渣滓，比喻卑下的地位。

27 自致青云：通过自己的努力到达官高爵显的地位。青云，比喻官高爵显。

28 万殊：万般不同，各式各样。

29 一致：相同。

30 榷其大要：商讨它们的要旨。榷，商榷、商讨。大要，要旨、概要。

31 竭力所生：尽力于父母。

32 后其君：以其君为后，即把君主放在后面对待。

33 射策金马：在朝廷上应试。射策，汉代取士有对策、射策之制。射策由主试者出试题，写在简策上，分甲乙科，列置案上，应试者随意取答，主试者按题目难易和所答内容而定优劣。射策者，以甲科入仕。金马，即金马门的省称。汉武帝得大宛马，乃命善相马者东门京以铜铸像，立马于鲁班门外，因称金马门，这里代指朝廷。

34 记言麟阁：在麒麟阁内记录言论。记言，记录言论。麟阁，即麒麟阁的省称，在未央宫内。汉武帝时所建，一说为萧何所造。汉宣帝甘露三年（前51），画十一位功臣图像于麒麟阁，这里代指朝中史官。魏长贤曾为著作佐郎，故云“记言麟阁”。

35 寒暑迭运：冬夏更替运转。迭，更替、轮流。

36 五稔（rěn）：五年。稔，谷一熟为一稔。古代谷物一年一熟，故称年为“稔”。

37 勒成一家：刻成一书。勒，刻。魏长贤曾拟重写《晋书》，终未成，故云。

38 润色鸿业：使王业增添光彩。润色，本指修饰文字，使有文采，这里指使事物有光彩。鸿业，大业，这里指王业。

39 “善述”二句：善于记述人世间的各种事情，这一功业已经缺失。述人事，指撰写《晋书》一事。人事，人世上的各种事情。阙如，语出《论语·子路》：“君子于其所不知，盖阙如也。”阙，同“缺”。

40 “显亲”二句：扬名声显父母的事情，是那样渺茫而没有发展。邈焉，渺茫。无异，与过去相比没有变化，即没有成就。这二句仍就撰《晋书》未成而言，魏长贤之父魏彦当年就曾想重写《晋书》而未成，长贤继承父志，想如司马迁一样显亲扬名，理想也未能实现。

41 曷云其已：何时能止。

42 自顷王室板荡：自从近来国家动荡不安。顷，近来。王室，指国家。板荡，政局不稳。

43 彝伦攸斁（dù）：天地人的常道败坏。彝伦，天地人的常道。斁，败坏。

44 持禄而莫谏：保持禄位而不进谏。

45 “匪躬”二句：意谓如果不是自身利害的问题，那么你问他只是白白地询问。

46 有犯无隐：只有犯颜进谏而无隐瞒不言。

47 梅福所以献书：《汉书·梅福传》载，梅福，字子真，九江寿春人。少学于长安，明《尚书》《穀梁传》，为郡文学，补南昌尉。后去官归里，曾屡次上书言宜封孔子后世以奉汤祀。时王凤专执擅朝，群下莫敢直言。梅福上书并讥刺王凤。及王莽专政，福乃弃妻子去九江。

48 朱云所以请剑：《汉书·朱云传》载，朱云，字游，鲁人。少任侠，借客报仇，长八尺余，容貌甚壮，以勇力闻。元帝时为槐里令，数为权贵所诬，因此获罪被刑。成帝时复上书，曰：“臣愿赐尚方斩马剑断佞臣一人，以厉其余。”上问何人，答曰：“安昌侯张禹。”帝怒欲杀之，御史将云去，云攀折殿槛，以辛庆忌救得免。后当治槛，帝命勿易，以旌其直。

49 抑：然而。

50 “嫠（lí）不”二句：寡妇不忧虑丝纬的缺少，而忧虑国家的祸患。嫠，寡妇。纬，织物的横丝。宗周，周王朝的宗庙社稷，这里代指国家。语出《左传·昭公二十四年》：“抑人亦有言曰：嫠不恤其纬，而忧宗周之陨，为将及焉。”以言忘私忧国的殷切。

51 “女不”二句：似用蔡文姬之典。《后汉书·烈女传·董祀妻传》载：“兴平中，天下丧乱，文姬为胡骑所获，没于南匈奴左贤王。在胡中十二年，生二子。曹操素与邕善，痛其无嗣，乃遣使者以金璧赎之，而重嫁于祀。”文姬归汉时，二子年幼，其《胡笳十八拍》写出了怀念故乡而又不忍与幼子别离的凄伤心情。太子，指文姬与南匈奴左贤王所生之子。

52 厉：同“砺”，磨炼。

53 委质：忠诚事君。质，形体。人臣拜见人君时，屈膝而委体于地。

54 匹庶：平民。

55 肠一夕而九回：语出司马迁《报任安书》：“是以肠一日而九回，居则忽忽若有所亡，出则不知所如往。”言忧思回复于心肠，一日多次。

56 百虑：种种思虑。

57 当（dāng）年：壮年。

58 耻没世而无闻：以至死都没有声名为耻辱。

59 慷慨怀古：情绪激昂地怀念古人。

60 自强不息：语出《周易·乾象》：“天行健，君子以自强不息。”

61 “庶几”二句：意谓或许伯夷的高风亮节，可以使懦夫有立义之志。庶几，或许。伯夷，商孤竹君之子，与弟叔齐耻食周粟，饿死于首阳山。

62 干进务入：竭力谋求做官向上爬。语出《离骚》：“既干进而务入兮，又何芳之能祗。”

63 不畏友朋：不顾忌同僚朋友的指责和规劝。

64 居下讪上：位居下僚而毁谤上级。

65 欲益反损：想增加反而减少了，比喻事与愿违。语出司马迁《报任安书》：“顾自以为身残处秽，动而见尤，欲益反损，是以抑郁而无谁语。”

66 不敏：不才，不聪明。

67 苟容：“苟合取容”的缩语，指苟且迎合时势以求容身。

68 草茅：杂草，比喻奸佞。

69 鸟雀：比喻奸佞。

70 没九泉：死后葬于地下。没，通“殁”。

71 “求仁”二句：语出《论语·述而》：“求仁而得仁，又何怨？”原指伯夷、叔齐让国远去，后因耻食周粟，终于饿死首阳山。孔子谓求仁而得仁，无所怨。

72 国道方屯（zhūn）：治国之道正处艰难。国道，治国之道。屯，艰难。

73 时不我与：时不待我。

74 以信见疑：由于忠诚而被怀疑。语出《史记·屈原列传》：“信而见疑，忠而被谤，能无怨乎？”

75 贝锦成章：洁白的贝锦被弄成五颜六色。贝锦，有贝形花纹的锦缎。

76 青蝇变色：苍蝇的污染使白变黑。《诗·小雅·青蝇》：“营营青蝇，止于樊。岂弟君子，无信谗言。”后常用青蝇比喻进谗言之佞人。

77 良田败于邪径：汉代有“邪径败良田”的民谣，这里比喻自己受到奸臣的谗害。

78 黄金铄于众口：古谚语有“众口铄金”，比喻舆论影响的强大。

79 穷达：困厄或显达。穷，困厄，志向不得实现。达，显达，志向实现。

80 敬承嘉惠：恭敬地接受美好的恩惠。承，接受。嘉惠，指亲故的“惠书”。语出贾谊《吊屈原文》：

“恭承嘉惠兮，俟罪长沙。”

81 未可一二为俗人道也：不可以把我的心里话向俗人道其一二。语出司马迁《报任安书》：“悲夫！悲夫！事未易一二为俗人言也。”

82 投笔：掷笔，停笔。

大意

往日惠赐书信，情义崇高而意义深远。信中教诲我应反躬自省，思虑不应出于职分之外，国家的大事，君主与朝中重臣自会思考；又认为我俸禄不多，职位不高，而抵触、非议执政者的决议，自己招致来了灾祸。语气诚恳至极，的确表现出了故人的真心。我平静地反复思考，寤寐不忘。

我虽然见识鄙陋，也曾经从君子那里接受过教益，我以为士人的立身，其路途并不一样。所以有的背着锅和砧板而干时求用，有的隐居渭水钓鱼而等待时机，有的曾在傅岩之下手操筑杵打墙，有的曾在圯桥之上拾取过鞋子；有的被从挽车上解救下来而匡扶君主成就了霸王之业，有的被从车上脱卸下来而辅佐皇帝奠定了王朝的国基，有的由于斩断过衣袖而被以礼招见，有的因为射中过衣钩而被任用为国相；有的曾被三次罢官，屈身下己而行正直之道，有的九死不悔，甘心困苦而守志不渝。他们都是在卑下耻辱的处境中奋斗，通过自身的努力到达官高爵显的地位。虽然事情千差万别，但道理最终是相同的。探讨其中的要旨，可以归结于忠孝罢了。因为孝就能尽力于父母，忠就会献身于事业，从没有孝却遗弃他的双亲，忠而以君主为后的人。我自从在朝廷上应试，在麒麟阁内记录言论，冬夏更替运转，到现在五年了，而不能够刻成一书，使王业增添光彩。善于记述人世间的各种事情，这一功业已经缺失；扬名声显父母的事情，是那样渺茫而没有成就。每当一想起这些，内心的痛苦何时能止？自从近来国家动荡不安，天地人的常道遭到败坏，朝中大臣为保持禄位而不进谏，小臣则畏惧获罪而不进言，只是虚痛朝廷的危急，空哀君主的耻辱，如果不牵涉自身利害的问题，那么你问他只不过白问而已，古代所谓犯颜进谏而不隐瞒的人，朝中是看不到的。这正是梅福上书直谏，朱云请求赐剑斩杀奸臣的原因啊。然而我又听说，寡妇不忧虑丝纬的缺少，而是忧虑国家的灾祸；文姬不是不想故国，而是忧愁太子的年少。况且我的祖先，世代以儒业传家，以为子的道理训导我，以事君的节气磨炼我。现在我忠诚事君，已有年岁了，怎么可以自认为与匹夫平民相同，被儿女子所取笑呢！因此一夕内痛苦得回肠九次，心中从早到晚不停地思虑忧愁，担心壮年时代不能立名，以至死都无声名为耻辱，情绪激昂地怀念古人，自强不息，或许伯夷的高风亮节，可以使懦夫有立义之志。

你们又认为我竭力谋求做官向上爬，不顾忌同僚朋友的指责和规劝，位居下僚而毁谤上司，想要增益反而缺损了。我的确不聪明，因而给你们留下了羞耻；而默默不语地苟合取容，又不符合我平生的意志。所以希望能够铲除那杂草，逐去这鸟雀，除去一恶，树立一善，不违背先人的心旨，而殁葬地下；求仁而得仁，又敢怪怨谁？只是言与不言在于我，用与不用却在于时。像目前治国之道正处艰难，时不我待，由于忠信而获罪，由于诚实而被怀疑，洁白的贝锦被弄成五颜六色，苍蝇的污染使白变黑，良田被邪路所败坏，黄金被众口所销毁，困厄显达是命运，对命运又能如何！你们忠告我的话，怎敢不恭敬地接受恩惠？然而我的内心真情，不可以向俗人道其一二啊！掷笔罢了，还有什么可说的呢？

导读

身处逆境而自强不息

《北史·魏长贤传》载，河清中，魏长贤因上书讥刺朝政，激怒了朝中权贵，引来灾祸，被贬为上党留屯令。故乡亲人有鉴于此，为书相劝，认为长贤“不相时而动”，并给予批评。读了故乡亲人的来信，魏长贤写了这篇情真意切、吐露心思的家书。

家书从亲故来书之语写起，“自求诸己”至“自贻悔咎”诸句，当是来信中语，作者读后，心情难以平静，借答书一泻其抑郁不平之情。接下纵开笔墨，洒洒写来，“士之立身，其路不一”先作概括，历述多位古人立身的事迹之后，得出“忠孝”的结论；再铺写自己的“忠”——因言获罪。但是，作者认为，国家处于风雨之中，朝廷之上或尸位素餐，或畏罪不言，置国家生死存亡于不顾，“虚痛朝危，空哀主辱”，而自己如果随波逐流，苟合取容，虽然可以保住禄位，但“非平生之志”。因为那样做既不忠，违背了祖上“厉仆以事君之节”的教诲；也不孝，违背了先人“训仆以为子之道”的训导，直是自同于匹夫匹妇，甚至尚不如匹夫匹妇！于忠于孝，于国于家，都不可“默默苟容”。挺身而出，直言进谏，就是势在必然的了。作者向亲故委婉地叙述了获罪的经过和自己的真情，愤慨之情充溢于字里行间，而无怨无悔之慨亦不难感知。作者认为自己是“以忠获罪”，“以信见疑”，是“求仁得仁”，自辩之中有自得之情，自叙之中又有自傲之意。

通过对来信所责“干进务入，不畏友朋，居下讪上，欲益反损”的辩白，作者压抑的情感得到了尽情的宣泄，自“愿得锄彼草茅”至“未可一二为俗人道也”一节，慷慨激昂而笔势犀利，愤叹之意甚明。

因为是写给“亲故”的信，所以作者胸中积之甚久的愤叹，一经触动就喷薄而出。作者不加掩饰地向亲人诉说了自己的获罪经过和内心的愤叹，揭露了当朝权贵的的丑恶面目，赞颂了许多历史上德才不凡而遭遇坎坷的人物，同时还引用了不少身处逆境而自强不息的古人的事例，自喻自比，表明自己因忠获罪而无怨无悔的意志。全文文健笔雄，纵横开合，骈中见散，辅以大量典故，可读性和抒情性都大大增强。

不难发现，《复亲故书》与司马迁的《报任安书》、杨恽的《报孙会宗书》以及扬雄的《解嘲》，有着一定的传承关系，姑举数例：

、《复亲故书》“故有负鼎俎以趋世”至“甘心苦节者矣”一节与《解嘲》“夫上世之士，或解缚而相，或释褐而傅；或倚夷门而笑，或横江潭而渔；或七十说而不遇，或立谈而封侯；或枉千乘于陋巷，或拥篲而先驱”一节从文字到内容都有传承。

二、《复亲故书》的自辩与抒愤同《报孙会宗书》甚为相近。

三、当然，《复亲故书》无论遣词用语还是谋篇立意方面，都深受司马迁《报任安书》的影响，借鉴《报任安书》处甚多。

1. 从遣词用语方面看，如“仆”“日者”径袭“仆”“曩者”而来；“诲仆从……”径袭“教以……”而来；“勤勤恳恳”与“意气勤勤恳恳”类似；“仆虽固陋，亦尝奉教于君子矣”与“仆虽罢驽，亦尝侧闻长者之遗风矣”类似；“是以肠一夕而九回”“耻没世而无闻”“欲益反损”“未可一二为俗人道也”就直接取自《报任安书》。

2. 从谋篇立意看，《报任安书》从引任安来信之语写起，接下来自辩、自叙委曲心志；《复亲故书》如出一辙。司马迁之所以苟且偷生，是想继承先父遗志，完成《史记》的写作。《复亲故书》也写及欲“勒成一家”之事，因为乃父早就“以《晋书》作者多家，体制繁杂，欲正其纰缪，删其游词，勒成一家之典”而“树不朽之业”，可惜赍志以殁。魏长贤羡慕和向往像太史公那样继承父志显亲扬名，但“功既阙如”而“邈焉无异”。一成功，一失败，结果不同，其理一也。

当然，由于《报任安书》的思想和艺术成就很高，是古代书信文中不可企及的巅峰之作，《复亲故书》相比之下就显得低了一筹。尽管如此，《复亲故书》在古代家书中仍不失为文情并茂的优秀之作，仔细揣摩它，或可对今日的研究和创作有莫大的帮助和启迪。

名言警句

子为公侯，母为俘隶，热不见母热，寒不见母寒，衣不知有无，食不知饥饱。

报母阎姬书

宇文护

作者简介

宇文护（约515—572），字萨保，代郡武川（今内蒙古武川）人，西魏大臣宇文泰之侄。鲜卑族。曾从宇文泰征讨，晋封中山公，任大将军。泰死，受诏辅政，护纲纪内外，抚循文武，于是讽魏帝行禅代之事。后立孝闵帝宇文觉即位，建立北周，拜大司马，封晋国公，累拜大冢宰、太师、雍州牧。后杀宇文觉立宇文毓，继杀毓立宇文邕，旋为邕所杀。《周书》《北史》均有传。

区宇分崩[1]，遭遇灾祸，违离膝下，三十五年。受形禀气[2]，皆知母子，谁同萨保，如此不孝！宿殃积戾，惟应赐钟[3]，岂悟网罗，上婴慈母[4]？但立身立行，不负[5]一物，明神有识，宜见哀怜。而子为公侯，母为俘隶，热不见母热，寒不见母寒，衣不知有无，食不知饥饱，泯[6]如天地之外，无由暂[7]闻，昼夜悲号，继之以血。分怀冤酷，终此一生，死若有知，冀奉见于泉下[8]尔！不谓齐朝解网[9]，惠以德音[10]，摩敦[11]、四姑，并许矜放[12]。初闻此旨，魂爽飞越[13]，号天叩地，不能自胜。四姑即蒙礼送，平安入境，以今月十八日，于河东拜见，遥奉颜色，崩动肝肠。但离绝多年，存亡阻隔，相见之始，口未忍言。惟叙齐朝宽弘，每存大德；云与摩敦，虽处宫禁，常蒙优礼。今者来邺[14]，恩遇弥隆；矜哀听许，摩敦垂敕[15]，曲尽悲酷，备述家事。伏读未周，五情屠割[16]。

书中所道，无事敢忘。摩敦年尊，又加忧苦，常谓寝膳贬损[17]，或多遗漏；伏奉论述，次第分明，一则以悲，一则以喜。当乡里破败之日，萨保年已十余岁，邻曲旧事，犹自记忆。况家门祸难，亲戚流离，奉辞时节，先后慈训[18]，刻肌刻骨，常缠心腑。天长丧乱，四海横流。太祖乘时[19]，齐朝抚运[20]，两河三辅[21]，各值神机[22]；原其事迹，非相负背。太祖升遐[23]，未定天保[24]；萨保属当犹子[25]之长，亲受顾命[26]。虽身居重任，职当忧责，至于岁时称庆，子孙在庭，顾视悲摧，心情断绝。胡颜履戴[27]，负愧神明。霈然之恩，既以霑洽[28]；爱敬之至，施及旁人。草木有心，禽鱼感泽，况在人伦，而不铭戴？有家有国，信义为本，伏度[29]来期，已应有日。一得奉见慈颜，永毕生愿，生死肉骨[30]，岂过今恩？负山戴岳，未足胜荷[31]！二国分隔，理无书信。主上以彼朝不绝母子之恩，亦赐许奉答；不期今日，得通家问[32]。伏纸呜咽，言不宣心，蒙寄萨保别时所留锦袍表，年岁虽久，宛然犹识，抱此悲泣。至于拜见，事归忍死[33]，知复何心？

——《全上古三代秦汉三国六朝文·全后周文》卷四

注释

1 区宇分崩：国家疆域分崩离析。时全国境域内有南北朝的对立；在北方有北周、北齐的对立，故言。区宇，疆土境域。区，疆域。宇，上下四方。

2 受形禀气：意谓子女的形体和气血都是父母所赐。

3 “宿殃”二句：意谓三十五年来不孝之罪所积欠的灾难和罪过只应降集在我一人之身。戾，罪过。钟，聚集。

4 “岂悟”二句：哪里料到灾祸降临到了慈母身上。网罗，本指捕鱼鳖鸟兽的用具，这里比喻灾祸，即指阎姬被俘。婴，加。

5 负：辜负。

6 泯：灭，指一点信息都不得而知。

7 暂：突然。

8 泉下：黄泉之下。

9 解网：《史记·殷本纪》：“汤出，见野张网四面，祝曰：‘自天下四方皆入吾网。’汤曰：‘嘻，尽之矣！’乃去其三面，祝曰：‘欲左，左；欲右，右。不用命，乃入吾网。’诸侯闻之，曰：‘汤德至矣，及禽兽。’”后因以解网比喻宽宥、仁德，这里指北齐释放阎姬等人。

10 德音：善言。语出《诗·邶风·谷风》：“德音莫违，及尔同死。”后成为对别人言辞的敬称。

11 摩敦：对老妇人的敬称，这里指宇文护母亲阎姬。

12 矜放：怜悯而放还。矜，怜悯。

13 魂爽飞越：形容心情愉快而精神振奋。

14 来邺：由邺地来到北周。邺，地名，即邺县，故址在今河北临漳县北。

15 垂敕：指北齐令人为阎姬作书报宇文护一事。

16 屠割：刀戳，比喻极度痛苦。

17 寝膳贬损：睡觉吃饭都减少了。

18 慈训：母亲的教诲。

19 太祖乘时：指宇文泰为建立北周而进行的一系列措施，如任西魏丞相、尚书令、大冢宰期间，起用苏绰等人，制定计帐、户籍制度，整顿吏治，裁减冗官，兴办屯田，推行均田制和府兵制，使国力日盛；后发兵东进，相继取成都、江陵；扶植后梁政权，扩地至江汉一带，为建立北周打下了基础。后其子宇文觉以周代魏，故称他为太祖。乘时，趁着时势，指宇文泰专擅朝政之时。

20 抚运：占有天运。

21 两河三辅：北齐和北周。两河，指黄河和洛水。二水均在北齐境内，故以其代指北齐。三辅，汉以京兆、左冯翊、右扶风为三辅，在今陕西省中部之地。北周都长安，三辅在北周境内，故以其代指北周。

22 各值神机：各自都遇到了神灵所赐的机遇。

23 升遐：帝王之死的委婉说法，这里指宇文泰之死。

24 天保：语出《诗·小雅·天保》：“天保定尔，亦孔之固。”这里指皇统、国运。

25 犹子：侄子。《礼记·檀弓上》：“兄弟之子犹子也。”后世遂称侄子为“犹子”。

26 顾命：《尚书》有《顾命》篇，取临终遗命之意。这里指宇文泰托孤宇文觉于宇文护。《周书·晋荡公护传》：“太祖疾已绵笃，谓护曰：'吾形容若此，必是不济。诸子幼小，寇贼未宁，天下之事，属之于汝，宜勉力以成吾志。'护涕泣奉命。行至云阳，而太祖崩。"

27 胡颜履戴：有何面目立于天地之间。胡颜，有何面目。胡，通"何"。履戴，生存于天地之间。履，脚踏。戴，天覆盖于头上。

28 "霈然"二句：意谓齐朝对百姓的恩惠已经是充盛而普遍的了。以，通"已"。霑洽，润泽而盛多。

29 度（duó）：揣测，估计。

30 生死肉骨：使死者复生，使白骨长肉，比喻感恩至极。

31 "负山"二句：意谓齐朝的恩惠像山岳那样高大，难以报答。

32 家问：家中的音讯，这里指家信。

33 忍死：临死挣扎，有所期待。

大意

国家疆域分崩离析，家门遭遇到了灾祸，我离开母亲的身边，迄今已有三十五年。人的形体和气血皆为父母所赐，人们都懂得母与子的血缘关系，谁又像我萨保一样，如此不孝呢？三十五年来因不孝所积欠的罪过理应降到我一人之身，谁能料到灾祸却偏偏加到了慈母的身上？但是我自思立身行事，不曾辜负过一人一物，聪明的神灵自有见识，应该对我加以哀怜。然而儿子为公侯，母亲为俘虏，天热时儿看不见母热，天冷时儿看不见母寒，衣服方面儿不知母之有无，吃食方面儿不知母之饥饱，音信断绝得就像在天地之外一样，没有办法突然得到一点信息，儿白天黑夜悲伤号哭，泪尽而继之以血。儿与母亲都有着不尽的冤屈，只得如此直到死去，死了之后如果灵魂有知，儿只希望在黄泉之下拜见母亲了！没有想到齐朝仁德，把为母亲所写的书信赐给了我，一并怜悯而同意放还母亲和四姑。一开始听到这个消息，儿心情愉快而精神振奋，向天号叫而叩头于地，都不能完全表达当时的感情。四姑已经承蒙齐朝以礼相送，平安地进入了我们的边境，于本月十八日在河东拜见过了，远远地看到四姑，儿痛苦得肝肠俱裂。但因离开不见面已有多年，存亡的消息一点都不知，所以相见之初，有话都讲不出来。只是叙说了齐朝仁厚宽弘，经常给母亲和四姑很大的恩德；四姑说自己与母亲，虽然处于宫禁之中，但经常蒙受齐朝优厚的礼遇。此次由邺地来到北周，所受的恩德和礼遇更加隆盛；齐朝怜悯并允许为母亲作书，信中婉曲地尽述了悲苦，详备地叙述了家事。儿捧读未完，内心五情触动、犹如刀割。

信中所谈，儿没有一件敢忘怀的。母亲年老，又加上忧愁悲苦，常常是睡觉吃饭都在减少，或许会对往事有所遗忘；但是儿捧信阅读，信写得次序分明，一面为此悲伤，一面为此高兴。当家乡破败的时候，儿萨保年龄已有十多岁，邻里旧日的事情，尚且记在心里。何况家里遭遇灾难，亲戚流离失所，母亲临别时的教导，前前后后的训诫，儿铭心刻骨，时常萦绕心怀。老天降下战乱，沧海横流。太祖乘着良机而起，齐朝也很占天运，北齐和北周各自都遇到了神灵所赐的机遇；推原当初的情况，两国并未有辜负背叛之处。太祖逝世时，国家尚未定立；儿萨保是侄子中年龄最大的，亲自接受了太祖临终的遗命。虽然儿身居重要地位，职分就应当忧愁国事、对国家负责，然而到了年关节日称颂庆祝之时，儿看到子孙在庭院中来来往往，想到与母亲的分离，回头一看而内心悲凉至极，伤心透顶。儿有何面目立于天地之间，确实感到愧对天地神灵。齐朝的盛大恩德已普降到了齐人的身上，对百姓的爱护达到了极点，并扩展到了他人。草木禽鱼，尚有感激天地山水之心，难道我们作为万物之灵，能不铭刻在心？有家有国，信义是其存在的根本，儿推测母亲归来的日期，也应该不会太长了。只要活着再见母亲一面，就永远了结了儿一生的心愿，即使使死者复生、使白骨长肉，哪里能比得上这样的恩情？而齐朝的恩惠的确像山岳那样高大，儿实难以报答。两国分疆自立，按理本无书信往来。当今圣上因为看到齐朝不绝母子相思的恩情，也同意我跟母亲通信；没料到今日，能够给母亲写信。儿伏于纸上低声哭泣，因激动而写得不能尽道心中之情。承蒙母亲寄来儿离别母亲时所留下的一领锦袍表，年岁虽已很久，但儿依然能清晰地认得出来，抱着它悲叹哭泣。一旦能活着见到母亲，儿定当拼死挣扎而养老送终，不知母亲此时在想着什么？

导读

南北朝动乱时期的“两地书，母子情”

这是一篇感人肺腑的报母书。

据《周书·晋荡公护传》载：“初，太祖创业，即与突厥和亲，谋为掎角，共图高氏。是年乃遣柱国杨忠与突厥东伐，破齐长城，至并州而还，期后年更举，南北相应，齐主大惧。先是，护母阎姬与皇第四姑及诸戚属并没在齐，皆被幽縶。护居宰相之后，每遣间使寻求，莫知音息。至是，并许还朝，且请和好。四年，皇姑先至；齐主以护既当权重，乃留其母，以为后图，仍令人为阎作书报护曰……护性至孝，得书，悲不自胜，左右莫能仰视，报书曰……。”

齐主为阎姬所作与子书是古代家书中的精粹之作，故引述于下，以便加深对宇文护报母书的理解：

> 天地隔塞，子母异所，三十余年，存亡断绝。肝肠之痛，不能自胜。想汝悲思之怀，复何可处。吾自念十九入汝家，今已八十矣。既逢丧乱，备尝艰阻，恒冀汝等长成，得见一日安乐。何期罪衅深重，存没分离。吾凡生汝辈三男三女，今日目下不睹一人。兴言及此，悲缠肌骨。赖皇齐恩恤，差安衰暮。又得汝杨氏姑及汝叔母纥干、汝嫂刘新妇等同居，颇亦自适。但为微有耳疾，大语方闻。行动饮食，幸无多恙。今大齐圣德远被，特降鸿慈，既许归吾于汝，又听先致音耗，积稔长悲，豁然获展。此乃仁侔造化，将何报德！

汝与吾别之时，年尚幼小，以前家事，或不委曲。昔在武川镇生汝兄弟，大者属鼠，次者属兔，汝身属蛇。鲜于修礼起日，吾之阖家大小，先在博陵郡住，相将欲向左人城行，至唐河之北，被定州官军打败，汝祖及二叔，时俱战亡。汝叔母贺拔及儿元宝，汝叔母纥干及儿菩提，并吾与汝六人，同被擒捉入定州城。未几间，将吾与汝送与元宝掌。贺拔、纥干，各别分散。宝掌见汝云："我识其祖翁，形状相似。"时宝掌营在唐城内。经停三日，宝掌所掠得男夫、妇女，可六七十人，悉送向京。吾时与汝同被送限，至定州城南，夜宿同乡人姬库根家。茹茹奴望见鲜于修礼营火，语吾云："我今走向本军。"既至营，遂告吾辈在此。明旦日出，汝叔将兵邀截吾及汝等，还得向营。汝时年十二，共吾并乘马随军，可不记此事缘由也。于后，吾共汝在受阳住。时元宝、菩提及汝姑儿贺兰盛洛，并汝身四人同学。博士姓成，为人严恶，凌汝四人谋欲加害。吾共汝叔母等闻知，各捉其儿打之；惟盛洛无母，独不被打。其后尔朱天柱亡岁，贺拔阿斗泥在关西，遣人迎家累。时汝叔亦遣奴来富迎汝及盛洛等。汝时著绯绫袍、银装带；盛洛著紫织成缬通身袍、黄绫裹，并乘骡同去。盛洛小于汝，汝等三人并呼吾作摩敦。如此之事，当分明记之耳。今又寄汝小时所著锦袍表一领，至宜检看，知吾含悲戚，多历年祀。

属千载之运，逢大齐之德，矜老开恩，许得相见。一闻此言，死犹不朽。况如今者，势必聚集。禽兽草木，母子相依。吾有何罪，与汝分离，今复何福，还望见汝。言此悲喜，死而更苏。世间所有，求皆可得，母子异国，何处可求？假汝贵极王公，富过山海，有一老母，八十之年，飘然千里，死亡旦夕，不得一朝暂见，不得一日同处，寒不得汝衣，饥不得汝食，汝虽穷荣极盛，光耀世间，汝何用为？于吾何益？吾今日之前，汝既不得申其供食，事往何论。今日以后，吾之残命，惟系于汝。尔戴天履地，中有鬼神，勿云冥昧而可欺负。

汝杨氏姑今虽炎暑，犹能先发。关河阻远，隔绝多年。书依常体，虑汝致惑，是以每存款质，兼亦载吾姓名，当识此理，不以为怪。

在信中，阎姬先以悲切的口吻向儿子说明了自己的近况，然后回忆了鲜于修礼起义以来宇文家族的悲欢离合，以及后来在受阳时儿子读书的情况和宇文护离开自己赴关中的情景，最后抒写了听到“许得相见”之后悲喜交集的心情。可以想象，在战争频仍、朝不保夕的年代里幸存下来，在思念亲人的泪水流干、“继之以血”的情况下，猛然间知道儿子还活着，而且“贵极王公，富过山海”，年过八旬的阎姬能不“死犹不朽”“死而更苏”，对北齐王朝感恩戴德，继而自伤自怜，责问不公平的命运吗？这种悲极而喜、喜极而悲、悲喜交集的心情是不难想象的。这封家书文笔优美，感情真挚，直可催人泪下，所以钱锺书先生在《管锥编》里极为赞赏：“欧阳修尝言：‘晋无文章，惟《归去来辞》’，窃欲言北齐无文章，惟《阎姬与宇文护书》，可乎？”

针对母亲的来信，宇文护既写了多年来思母念母却得不到一点音信的悲痛情感，又写了听到母亲、四姑将被送回的欣喜若狂，既有因不能在母亲身边尽孝的愧疚，又有对北齐王朝不绝母子之情的感恩戴德。悲喜之情，同样溢于言表。

史载宇文护父颢、长兄什肥皆以孝著称。鲜卑宇文氏在掌握西魏大权、继而建立北周政权后，重用苏绰、卢辩等汉族官僚，改革官制，颁行均田制，汉化程度进一步加深，尊奉儒家思想就成为必然，身为朝廷重臣的宇文护自然也不例外。孔子说：“今之孝者，是谓能养。”（《论语·为政》）孟子说：“孝子之至，莫大乎尊亲。”既然“养亲”“尊亲”是儒家孝道的核心内容，那么宇文护因不能知寒问暖、供衣奉食而自责愧疚，就不难理解了。同时，我们也可以看出，这种“孝”不是沽名钓誉，故意做作，而是真情的流露。在信中，他始终关心的是母亲衣、食、住、行等方面的情况，知道她八十高龄仍然健在，想到这么多年自己不但没有孝敬母亲，反而连累了母亲，使母亲不能过正常人的生活，便痛心不已。透过书信，我们看到宇文护自责不已、感恩不尽、焦急期盼、担忧未了，一个“孝子”的形象跃然纸上。这与他专断朝政、弑君杀帝构成了鲜明的对照。

这篇书信虽然采用了骈文的形式，但能不为其所限制，自由表达复杂的思想感情。有些地方对仗工整，言简意赅，不乏精彩之笔，如“天长丧乱，四海横流。太祖乘时，齐朝抚运。两河三辅，各值神机。原其事迹，非相负背”几句。钱基博先生对这封报母书评价极高：

> 一味情真，字字滴泪，而精神恺恻，为北朝第一篇文字，足与李密《陈情表》并垂千古。然李表全以质意胜，却正于质处具风度；宇文亦以质意胜，则转于质处见遒变；一则意尽迫切，而辞则优游缓节；一则笔极紧健，而意则历乱多端；李表之气舒，宇文之情激。而阎姬先报一书，不知何人代笔，家常絮语，的是老妪口吻；然以絮碎出神隽，以悬恻发岸异；虽不如护之遒炼，然篇碎而神完，语絮而情切，盖脱胎《史记·外戚世家》叙窦皇后弟窦广国一段文字者乎？足与护书称珠联璧合矣。

同前篇与子书合起来看，这两篇书信堪称南北朝时期的“两地书，母子情”。这在战乱频仍的南北朝时期非常有代表性。

名言警句

儿子从宦者，有人来云贫乏不能存，此是好消息。若闻赀货充足，衣马轻肥，此恶消息。

训子崔玄時书

卢　氏

作者简介

卢氏（生卒年不详），唐代女子。据《旧唐书·崔玄時传》载，玄時于龙朔（661—663）中“举明经，累补库部员外郎”，则可知卢氏大约生活在唐太宗至武则天时期（627—704）。

吾见姨兄屯田郎中辛玄驭[1]云：“儿子从宦[2]者，有人来云贫乏不能存，此是好消息。若闻赀货[3]充足，衣马轻肥[4]，此恶消息。”吾常重此言，以为确论[5]。比见亲表[6]中仕宦者，多将钱物上其父母，父母但知喜悦，竟不问此物从何而来。必[7]是禄俸余资，诚亦善事；如其非理所得，此与盗贼何别？纵无大咎[8]，独[9]不内愧于心？孟母不受鱼鲊之馈[10]，盖为此也。汝今坐食[11]禄俸，荣幸已多，若其不能忠清[12]，何以戴天履地[13]？孔子云：“虽日杀三牲之养，犹为不孝。”[14]又曰：“父母惟其疾之忧。”[15]特宜修身洁己，勿累[16]吾此意也。

——《旧唐书·崔玄時传》

注释

1 屯田郎中辛玄驭：屯田郎中，唐官职名。自汉以来，政府利用军队或农民、商人垦种土地，征取收成以为军饷，称屯田。唐置屯田郎中、员外郎各一人，属工部，掌屯田政令。辛玄驭，人名，生平事迹不详。

2 从宦：做官。

3 赀（zī）货：财货。赀，通“资”。

4 衣马轻肥：即衣轻马肥，穿着轻而暖的裘衣，乘着肥大的马匹，比喻指生活豪华。语出《论语·雍也》：“赤之适齐也，乘肥马，衣轻裘。”

5 确论：确实、正确的评论。

6 亲表：亲戚，指内外亲属。亲，多指族内亲人。表，外姻。

7 必：如果。

8 纵无大咎：即使没有被发现而受严责。纵，如果。大咎，大祸、非常严重的错误。语出《左传·宣公十二年》。

9 独：难道。

10 孟母不受鱼鲊（zhǎ）之馈：典出《三国志·吴志·三嗣主传》之《注》引《吴录》：“（孟）仁字恭武，江夏人也，本名宗，避皓字，易焉。少从南阳李肃学。其父为作厚褥大被，或问其故，母曰：‘小儿无德致客，学者多贫，故为广被，庶可多与气类接也。’其读书夙夜不懈，肃奇之，曰：‘卿宰相器也。’初为骠骑将军朱据军吏，将母在营。既不得志，又夜雨屋漏，因起涕泣，以谢其母，母曰：‘但当勉之，何足泣也？’据亦稍知之，除为盐池司马。自能结网，手以捕鱼，作鲊寄母，母因以还之，曰：‘汝为鱼官，而以鲊寄我，非避嫌也。’迁吴令。时皆不得将家之官，每得时物，来以寄母，常不先食。”鲊，经加工制作、便于储藏的鱼食品，如腌鱼、糟鱼之类。《释名·释饮食》：“鲊，菹也。以盐米酿鱼以为菹，熟而食之也。”馈，赠送。

11 坐食：不劳而食。

12 忠清：忠诚而清廉。

13 戴天履地：顶天立地，指头顶苍天，脚踏大地，活在人世。

14 “孔子云”三句：语出《孝经·纪孝行章》。三牲，指牛羊猪。

15 父母惟其疾之忧：语出《论语·为政》，意谓做父母的只是为孝子的疾病发愁。

16 累：连累，这里引申为辜负。

大意

我见姨兄屯田郎中辛玄驭说过：“儿子做官的，有人来说他贫困得不能生活，这是好消息。如果听到他财货充足，轻裘肥马、生活豪华，这是坏消息。”我常常看重这些话，认为它是正确的评论。

近来看到内外亲属中做官的，大多把钱物呈送给他们的父母，他们的父母只知道喜欢高兴，竟然不询问这些东西是从什么地方来的。如果是俸禄中剩余下来的钱物，那的确也是好事；如果它们不是从正道上所得来的，这与盗贼有什么区别？即使没被发现而免于大祸，难道内心不感到惭愧吗？三国时孟仁的母亲不接受儿子鱼鲊的馈赠，大概就是因为这个原因。你现在不劳而获、赚取国家的俸禄，荣耀和幸福已经很多，如果你不能忠于职守而清廉奉公，怎能够堂堂正正地活在人世？孔子说："即使每天杀牛、羊、猪来侍养父母，还是不孝。"又说："做父母的只是为孝子的疾病发愁。"你要特地修养身心、让自己保持廉洁，不要辜负了我这番话的用意。

导读

子女在外做官，富贵是坏消息，贫穷才是好消息

卢氏的《训子崔玄暐书》在反腐倡廉的今天，可以给人多方面的启示。

卢氏是一位伟大的母亲，在她身上集中体现了千千万万母亲善良、睿智等多方面的优秀品质。她知道儿子为孝顺自己而远致鱼鲊，其情可悯，其心可嘉。然而，为儿子的前途大事计，为儿子的平安无事计，应当学孟仁的母亲深明大义，力辞坚拒。卢氏引用孟母不受鱼鲊之馈的典故，极为形象地道出了自己的内心真情：期望做官的儿子廉洁自律。为人子者，当孝顺双亲，卢氏何尝不知道这一点呢？但君子爱财，取之有道。若为官贪赃枉法，"虽日杀三牲之养，犹为不孝"，把贪赃受贿、敲骨吸髓得来的钱财再转而呈送父母，那不仅是不孝，而且是大不孝！忠厚善良的父母怎能接受儿子的如此之孝而心安理得呢？只有那些糊涂的父母，才会沾沾自喜。

卢氏所引辛玄驭的名言，的确是精辟的评论。在卢氏之前，尚不见有如此精辟、如此引用恰当的文章问世。而类似孟仁母亲辞鱼教子的故事有古籍记述，如《古列女传》中田稷子母辞金的故事：

齐田稷母，齐田稷子之母也。田稷子相齐，受下吏货金百镒，以遗其母。母曰："子为相三年矣，禄未尝多若此也。岂修士大夫之费哉，安所得此？"对曰："诚受之于下。"其母曰："吾闻士修身洁行，不为苟得竭情尽实，不行诈伪，非义之事不计于心，非理之利不入于家，言行若一，情貌相副。今君谈官以待子，厚禄以奉子，言行则可以报君。夫为人臣而事其君，犹为人子而事其父也，尽力竭能，忠信不欺，务在效忠，必死奉命，廉洁公正，故遂而无患，今子反是远忠矣。夫为人臣不忠，是为人子不孝也。不义之财非吾有也，不孝之子非吾子也。子起！"田稷子惭而出，反其金，自归罪于宣王，请就诛焉。宣王闻之，大赏其母之义，遂舍稷子之罪，复其相位，而以公金赐母。君子谓稷母廉。

一辞鱼，一辞金，展现了两位深明大义的母亲的高风亮节，以巾帼不让须眉、羞煞一些须眉评之，不是很恰当吗？

对好、坏消息的辩证认识，可以见出辛玄驭的远见卓识。对这一"确论"的认同、看重，可以看出卢氏的聪慧睿智，而进一步以此教子为官守廉，更足以见出卢氏的出类拔萃了。光有理论，讲得头头是道，却不能运用理论指导实践，甚至反其道而行之，那能算是"戴天履地"的万物之灵吗？儿女在外为官仕宦的父母当三覆此书！

正因为卢氏教子以清廉，崔玄時谨遵母亲的教诫，以清廉谨慎著称于当时，屡屡升迁。今天，卢氏、崔玄時母子的事迹仍在流传。"坐食俸禄，荣幸已多"的为官者，应当忠于职守，廉洁自律，如此则可保平安。司马迁早就说过：“廉吏久，久更富。”（《史记·货殖列传》）如果心存侥幸，以为神不知鬼不觉，贪污受贿而“纵无大咎”，躲过眼前的灾难，但花那些不义之财，会“内愧于心”，甚至茶饭不思、辗转反侧、形容枯槁！

名言警句

不患无位，患所以立。

与弟莒书

李 华

作者简介

李华（715—766），字遐叔，赵州赞皇（今河北赞皇县）人。开元二十三年（735）进士，天宝二年（743）复中宏词科，官至吏部员外郎。安史乱起，华为右补阙，曾上诛守之策，不报。玄宗幸蜀，华母在邺，欲载母逃，被禄山俘获，伪署凤阁舍人。安史乱毕，贬官杭州司马参军。从此自伤节亹亲亡，遂屏居江南，后曾入李岘幕府，擢检校吏部员外郎。晚年奉佛，不甚著书，劝子弟力农安贫。华为人外若坦荡而内实谨重，有侠义之风。与萧颖士齐名，世称“萧李”。唐代著名的古文家，韩柳古文运动的先驱者之一。新、旧《唐书》均有传。有《李遐叔文集》。

三兄报汝：吾疹疾一定[1]，汝忧吾疾，令吾将息[2]，一一用汝语，念汝知之。且作判官[3]，事中丞[4]叔父，小心戒慎，不离使司。

昔田仁、任安俱为大将军舍人，卧马厩中，无何，诏大将军出征匈奴，遣大夫赵禹选大将军官属，舍人衣服鲜明，二子冠带憔悴，赵禹独与二子言论于禁中，即日召见，皆拜二千石[5]。汝有二子之实，未遇赵公之举，马厩高眠，古今一也。又仲尼尝为委吏[6]，叹曰：“富贵如可求，虽执鞭之士，吾亦为之。”[7]魏舒为郎官，时属沙汰，乃襆被而出，自言曰：“当自我始，大才当大用。”[8]如时人识，何为叹愤哉？先师[9]曰：“不患无位，患所以立。”[10]汝能自修，况事叔父，吾之休废[11]，永无荣耀于伯仲之间[12]，自非深仁高义、长才厚德[13]，又焉肯惠于朽坏枯木[14]哉！莒省[15]吾书，当努力也！不次[16]，三兄报。

——《全上古三代秦汉三国六朝文·全唐文》卷三百十五

注释

1 疹（chèn）疾一定：疾病已有好转。疹疾，疾病。一定，已定。

2 将息：调养。

3 判官：唐代官名，节度使、观察使、防御使等都设有判官，是地方长官的僚属，佐理政事。

4 中丞：官名。东汉以来，御史大夫转为大司空，以中丞为御史台长官。

5 “昔田仁”诸句：田仁、任安，均为汉武帝时人，大将军卫青舍人。《史记·田叔列传》：“此二人家贫，无钱用以事将军家监，家监使养恶啮马。两人同床卧，仁窃言曰：‘不知人哉家监也！’任安曰：‘将军尚不知人，何乃家监也！’……其后有诏募择卫将军舍人以为郎，将军取舍人中富给者，令具鞍马绛衣玉具剑，欲入奏之。会贤大夫少府赵禹来过卫将军，将军呼所举舍人以示赵禹。赵禹以次问之，十余人无一人习事有智略者。赵禹曰：‘吾闻之，将门之下必有将类。传曰：不知其君视其所使，不知其子视其所友。今有诏举将军舍人者，欲以观将军而能得贤者文武之士也。今徒取富人子上之，又无智略，如木偶人衣之绮绣耳，将奈之何？’于是赵禹悉召卫将军舍人百余人，以次问之，得田仁、任安，曰：‘独此两人可耳，余无可用者。’……有诏召见卫将军舍人，此二人前见，诏问能略，相推第也。田仁对曰：‘提桴鼓立军门，使士大夫乐死战斗，仁不及任安。’任安对曰：‘夫决嫌疑，辩治官，使百姓无怨心，安不及仁也。’武帝大笑曰：‘善。’使任安护北军，使田仁护边田谷于河上。此两人立名天下。其后用任安为益州刺史，以田仁为丞相长史。”

6 委吏：古代负责仓库保管、会计

事务的小官。《孟子·万章下》："孔子尝为委吏矣，曰'会计当而已矣。'"

7 "叹曰"四句：语出《论语·述而》，文字小异。

8 "魏舒"六句：《晋书·魏舒传》载，魏舒"自课百日习一经，因而对策升第，除渑池长，迁浚仪令，入为尚书郎。时欲沙汰郎官，非其才者罢之，舒曰：'吾即其人也。'襆被而出，同寮素无清论者咸有愧色，谈者称之"。沙汰，淘汰。襆被，以包袱裹束衣被。襆，包袱、巾帕。

9 先师：指孔子。

10 "不患"二句：出自《论语·里仁》，意谓不发愁没有职位，只发愁没有任职的本领。

11 休废：贬谪废职。

12 伯仲之间：这里指兄弟之间。

13 长（cháng）才厚德：出众的才华和深厚的德性。

14 朽坏枯木：这里用以自喻。

15 省（xǐng）：明察。

16 不次：不多写，是书信中的套语。

大意

三哥复信于你：我的疾病已有好转，你担心我的病，让我调养，我一一采纳你的意见，现写信让你知道。你将做判官，侍奉中丞叔父，要小心谨慎，不要擅离职守。

从前汉代的田仁、任安都是大将军卫青的门客，他们卧在马棚中，不久，（皇帝）诏令大将军出兵征伐匈奴，并派遣大夫赵禹挑选大将军的随从官员，门客们衣着光鲜，田仁、任安衣衫褴褛，赵禹却偏偏与二人在宫中交谈，当日即被皇帝召见，都拜为享禄二千石的高官。你有这二人的才学，没有遇到赵禹那样识才之人的举荐，屈才而高眠于马棚，古往今来都一样。又如孔子曾经做掌管粮仓的小官，他慨叹说："富贵如果可以求得，即使作一拿鞭子的市场守门人，我也干。"晋朝的魏舒做郎官，当时属于淘汰之列，他于是卷起被子而出走，自己说："应当从我开始，大才必当大用。"如果当时有人识得他们的才能，为什么要慨叹、愤怒呢？先师孔子说："不发愁没有职位，只发愁没有任职的本领。"你能够自修才德，并且侍奉叔父，我被贬谪废官，永远不能在兄弟中间拥有荣耀了，自己本来就不具有深厚的仁德和高尚的义举，抑或出众的才华和深厚的德性，谁又肯施恩于我这样的朽坏枯木呢？莒弟明察我的话，应当努力啊！不多言，三哥复。

导读

小心戒慎，不离使司

这是李华写给其弟李莒的一封复信。从内容看，其时李华已遭贬官，而李莒"且作判官，事中丞叔父"，宦途似乎比较顺畅。这与李华当时犹如"朽坏枯木"的处境大不相同，认清这一点对理解本文至为重要。

李华"文彩绵丽，精彩焕发"，"萧颖士见所著《含元殿赋》，以为在景福之上、灵光之下"。但安禄山叛乱时，他屈节投降，"署凤阁舍人"，安史之乱平息之后，他被贬为杭州司户参军，"晚而自伤"，所以"每托之文章以见意，如《权皋铭》云：'渎而不滓，瑜而不瑕。'《元德秀铭》：'贞玉白华，不缁不磷。'《四皓铭》云：'道不可屈，南山采芝，竦慕元风，徘徊古祠。'其悔志可以想见"（《四库全书总目》）。这些评价较为准确，李华"每托之文章以见意"亦表现在《与弟莒书》中。

这封家书的重点是劝勉李莒不要因无人识才而苦恼，文章先举出田仁、任安有才而终被起用的事例，说明李莒非无才，而只是"未遇赵公之举"，目下宜当"小心戒慎，不离使司"。又举出孔子、魏舒的事例，论证"不患无位，患所以立"的道理，劝勉李莒恪尽职守，加强自修，更深层的含义在于不要像他自己一样"遭逢危乱，污辱贼庭"，致成噬脐之恨！这大约才是此信的主旨所在，故云"莒省吾书，当努力也"。在忠臣不事二君的封建社会里，像李华这样大节已亏而遭贬官的人，"永无荣耀"已成定局，能苟全性命就实属不易了。因此，我们读信末尾数句，可以感受到李华憔悴无望的心态，以苦语道其哀情。“大节一亏，万事瓦裂”（《四库全书总目》语），李华的遭遇和信中的忠告，可以引起人们的警惕。

名言警句

存心尽公，神明亦自祐汝，慎不可思避事也。

与十二侄[1]

欧阳修

作者简介

欧阳修（1007—1072），字永叔，号醉翁，晚年改号六一居士，江西庐陵（今江西吉安县）人。幼年孤苦，母亲以荻杆画地教字。二十四岁中进士，官至枢密副使、参知政事。死后谥文忠。为人刚直敢言，注意拔擢后进，曾支持范仲淹的革新运动，但晚年趋于保守，和司马光一起反对王安石的"新法"。《宋史》有传。他是北宋第一个在散文、诗、词诸方面都卓有成就的杰出文人，倡导古文革新运动，反对宋初的浮华文风，提倡效法韩柳，强调文学应有益于人生，内容重于形式。其散文平易流畅，清新自然，对后代散文的发展影响很大，是"唐宋八大家"之一。曾与宋祁合撰《新唐书》，又独自编撰《新五代史》。有《欧阳文忠集》。

自南方多事[2]以来，日夕忧汝，得昨日递中书，知与新妇诸孙等各安，守官无事，顿解远想。吾此哀苦[3]如常。欧阳氏自江南归明[4]，累世蒙朝廷官禄，吾今又蒙[5]荣显，致汝等并列官裳[6]，当思报效。偶此多事，如有差使，尽心向前，不得避事，至于临难死节，亦是汝荣事；但存心尽公，神明亦自祐汝，慎[7]不可思避事也。昨书中言欲买朱砂[8]来，吾不阙[9]此物，汝于官下宜守廉，何得买官下物？吾在官所，除饮食物外，不曾买一物，汝可安此为戒也！已寒，好将息[10]。不具。吾书送通理十二郎。

——《欧阳修全集》卷一百五十三

注释

1 十二侄：指欧阳修的侄子欧阳通理，他在家中排行十二，故也称“十二郎”。
2 南方多事：指宋仁宗年间广西一带的农民起义。时欧阳通理任广西象州（今广西象州县）司理。
3 哀苦：时欧阳修正值母丧，故云。
4 归明：依附宋朝。
5 蒙：蒙受。
6 官裳：官服，这里指官职。
7 慎：千万。
8 朱砂：一种矿物，是炼汞的主要原料，也可制作颜料、药剂。
9 阙：通“缺”，缺少。
10 将息：休息，调养。

大意

自从南方多事动荡以来，我早晚为你担忧，昨天收到你的信，知道你和新妇、诸孙儿等各自平安，居官无事，顿时解除了远地的思念。我这里哀情苦衷一如往常。我们欧阳家族自从在江南依附宋朝后，几代蒙受朝廷的官爵俸禄，我现在又蒙受尊荣和显位，致使你们都得到了官职，应当想着报效朝廷。恰巧遇上多事之秋，如果有什么差遣，应竭尽全力挺身而出，不得躲避公事，即使临难以死殉节，也是你的光荣；只要存心为公，神明也自当会保佑你，千万不可想着逃避公事。你昨天来信说想买朱砂送来，我不缺少这种东西，你在官府应该恪守清廉，怎么能买公家的东西？我在官署，除了吃喝物品以外，不曾买过一样东西，你可要以此为戒啊！天已寒冷，善自调养。不再多谈。我的信送达通理十二郎。

导读

在官府应恪守清廉

宋皇祐四年（1052），欧阳修写给远在广西象州任司理的十二侄欧阳通理的家书共有两封，这篇家书是第一篇。当时欧阳修因三月时母亲去世，从南京回到颍州（今浙江杭州市）守丧，故信中言“哀苦如常”。当时正遇上广西农民起义，欧阳修十分担忧欧阳通理及其家人，收到侄儿来信得知全家平安，他才放心，于是写了这封家书。

信中追溯了欧阳家族成为宋朝的臣民之后，祖宗几代所蒙受的恩泽以及当今自己身居高位、家人亦有不少人为官的现状，感恩戴德之情溢于言表。饮水自当思源，恰巧广西多事，所以欧阳修告诫侄子必须“尽力向前，不得避事”，即使临难死节，也是欧阳通理的光荣。他还鼓励侄子，如果“存心尽公”，神明也会保佑。文章层层逼进，颇有跌宕之势。身受朝廷恩泽，自当报效朝廷，是当时社会为人臣子者的义务和责任，也是欧阳家门的传统。欧阳修在其著名的《泷岗阡表》中写道：

> 呜呼！为善无不报，而迟速有时，此理之常也。惟我祖考，积善成德，宜享其隆。虽不克有于其躬，而赐爵受封，显荣褒大，实有三朝之锡命。是足以表见于后世，而庇赖其子孙矣。

感恩戴德之情比《与十二侄》流露得更为深沉。

对于侄子买朱砂的美意，欧阳修严辞拒绝，并以身说法，告诫侄子要守官清廉。欲正人，先正己。欧阳修道出自己的为官之道：

"吾在官所，除饮食物外，不曾买一物。汝可安此为戒也！"可以看出欧阳修正直无私的品格。

这封家信只有二百余字，但内容丰富，文字精练，既有训诫、开导，又有关心、爱护，不只是枯燥无味的说教，而含有细致丰富的情感，谦谦君子、忠厚长者的形象似在眼前。

名言警句

今应举者未必及第，虽及第未必不困穷。

与舅氏吴司录议王逢原姻事书

王安石

作者简介

王安石（1021—1086），字介甫，晚年自号半山老人，临川（今江西抚州市）人。宋仁宗庆历二年（1042）进士。历任州县地方官十余年，有政声。宋神宗熙宁二年（1069），拜为参知政事，他针对北宋积贫积弱的局面，力主“变风俗，立法度”，实行变法，以使国家臻于富强。但由于保守派的激烈反对，成效不著。曾两度拜相，两度罢相。晚年退居江宁（今南京）半山园，封舒国公，改荆国公，世称王荆公。卒谥文。《宋史》有传。他是“唐宋八大家”之一，是北宋著名文学家，诗、文、词俱佳。诗歌遒劲清新，词风豪气纵横，散文逻辑严密，说理透辟，笔力雄健，语言简练。其政论性散文立意高超，深切时弊，尤为人们所称道。有《临川集》。

安石启：新正[1]伏惟二舅[2]都曹尊体动止万福。向曾上状[3]，不审[4]得达左右否？王令秀才，见在江阴聚学[5]，文学智识，与其性行，诚是豪杰之士。或传其所为过当，皆不足信。安石比[6]深察其所为，大抵只是守节安贫耳。近日人从之学者甚众，亦不至绝贫乏；况其家口寡，亦易为赡足[7]。虽然不应举，以安石计之，今应举者未必及第，虽及第未必不困穷。更请斟酌。此人但恐久远非终困穷者也。虽终困穷，其畜妻子[8]，当亦不至失所[9]也。渠[10]却望二舅有信来，决知亲事终如何。幸一赐报也。

尚寒，伏乞善保尊重，不备。安石拜上。

——《王令集》

注释

1 新正：指新年之正月。
2 二舅：指王安石的二舅吴蕡，字成之，曾任亳州、寿州、江宁府录事参军。
3 向曾上状：以前曾经给您呈上过书信。状，文体的一种，是向上级陈述事实的文书，这里指书信。王安石书云："安石启：仲冬严寒，伏惟尊体动止万福。王令秀才，近见文学才智行义皆高过人，见留他来此修学，虽贫不应举，为人亦通。不至大段苦节过当。他恐二舅不欲与作亲，久不得委曲，不审尊意如何？传闻皆不可信也。安石目见其所为如此，甚可爱也！未拜见，千万乞保尊重，不备，安石拜上。"
4 审：知。
5 聚学：聚众讲学。
6 比：近来。
7 赡足：充足。
8 畜妻子：抚养妻子儿女。
9 失所：失去立身之地。
10 渠：他。

大意

安石启：新年正月伏惟二舅都曹尊体动止万福。以前曾经给您呈上过书信，不知是否到达了您的手头？王令秀才现在江阴聚众讲学，他的文章学问、智慧识见与他的性格品行，的确都称得上是豪杰之士。有人传言他的所作所为不恰当，都不值得相信。安石近来深入地考察其所作所为，大抵只是恪守节操、安贫乐道罢了。近来跟从他学习的人很多，也不至于非常贫困；何况他家人口少，也容易做到所用充足。他虽然不应科举考试，按安石的推测，现今应试科举的未必能考中，即使考中也未必不贫困。再请您斟酌。这个人只恐怕不是那种长久以至于最终贫困不得志的人。即使最终贫困不得志，他抚养妻子儿女，当也不至于失去立身之地。他却希望二舅有书信来，决定亲事究竟如何。希望您赐信一答。

天气还冷，请求您保重身体，不再详说。安石拜上。

导读

择婿不论门第，当以才德识人

这封信是王安石写给其二舅吴蕡商议家事的第二封家书，其核心内容是劝二舅将其女儿嫁给布衣秀才王令。

王令（1032—1059），字逢原，魏郡元城（今河北大名县）人，是宋仁宗时代江淮一带甚有影响的青年诗人。他出身穷困，但具有高尚的节操和出众的才华，所以深得王安石的赏识、器重，最终成为莫逆之交。而王安石家与吴蕡家世代通姻，安石之母乃吴畋之女，吴畋之兄吴敏有子四人：吴芮、吴蕡、吴蕃、吴蒙。安石娶吴芮之女，议归王令者，乃吴蕡之女。作为外甥，时已显贵的王安石劝舅父将女儿嫁给王令，这建议是很有份量的。更何况，王安石先后两次向舅父写信，竭力劝说舅父玉成此事，这充分说明王安石对王令的相知之深、青睐至极。

这封信写于嘉祐三年（1058），当时王安石三十八岁，王令二十七岁。王安石与王令二人定交大约在至和元年（1054）。通过几年的交往，王安石对王令的才学和品行都有很深入的了解："始爱其文章而得其所以言，中爱其节行而得其所以行，卒……以为可以任世之重而有功于天下。"（《王逢原墓志铭》）正因为如此，王安石写信劝说舅父勿道听途说，凭王令的才华，目前虽未及第，但终非久居人下之人，即使“终困穷，其蓄妻子当亦不至失所也”。信虽不长，然层层转折，推理精当，劝说舅父打破门第观念。这在封建时代是难能可贵的。

吴蕡最终将女儿嫁给了王令，可惜王令与吴氏结婚不及一年，竟因足疾而终。时吴氏年二十五，后生一女，终身未再嫁。

王令英年早逝后，王安石写了多篇哀悼诗文，其中《思逢原二首》写得慷慨低徊，读来令人泫然。

蓬蒿今日想纷披，冢上秋风又一吹。
妙质不为平世得，微言只有故人知。
庐山南堕当书案，湓水东来入酒卮。
陈迹可怜随手尽，欲欢无复似当时。

百年相望济时功，岁路何知向此穷。
鹰隼奋飞凰羽短，骐驎蹎没马群空。
中郎旧业无儿付，康子高才有妇同。
想见江南原上墓，树枝零落纸钱风。

名言警句

宜熟前后汉史及韩柳文。

与元老侄孙书

苏　轼

作者简介

苏轼（1037—1101），字子瞻，一字和仲，号东坡居士，眉州眉山（今四川眉山县）人，嘉祐二年（1057）与弟辙中同榜进士。熙宁间通判杭州，历知密州（今山东诸城县）、徐州（今江苏徐州市）、湖州（今浙江吴兴县）。元丰年间，御史劾以作诗讪谤朝廷，贬为黄州（今湖北黄冈县）团练副使，筑室于东坡，后居常州。哲宗立，累迁翰林学士兼侍读。后以龙图阁学士出知杭州。绍圣初，复以为文讥斥先朝的罪名，远谪惠州（今广东惠州）、琼州（今海南琼山）。徽宗立，徙永州（今湖南零陵），后卒于常州。《宋史》有传。他在政治上主张慎重，反对王安石变法，任地方官时关心人民疾苦，著有政绩。他博学多才，其散文与欧阳修并称“欧苏”，为“唐宋八大家”之一；诗与黄庭坚并称“苏黄”；词与辛弃疾并称“苏辛”，为豪放词派的创始人。书法长于行、楷，与蔡襄、黄庭坚、米芾并称“宋四家”。有《苏东坡集》《东坡乐府》。

侄孙近来为学何如？恐不免趋时。然亦须多读书史，务令文字华实相副，期于适用乃佳。勿令得一第[1]后，所学便为弃物也。海外[2]亦粗有书籍，六郎[3]亦不废学，虽不解对义[4]，然作文极峻壮，有家法。二郎、五郎[5]见说[6]亦长进，曾见他文字否？侄孙宜熟前后汉史[7]及韩柳文[8]。

有便寄近文一两首来，慰海外老人意也。

——《苏东坡集》

注释

1 第：科举考试的等级。
2 海外：指儋（dān）州，又称“儋耳”，今海南省儋县。
3 六郎：指苏轼的小儿子苏过，为续弦王润之所生，苏轼被贬到儋州，苏过陪同前往。
4 对义：对策的文章。汉以来取士，以政事、经义等设问写在简策上，使之条对，名曰策问，也叫对策。
5 二郎、五郎：二郎指苏轼的长子苏迈，为嫡妻王弗所生。五郎指苏轼的次子苏迨，为续弦王润之所生。
6 见说：闻说。
7 前后汉史：即《汉书》和《后汉书》。
8 韩柳文：指韩愈、柳宗元的文章。

大意

侄孙近来学习情况如何？恐怕免不了赶时髦。但是也一定要多读史书，务必使文章的文采和内容相符合，能够实用才好。不要让自己取得科举名次后，所学的就成了无用的废物。儋州这里也略有书籍，六郎也没有废弃学习，虽然他还不会写对策的文章，但作文很有气势，有家传的特色。二郎、五郎听说也长进了，你曾看过他们的文章了吗？侄孙你应该熟读《汉书》《后汉书》以及韩愈、柳宗元的文章。得便寄近来所写文章一两篇来，以安慰身在儋州的老人的心。

导读

多读史书，受益无穷

宋绍圣四年（1097），苏轼被贬到海南时，已是六十多岁的老人了。他在海南先后给侄孙元老写了四封信，本篇为第三封。

苏轼在信中告诫元老，为学作文要“华实相副，期于适用”，若一味趋时，即为考取科第而为学，得第后所学的知识必成为弃物，因为科举考试狭隘的内容与现实生活相差甚远。这是早年高中科第而进入社会上屡遭打击迫害的“多病憔悴”老人的经验之谈。信中有深意存焉，值得仔细玩味。谈到为学的途径，苏轼提示元老要多读史书和韩柳的文章，在《与千之侄》一信中，苏轼表达了同样的主张：

> 近来史学凋废，去岁作试官，问史传中事，无一两人详者。可读史书，为益不少也。

可见苏轼的主张是一贯的。多读史书和名家名篇，才有可能把为学的根基打得扎实深入一些，才有可能知兴衰缘由，才有可能“华实相副，期于适用”。

名言警句

仁人之事亲也，事死如事生，事亡如事存。

狱中家书

文天祥

作者简介

文天祥（1236—1283），字履善，又字宋瑞，号文山，庐陵（今江西吉安市）人。宝祐四年（1256）高中状元。德祐元年（1275），奉诏起兵万人勤王。南宋降，以右丞相兼枢密使往元营谈判被拘，后脱逃。至福建募集将士，仍拜右丞相，组织抗元。祥兴元年（1278），被元兵击败俘获。移囚大都（今北京市）三年，始终不屈，遂被杀于柴市口。《宋史》有传。其诗文哀愁伤感，激楚苍凉，处处洋溢着高尚的民族气节和视死如归的斗争精神，其《正气歌》《过零丁洋》脍炙人口，成为千古绝唱。有《文山先生全集》。今人辑有《文天祥全集》。

父少保、枢密使、都督、信国公批付男升[1]子：汝祖革斋先生[2]以诗礼起门户，吾与汝生父及汝叔同产三人[3]。前辈云："兄弟其初，一人之身也。"吾与汝生父俱以科第通显[4]，汝叔亦致簪缨[5]，使家门无虞[6]，骨肉相保，皆奉先人遗体，以终于牖下[7]，人生之常道也。不幸宋遭阳九[8]，庙社[9]沦亡。吾以备位将相，义不得不殉国；汝生父与汝叔姑全身以全宗祀[10]。惟忠惟孝，各行其志矣。

吾二子，长道生，次佛生。佛生失之于乱离，寻闻已矣[11]；道生，汝兄也，以病没于惠之郡治[12]，汝所见也。呜呼，痛哉！吾在潮阳闻道生之祸，哭于庭，复哭于庙，即作家书报汝生父，以汝为吾嗣[13]。兄弟之子曰犹子[14]，吾子必汝，义之所出，心之所安，祖宗之所享，鬼神之所依[15]也。及吾陷败，居北营中，汝生父书自惠阳来曰："升子宜为嗣，谨奉潮阳之命。"及来广州为死别，复申[16]斯言。《传》云："不孝，无后为大。"[17]吾虽孤子于世，然吾革斋之子，汝革斋之孙，吾得汝为嗣，不为无后矣。吾委身社稷，而复逭[18]不孝之责，赖有此耳。

汝性质闿爽[19]，志气不暴，必能以学问世[20]吾家。吾为汝父，不得面日训汝诲汝，汝于六经[21]，其专治《春秋》，观圣人笔削褒贬，轻重内外，而得其说，以为立身行己之本。识圣人之志，则能继吾志矣。吾网中之人，引决[22]无路，今不知死何日耳。《礼》："狐死正邱首。"[23]吾虽死万里之外，岂顷刻而忘南向哉！吾一念已注[24]于汝，死有神明，厥惟汝歆[25]。仁人之事亲也，事死如事生，事亡如事存。汝念之哉！岁辛巳元日[26]书于燕狱中。

——《文天祥全集》

注释

1 升：指文天祥的嗣子文升（1278—1313），字逊志，号学山。大德二年（1298）冬，文天祥妻子欧阳夫人以年老不禁寒冻，得请向南去，文升至都城迎养。

2 革斋先生：指文天祥之父文仪，字士表。

3 同产三人：指文天祥与弟璧、璋三人。

4 俱以科第通显：都因科举中第而官位显贵。按文天祥于宝祐三年（1255）冬偕弟文璧同赴京师参加会试，并侍父同行。二月初，礼部开榜，中正奏名，与弟同登。及大庭试策，天祥以法天不息为对，其言万余，一挥而就，不为稿。考官王应麟置第五，理宗皇帝亲擢为第一。开庆元年，文璧举进士。

5 致簪缨：获得官职。簪缨，古代官吏的冠饰，比喻显贵位尊。

6 无虞：没有忧虑。虞，这里指意外的凶事。

7 “皆奉”二句：都爱惜好先人留给我们的身体，而终老死于家中。遗体，指自己的身体，因身体乃父母所遗，故云。牖（yǒu）下，家中。牖，窗户。

8 阳九：灾难。术数家以四千六百一十七岁为一元，初入元一百零六岁，内有旱灾九年，谓之阳九。

9 庙社：国家朝廷。

10 全宗祀：保全延续祖宗的祭祀。

11 “佛生”二句：佛生生于咸淳三年（1267）正月，景炎二年（1277）正月，文天祥率兵攻赣吉兵败，乱中失欧阳夫人和一子（佛生）二女。已，死。

12 “道生”三句：道生生于咸淳二年（1266）九月，卒于景炎三年（1278）十一月，年仅十三。《集杜诗·长子第一百四十九》小序云：“予二子，长曰道生，姿性可教，不幸乱离，随家飘泊。空坑之败，能脱身自全。钟爱书太夫人，以疾，后太夫人六十日，死于惠阳郡治中，生十三年矣。哀哉！”

13 “吾在”五句：道生卒后，文天祥即致书弟璧，立其子升为嗣。刘岳申《文丞相传》载：“过南安时，遣人告墓，以弟璧之子升为嗣；又寄弟诗曰：‘亲丧君自尽，犹子是吾儿。’”

14 犹子：侄子。

15 依：恃，依靠。

16 申：陈述，说明。

17 “《传》云”三句：这里的《传》指《孟子》，《孟子·离娄上》有言：“不孝有三，无后为大。”

18 逭（huàn）：逃避。

19 闿（kǎi）爽：开朗直爽。

20 世：继承。

21 六经：指《诗》《书》《礼》《乐》《易》《春秋》。《乐》经已佚。

22 引决：自裁，自杀。天祥被俘，求死于锋镝不可得，服脑子药亦不死。天祥狱中与弟书曰：“广州不死者，意江西可以去之。及出南安，系吾颈，縶吾足，于是不食，将谓及吉州，则死，首丘之义也。乃五日过吉，又三日过丰城，无饭八日，不知饥。既过吉，思之无义，且尚在江南，或尚有生意，遂入建康。居七十余日，果有忠义人，约夺我于江上，盖真州境也。及期失约，惘然北行，道中求死，无其间矣。”

23 狐死正邱首：语出《礼记·檀弓上》，传说狐狸将死，头必朝向出生的山丘。比喻不忘故乡。邱，同“丘”。

24 注：倾注。

25 厥惟汝歆：我只享受你的祭祀。歆，食享。

26 辛巳元日：指元至元十八年（1281）农历正月初一。

大意

父少保、枢密使、都督、信国公批付家书于男儿升：你祖父革斋先生以读书识礼起家，我和你的生父及你叔父三人是同胞。前辈说："兄弟起初，是同一个人的身子。"我和你生父都因科举中第而官位显贵，你叔父也做了官，假使家中不出意外之事，兄弟间相互照应，都爱惜好先人留给我们的身体，而终老于家中，这是人生的正常道路。不幸宋朝遭遇灾难，国家朝廷沦丧灭亡。我因为位在将相，道义上不能不以身殉国；你生父和你叔、姑保全身体以延续祖宗的祭祀。或忠或孝，各行其志吧。

我有二子，长子叫道生，次子叫佛生。佛生在战乱中走失，不久听说已死了；道生是你的兄长，因病死于惠州州府，你是见到过的。唉呀，伤痛啊！我在潮阳听到道生的噩耗，在庭院中哭，又在家庙里哭，立即写家信告诉你生父，把你作为我的嗣子。兄弟的儿叫犹子，我的嗣子一定是你，道义由此而出，内心因此而安，祖宗因此得以祭祀，鬼神因此能有凭依。到我兵败被俘，囚在北营中时，你生父从惠阳来信说："升儿应当做你的嗣子，我谨遵照你在潮阳时的命令。"到他来广州和我作死别，重申了这话。《传》上说："不孝有三，无后为大。"我虽然在世上孤独一身，但是我是革斋先生的儿子，你是革斋先生的孙子，我得到你做嗣子，不算是没有后代了。我献身于朝廷，而又逃脱了不孝的罪责，靠的正是有这件事罢了。

你的性格乐观直爽，志气不暴烈，一定能够凭学问继承我家的传统。我作为你的父亲，不能当面每天教诲你，你对于六经，应专门研究《春秋》，观察圣人的记载和删除、褒奖和责贬，他们轻视的和重视的、内部的和外部的，而求得其中的学说，以此作为立身行事的根本。懂得圣人的心志，就能够继承我的志向了。我是狱中之人，自裁都没有办法，现在不知道会死在哪一天啊。《礼记》说："狐狸死的时候头必朝着出生时的山丘。"我虽然死在万里之外，怎能会有片刻忘记故乡呢！我的意念已经倾注在你身上，我死后若有神明存在，只享受你的祭祀。仁义之人侍奉双亲，侍奉死者就像侍奉生者一样，侍奉亡者就像侍奉存者一样。你要记住啊！岁辛巳正月初一写于燕狱中。

导读

人生自古谁无死，留取丹心照汗青

读文天祥的诗文，令人顿然兴起肃然之感。他在狱中写的家书同样是"壮志摧龙虎，高词泣鬼神"（文天祥《读史》）。

这封家书是作者于就义前两年写给嗣子文升的。作者自知必死，所以不厌其烦地向嗣子追述了家世的概况、二子夭亡的情形以及让文升过继为己子的缘由和经过。信的重点在于告诫他"能以学问世吾家"，使文家香火不绝，后继有人。作者还引"狐死正邱首"剖明自己虽身陷囹圄，但片刻都不忘故乡亲人的真情，浩然正气后有一股淡淡的哀怨。写这封家书的同日，文天祥写有《元日二首》诗，其中第二首诗写道："惭愧云台客，飘零雪满毡。不图朱鸟影，犹见白蛇年。宫殿荒烟隔，门庭宿草连。乾坤自春色，回首一潸然。"可以感知文天祥当时复杂的心情。

名言警句

方虽传于庸医，药可疗乎真病。

赣州书示四侄正思等

王守仁

作者简介

王守仁（1472—1528），幼名云，五岁改名守仁，字伯安，余姚（今浙江余姚市）人。成化十七年（1481）进士，先后任刑、兵部主事。正德元年（1506），为营救戴铣、薄彦徽而触怒当时掌握朝中大权的宦官刘瑾，受廷杖，被贬为贵州龙场驿丞。后因镇压福建、江西各地的农民起义和平定“宸濠之乱”，封新建伯。官至南京兵部尚书。卒谥文成。《明史》有传。他是明代著名的理学家和教育家。他提倡“心学”，明代中期以后，其学说影响很大，还曾流传到日本。他曾在贵州阳明洞讲学，故世称“阳明先生”。在文学上，他反对模仿，主张直抒胸臆，提倡创见，其成就高于复古派。有《王文成公全书》。

近闻尔曹学业有进，有司考校[1]，获居前列，吾闻之喜而不寐。此是家门好消息，继吾书香[2]者，在尔辈矣。勉之，勉之！吾非徒望尔辈但取青紫[3]，荣身肥家[4]，如时俗所尚，以夸市井小儿。尔辈须以仁礼存心，以孝弟[5]为本，以圣贤自期[6]，务在光前裕后[7]，斯可矣！吾惟幼而失学无行，无师友之助，迨今中年，未有所成。尔辈当鉴吾既往[8]，及时勉力，毋又自贻他日之悔，如吾今日也。

习俗移人，如油渍面[9]，虽贤者不免，况尔曹初学小子能无溺[10]乎？然惟痛惩深创[11]，乃为善变。昔人云："脱去凡近，以游高明。"[12]此言良足以警[13]，小子识[14]之！吾尝有《立志说》[15]与尔十叔，尔辈可从抄录一通[16]，置之几[17]间，时一省览，亦足以发[18]。方虽传于庸医，药可疗乎真病[19]。尔曹勿谓尔伯父只寻常人尔，其言未必足法[20]；又勿谓其言虽似有理，亦只是一场迂阔[21]之谈，非吾辈急务[22]。苟如是，吾末如之何矣！读书讲学，此最吾所宿好[23]，今虽干戈扰攘中[24]，四方有来学者，吾未尝拒之。所恨牢落尘网[25]，未能脱身而归。今幸盗贼稍平，以塞责[26]求退，归卧林间[27]，携尔曹朝夕切磋砥砺[28]，吾何乐如之！偶便[29]先示尔等，尔等勉焉，勿虚吾望。正德丁丑[30]，四月三十日。

——《王阳明文集》卷六

注释

1 有司考校（jiào）：学官考试。有司，官吏。古代设官分职，事各有专司，故称有司，这里指主管学政的官吏。考校，考试、考查。《礼记·学记》："比年入学，中年考校。"

2 书香：古人以芸香草藏书辟蠹，故有书香之称，这里指读书的家风。

3 青紫：汉制，丞相、太尉皆金印紫绶，御史大夫银印紫授，三府官最崇贵。后以青紫为官位的代称。

4 荣身肥家：使自身荣耀，使家族富有。

5 孝弟：孝悌。弟，同"悌"。

6 以圣贤自期：以能成圣贤而自我努力。期，希望。

7 务在光前裕后：必须要增光前代，造福后人。务，必须。

8 鉴吾既往：以我走过的路为借鉴。

9 如油渍面：像油浸染在面里一样。渍，浸染。

10 溺：沉迷。

11 痛惩深创：因巨大的痛苦而深切地警戒。

12 “脱去”二句：意谓离开那些平庸浅陋的，而接近那些高尚明达的人。凡，平庸。近，浅陋。二句出自宋谢良佐《训子求同理》。

13 警：警醒。

14 识（zhì）：通“志”，记住。

15《立志说》：即作者《教条示龙场诸生·立志》一文，是王阳明教诲诸生的训诫之词。

16 一通：一份。

17 几（jī）：书桌。

18 发：奋发。

19 “方虽”二句：意谓药方虽然是从庸医处传来的，但是药品却可以对真病有疗效。二句自比为庸医，以此信的内容为良药。

20 法：效法。

21 迂（yū）阔：不切实际。

22 急务：急需办理的事务。

23 宿（sù）好（hào）：平素所爱好的。

24 今虽干戈扰攘中：现在虽然处在战争纷乱之中。干戈，代指战争。扰攘，混乱、纷乱。据《明史·王守仁传》载，王守仁于正德十一年（1516）八月“擢右佥都御史”，“是时南中盗贼蜂起”，“攻剽府县”，王守仁巡抚南昌、赣州、汀州、漳州一带达数年之久。

25 牢落尘网：在尘世间心旷然而无所寄托。牢落，孤寂而无所寄托。尘网，比喻人世。人在世间有种种拘束，如鱼在网中，故云。

26 塞（sè）责：尽责。

27 归卧林间：辞官归隐。

28 切磋砥砺：研讨学问磨炼操行。切磋，语出《诗·卫风·淇奥》：“如切如磋，如琢如磨。”古时骨器加工称切，象牙加工称磋，玉的加工称琢，石的加工称磨，后用以比喻相互间的研讨。砥砺，本义为砂石、磨石。细者为砥，粗者为砺。

29 偶便：遇到了方便的机会。偶，值、遇到。

30 正德丁丑：公元 1517 年。正德，明武宗朱厚照年号（1506—1521）。

大意

近日听说你们学业有进步，学官考试上获得名列前茅的成绩，我听说后高兴得睡不着觉。这是王氏一门的好消息，继承我家读书门风的，就在于你们一辈了。努力，努力！我不只希望你们获取官职，使自身光荣并使家族富有，就像时俗所崇尚的那样，借以向市井小儿们夸耀。你们必须以仁道礼义秉心行事，以孝敬尊兄为根本，以期望成为圣贤而自我努力，必须要增光前代、造福后人，这样就可以了！我自思年幼失学而无德行，没有老师朋友的帮助，直到如今已届中年，没有什么成就。你们应当以我的经历为借鉴，及时努力上进，不要又给自己留下日后的悔恨，就像我现在一样。

习俗改变人，就像油浸染在面里一样，即使是贤人也在所难免，更何况你们这些刚开始学习的后生小子能不沉迷吗？但是因巨大的痛苦而深切地警戒，才能朝好的方向转变。前人说：“离开那些平庸浅陋的，而接近那些高尚明达的人。”这话实实足以警醒，你们要记住它！我曾经写有《立志说》寄与你十叔，你们可以照着抄写一份，放置在书案上面，时时反省浏览一下，也足以奋发向上。药方虽然是从庸医处传来的，但是良药却可以对真病有疗效。你们不要以为你伯父我只是一个平常人，我的话不一定值得效法；也不要以为我的话看似有理，也仅仅是一番不切实际的空谈，并非我们一辈急需办理的事务。如果是这样，我就不知道如何对待你们了！读书讲学，这最是我平素所爱好的，现在虽然处在战争纷乱的环境中，四方有前来求学的人，我也不曾拒绝过。遗憾的是身处尘世而内心孤寂无所寄托，不能脱身返回家乡。现在幸亏盗贼稍稍被平息，而尽职尽责求得退位，辞官归隐，携领你们早晚研讨学问、磨炼操行，我是多么快乐啊！有方便时间先写信告知你们，你们要勤勉，不要让我的期望落空。正德丁丑，四月三十日。

导读

现身说法，督促子侄光前裕后

明白透快、条达舒畅是王守仁散文的特色之一。这封家书写于正德十二年（1517），王守仁已过不惑之年，身处赣州“平寇前线”，闲暇之际，“偶便”致书故乡子侄，这本身就是一种言传身教。

得知侄子们考核成绩名列前茅，曾中进士第一的王守仁内心高兴不已，夜不能寐，情难自禁大概是他提笔写信的动力。读书做官是古代士人的奋斗目标，王守仁亦不例外，然而他向侄子提出自己的看法，做官虽能“荣身肥家”，也是时俗所尚，但非王门家风，他要求得更高更远：“以仁礼存心，以孝弟为本，以圣贤自期”，最终光前裕后。志存高远，心在天下，这是何等的气魄！岂身居七品即自夸于市井小儿者可望项背？

以亲身感受现身说法是古代家书的常见内容，王守仁虽然举进士第一，有辉煌的政绩，但他仍很谦虚，检讨自己因“幼而失学无行，无师友之助”，自言“迨今中年，未有所成”，这又是何等的胸襟？作为初学小子的子侄们读到这样的家书能不锥股悬梁，奋发向上？督促子侄光前裕后的目的表达得明白晓畅，如水到渠成，自生洄澜。“习俗移人”以下诸句又跌宕一笔，直逼出“痛惩深创，乃为善变”的结论，更令人有则改之，无则加勉。而“方虽传于庸医，药可疗乎真病”贴切而又谦虚，此前未曾见过，恐是王氏自创的佳句。末段拟归隐林间，“携尔曹朝夕切磋砥砺”的构想又可给子侄们一剂良药，催其奋发自进。家书写到如此地步，其效果可想而知。

板起面孔训人，效果往往适得其反；动之以情，晓之以理，又加上谦恭的语气，这样的训诫之文既文雅亲切，又能收到实效。于此一斑，即可看出“大儒”王守仁见识之高明，学力之老到。

名言警句

汝等读书，幼学壮行，树功立业，正此时也。

与长儿襄书

沈　炼

作者简介

沈炼（1507—1557），字纯甫，号青霞，会稽（今浙江绍兴市）人。嘉靖十七年（1538）进士，除溧阳知县，因抗忤御史，调茌平，后入京为锦衣卫经历。炼为人刚直，疾恶如仇，见严嵩父子贪污纳贿，卖官鬻爵，朝纲不振，遂上疏弹劾严嵩十大罪状，激怒嘉靖皇帝，杖之数十，谪佃保安。边人慕炼忠义，多遣子弟就学。炼恨严嵩父子，缚草人像李林甫、秦桧、严嵩等，令子弟以箭射之。总督杨顺、巡按路楷秉承严嵩旨意，诬炼与白莲教人共图谋乱，遂被斩于宣府市。后追谥忠愍。《明史》有传。有《青霞集》。

闻南来倭寇[1]消息不祥，吾每念祖父坟墓及宗族亲友，往往伤心而泣下也。汝既在家，诚能建立议论[2]，倡导人心，竭忠致孝，以成匡救[3]之策，则吾愿足矣。汝等读书，幼学壮行[4]，树功立业，正此时也。范仲淹做秀才时，即以天下事自任[5]。况今南北告警，旱魃[6]连年，天变人灾，四方迭见。当此之时，不可谓无事矣！汝等不能出一言，道一策，以为朝廷国家；只知寻摘章句[7]，雍容于礼度之间[8]，答谓责任不在于我，因循岁月[9]。时至而不为，事失而胥溺[10]，则汝等平生之所学者，更亦何益？南方风气秀拔[11]，岂无雄俊才杰之士邪？吾愿汝亲之近之；其阿庸无识之徒[12]，愿汝疏之远之。

天降烈祸[13]，殿廷灰烬，旬月[14]之内，宫殿继烧。此乃贼臣擅权肆恶[15]，以致阴阳失节[16]，而祸固起于朝廷；土木大兴，而害则延于百姓矣。宣大[17]臣僚，与敌通和，私相纳贿，无复人理。吾以中心耿郁[18]，每事必直言于当道，彼等亦稍畏缩[19]；但庙堂[20]之中，欺君之计通行，而鬻官之声大震[21]，不能不动汝父之忧耳。外《朱云折槛》词一阕[22]，寄汝视之。

——《青霞集》卷十

注释

1 倭寇：日本海盗。明朝时日本海盗在我国东南沿海地区劫掠杀人，嘉靖朝尤为猖獗。作者家乡会稽亦属被骚扰侵掠的地区。而作者当时被贬于保安（今陕西志丹县），故云“南来”。

2 议论：这里指谋略计划。

3 匡救：扶正补救。

4 幼学壮行：意谓年幼时努力学习，壮年时为官行事。《三字经》：“幼而学，壮而行，上致君，下泽民。”

5 “范仲淹”二句：范仲淹，字希文，北宋著名政治家、文学家，官至参知政事。《宋史·范仲淹传》载，范“少有志操”，“每感激论天下事，奋不顾身。一时士大夫矫厉尚风节，自仲淹倡之”，“以天下为己任，裁削倖滥，考核官吏，日夜谋虑，兴致太平”。《岳阳楼记》中“先天下之忧而忧，后天下之乐而乐”的名句，正是对他一生志向的高度概括。

6 旱魃（bá）：旧时谓能致旱灾的神，这里指旱灾。

7 寻摘章句：即寻章摘句，指搜寻、摘取文章的片断词句，意谓读书仅局限于文字的推求。

8 雍容于礼度之间：在与人的交往中讲求礼节法度而温文尔雅。雍容，容仪温文。礼度，礼仪法度。

9 因循岁月：指虚度时光。因循，本指恪守旧法而不加变更，引申为虚度时光。

10 胥溺：全部遭受灾祸。

11 南方风气秀拔：这里指南方人风度出类拔萃。风气，风度。

12 阿（ē）庸无识之徒：阿谀奉迎、没有识见之辈。阿庸，阿谀。

13 天降烈祸：上天降下了大祸。烈，暴。这里指嘉靖三十六年（1557）宫中的一次大火，奉天、华盖、谨身三大殿堂全被焚烧。

14 旬月：满一月。

15 贼臣擅权肆恶：奸臣专权作恶。贼臣，指奸相严嵩。擅权，专权。肆恶，恣意作恶。

16 以致阴阳失节：作者把宫殿大火与严嵩擅权肆恶视为阴阳失调。古人往往把天崩地裂、水涝大旱等自然现象与统治者为政的不仁联系起来，认为是上苍对统治者的一种惩罚。

17 宣大：总督名，即"总督宣大山西等处军务兼理粮饷"的简称，辖今河北北部、山西北部一带，是抵御俺答部（蒙古的一部）入侵的战略要地。

18 耿郁：着急忧闷。

19 畏缩：收敛。

20 庙堂：朝廷。

21 而鬻官之声大震：《明史·沈炼传》载："嵩贵幸用事，边臣争致贿遗；及失事惧罪，益辇金贿嵩，贿日以重"；其上疏云："与子世蕃规图自便，忠谋则多方沮之，谀谄则曲意引之，要贿鬻官，沽恩结客。"鬻，卖。

22 外《朱云折槛》词一阕：《汉书·朱云传》载，朱云弹劾安昌侯张禹，"上大怒曰：'小臣居下讪上，廷辱师傅，罪死不赦！'御史将云下，云攀殿槛，槛折。……及后当治殿槛，上曰：'勿易，因而辑之，以旌其直。'"由此推测，沈炼所写《朱云折槛》词是以汉成帝时耿介直臣朱云事为内容的，是赞扬朱云的作品。外，附。一阕，一首。

大意

听到南方传来倭寇劫掠杀人的不祥消息，我每每想到祖父坟墓和宗族亲戚朋友的安危，常常伤心地流下泪来。你既然在家乡，如果能够树立一个好的谋略，倡议引导人心，尽忠尽孝，而成就扶正挽救的良策，那么我的心愿就满足了。你们读书，幼年时学习是为了成年后做事，建功立业，现在正是时机。范仲淹做秀才的时候，就立志以天下事为己任。况且目前南北两地告急，旱灾连年，天灾人祸，四方交替出现。在这个时候，不能说是天下无事了！你们不能为此出一言，献一策，为朝廷国家效力解危；只知道寻章摘句，彼此交往只讲礼节法度而温文尔雅，还说责任不在我身上，就这样虚度时光。机会来了而不去做事，必将失败而让大家遭殃，那么你们平时所学的知识，又有什么用？南方人杰地灵，难道没有志向超群、才华出众的人吗？我希望你亲近他们、尊重他们；那些阿谀奉迎、没有识见之辈，希望你疏远他们、远离他们。

上天降了大祸，朝廷的宫殿化为灰烬，一个月之内，宫殿相继烧毁。这是由于贼臣专权乱政、恣意作恶，以致阴阳失调的缘故，而祸根本来就在朝廷之内；又大兴土木，灾害就自然转嫁给了百姓。宣大的官吏们与外敌勾结求和，私下里向敌人纳贿，而又无人惩治他们。我因此心中着急忧闷，有事一定要向执政者直言进谏，他们一伙也稍稍有所收敛；但是朝廷之中，欺骗主上的计谋畅通无阻，而卖官鬻爵的声势沸沸扬扬，这不能不牵动你父亲的忧心啊。另外附上《朱云折槛》词一首，寄给你看一看。

导读

家多孝子亲安乐，国有忠臣世泰平

沈炼这封写给儿子的家书，让人感到顾炎武的名言“天下兴亡，匹夫有责”早已在沈炼的信中酝酿成熟了，顾炎武不过是以学人的词语概括得精练一些而已。

疾风知劲草，板荡识忠臣。中国古代的历史长河中，每当改朝换代或外侮入侵之时，政局飘摇、百姓流离之际，总会涌现出一批视死如归的英雄豪杰来，他们彪炳青史，永垂不朽。沈炼是其中的突出代表之一。

沈炼为人刚直，疾恶如仇。严嵩父子大权独揽、炙手可热的嘉靖时期，不少人通过种种手段走后门，行贿拜亲，无所不用其极，目的不过是攀高结贵，在保全性命的同时得以肥马轻裘。而沈炼本来也可以与严家打通关系，混个高一些的官位。他当时任锦衣卫经历，锦衣卫的总帅陆炳不仅很赏识沈炼，而且与严嵩父子交情至深。但是沈炼不把握这种“良机”。严世蕃经常同陆炳一起饮酒作乐，沈炼也去陪饮，可当他看到严世蕃以酒虐客，立即起身以酒虐世蕃，使严世蕃大丢面子，从此给自己埋下了祸根。不仅如此，面对朝纲混乱、奸贼当道、小人得势、贿赂公行的现状，沈炼疾书上疏，弹劾严嵩，列了严嵩的十大罪状。结果他与上疏弹劾严嵩、也列了“十大罪、五奸”而下狱的杨继盛一样，被廷杖后远贬陕西保安。吃了这么大的苦，受了这么多的罪，沈炼自应明白“行高于人，众必非之”（李康《运命论》）的道理了吧？不，他一如既往，决不低头，到黄土高原上以后，仍纠集问学子弟缚草人射之，以泄其愤。消息很快传到了京城，严嵩父子必以置之死地而后快，稍加“运作”，给他戴了一顶勾结白莲教徒谋反的帽子。沈炼于嘉靖三十六年（1557）九月被斩首于宣府市，其长子沈襄被发配戍边，次子沈衮、三子沈褒被杖杀。沈炼一事在明代影响很大，后来冯梦龙将其加工改编为话本小说《沈小霞相会出师表》，收录于《古今小说》中。

《与长儿襄书》即写于作者被贬保安时，此后不久沈炼便遇害，因此，它既是一封家书，也可看作作者的临终遗言。信的中心内容是教导儿子在国家危急时刻要挺身而出，为朝廷分忧解愁，要向范仲淹学习，以天下为己任；而不能只是幼而能学，壮则不行，坐视天下纷扰，或无一良策，无益于时，无益于事，无益于国家。今日读来，这封家信仍有撼动人心、催人奋起的感召力。更何况沈炼本身的不屈不挠、舍身为国的雄壮经历就是一本爱国主义的绝佳教材。正是：

家多孝子亲安乐，国有忠臣世泰平。

名言警句

居常只见人过，不见己过。

与二弟书

唐顺之

作者简介

唐顺之（1507—1560），字应德，一字义修，毗陵（今江苏武进县）人。嘉靖八年（1529）进士，官翰林院编修，参校累朝《实录》，后罢官入阳羡山读书十余年。天文、乐律、地理、兵法等，无不涉猎，编著成《左》《右》《文》《武》《儒》《稗》六编行世。后起用为兵部郎中，视师浙江，亲率舟师，破倭寇于海上。迁右佥都御史，巡抚淮、扬。工古文，推崇唐宋，反对前七子“文必秦汉”的主张，与王慎中、茅坤等人反对复古派的理论，世称“唐宋派”，是“唐宋派”的领袖之一。《明史》有传。有《荆川先生文集》。

行者居者[1]，行迹[2]各别，然理[3]道无二致也，日用工夫无二致也。汝兄在山中若不能谢遣世缘[4]，澄彻[5]此心，或止[6]游玩山水，笑傲度日，是以有限日力作却无益靡费[7]，即与在家何异？汝在家若能忍节嗜欲[8]，痛割俗情，振起十数年懒散气习，将精神归并一路，使读书务为心得，则与在山中何异？艰哉，艰哉！各各努力！

居常[9]只见人过，不见己过，此学者切骨病痛，亦学者公共病痛。此后读书做人，须苦切点检[10]自家病痛。盖所恶于人许多病痛，若真知反身[11]，则色色[12]有之也。

——《荆川集》卷四

注释

1 行者居者：出门在外和在家生活的人。行者，在外求学、做官的人。居者，在家的人。

2 行迹：行为举动。

3 理：指为人处事的道理。

4 谢遣世缘：谢绝、摆脱外界世俗的诱惑。世缘，佛教以因缘解释人事，故称人世之事为“世缘”。

5 澄彻：通明。

6 止：只，仅。

7 靡费：浪费。

8 忍节嗜欲：忍耐、节制尘俗的嗜好和欲望。

9 居常：平时，日常。

10 苦切点检：深刻地反省。苦切，深刻。点检，反省检查。

11 反身：反省自己。反，反省。

12 色色：样样。

大意

出门在外的人和在家生活的人，行为举动各自有区别，但是为人处事的道理并无二致，日常事情对人的锻炼并无二致。你哥我在山中如果不能够谢绝、摆脱外界世俗的诱惑，通明心灵，或者只是游山玩水，调笑开心地虚度时光，就是以有限的时间和精力做了无益的浪费，与在家有什么不同？你在家如果能够忍耐、节制尘俗的嗜好和欲望，痛下决心割绝世俗之情，振奋起十几年来懒惰散漫的习气，把精神集中到一个地方，使读书务必有所收获，那么与我在山中又有什么不同？难啊，难啊！我们各自努力。

平常只看到他人的过错，看不到自己的过错，这是学者切骨难改的毛病，也是学者的通病。以后读书和做人，必须深刻检查自己的毛病。因为你所厌恶的他人的毛病，如果真正懂得反省自己，那么（会发现）样样都存在于自己身上。

导读

为人要“忍节嗜欲，痛割俗情”

《明史·唐顺之传》载，唐顺之年三十二（应为“二十二”，《明史》误）时举嘉靖八年（1529）会试第一，后因与张璁不和而罢归，遂卜筑阳羡山（在今江苏宜兴县），苦节读书十余年，“辍扉为床，不饰裀褥。又闻良知说于王畿，闭户兀坐，匝月忘寝，多听自得”。这封《与二弟书》正写于他在阳羡山读书时期。作者的二弟既懒散又清高，常埋怨自己读书无成是由于家居，常发别人之短而暗于自见。针对二弟不能“忍节嗜欲，痛割俗情”的毛病，作者以兄长的身份直言不讳地揭明了弟弟的缺点，说一个人能否静心读书，关键在于精神专注，而不是环境的幽静或喧闹。山中环境幽静秀丽，风光满眼，的确是读书佳地；但是，如果精神不专，心猿意马，迷恋游山玩景，终是虚耗光阴。居家亦然。他提醒二弟宜根绝俗念，澄彻心灵，勿怨天尤人，自取烦恼。全信说理透彻，语重心长，尤其是理学、禅学词语（“忍节嗜俗”“澄彻此心”“心得”“色色”等）的嵌入又十分自然贴切，增强了书信的可读性和说服力。《明史》本传说他“为古文，洸洋纡折，有大家风”，良非过誉。

唐顺之有《答周七泉通判》一信，与《与二弟书》所阐发的观点完全一致，节选引录于下，以供参读：

> 仆自来家居，多是谢却一切应务。或闭门读书，或宴坐山水间，稍能摆脱，便谓胸中无事。其实种种欲根，潜伏不曾露出头面；既不得头面，则不知下手着实扫除，盖悠悠之为患久矣。

近来乃于一切应务不敢避过，始觉败露渐多。然一番败露，则一番锻炼，从此工夫颇为近实。乃知濂溪“主静”与“教人静坐”之说，亦在后人善学，不然尽能误人，非特攘闹汩没中能误人也。

恶滋味也常有受用处，苦海中未必不是极乐国也。

寄子书

任环

作者简介

任环（1519—1558），字应乾，号复庵，长治（今山西长治市）人。嘉靖二十三年（1544）进士，历任黄平、沙河、滑县知县，迁苏州同知、按察佥事，官至山东布政司右参政。卒时年仅四十，诏赠光禄卿，建祠苏州，春秋致祭。他是嘉靖年间著名的抗倭英雄，屡建战功。《明史》有传。有《山海漫谈》。

我儿絮絮叨叨，千言万语，只是要我回衙[1]，何风云气少，儿女情多耶！倭贼流毒[2]，多少百姓不得安宁？尔老子领兵，不能除讨，嚼毡[3]裹革[4]，此其时也。岂学楚囚对儿辈相泣帏榻耶[5]？后来事未知若何，幸而承平，则父子享太平之福；不幸而有意外之变，但臣死忠，妻死节，子死孝，咬定牙关，大家成就一个“是”而已。汝母前只可以此言告之，不必多语。

儿辈莫晓，人生自有定数，恶滋味也常有受用处，苦海[6]中未必不是极乐国[7]也。读书孝亲，毋贻父母之忧，便是长聚首，亦奚[8]必一堂哉？

——《戒庵老人漫笔》卷四

注释

1 回衙：从抗倭前线撤回衙署。

2 流毒：语出《尚书·泰誓》："有夏桀弗克若天，流毒下国。"本指流传毒害，这里指流窜荼毒百姓。

3 嚼毡：典出《汉书·苏武传》，苏武出使匈被扣留，单于劝苏武投降，苏武威武不屈，"单于愈益欲降之。乃幽武置大窖中，绝不饮食。天雨雪，武卧啮雪与旃毛并咽之，数日不死，匈奴以为神。乃徙武北海上无人处，使牧羝，羝乳乃得归"。嚼毡，即啮雪吞毡的省略语。

4 裹革：典出《后汉书·马援传》："马援云：'男儿要当死于边野，以马革裹尸还葬耳，何能卧床上，在儿女子手中邪？'"裹革，即马革裹尸的省略语。

5 岂学楚囚对儿辈相泣帏榻耶：怎么能学那被俘虏的楚人面对着儿子辈相泣于床上呢？楚囚，指被俘的楚国人。帏榻，帏帐和床。

6 苦海：佛教比喻世俗，意即人间烦恼，苦深如海，这里指艰难困苦。

7 极乐国：佛教指阿弥陀佛所居的世界，这里喻指锻炼人的良机。

8 奚：为何。

大意

我儿你絮絮叨叨，千言万语，只是要我撤回苏州衙署，为什么你的凛然正气是那样少，儿女柔情却那样多呢！倭寇流窜、荼毒残害百姓，有多少百姓不得安宁？你老子我统领士卒，而不能讨伐消灭他们，像苏武一样啮雪吞毡威武不屈，像马援一样宁可战死疆场以马革裹尸而还，现正逢其时啊。我怎么能学那被俘虏的楚人面对着儿女辈在床榻上哭泣呢？以后的战事不知如何发展下去，如果幸运而能太平，那么父子同享太平之福；如果不幸而有意想不到的变故，只能是臣子死于忠，妻子死于节，子女死于孝，咬定牙关，咱们全家成就一个"是"罢了。在你母亲面前只可以把我这些话告诉她，不必多说。

儿子你不懂，人的生死本来就有定数，苦恶的滋味尝尝也常有用处，艰难困苦未必不是锻炼人的良机。攻读诗书、孝顺双亲，不要给父母留下忧虑，便是一家人长时间的团聚，又何必要真聚在一堂呢？

导读

三尺龙泉书万卷，丈夫何处不为家

伟丈夫才有丈夫语！

中华民族的历史告诉我们，每当有外族侵略者犯我边疆、掳我财物、杀我百姓之时，总会有一批披肝沥胆、奋起反抗、舍生取义、慷慨赴死的民族英雄脱颖而出。任环是其中杰出的一员。他在苏州任同知时，负责苏州、淞江一带的抗倭防务，守太仓时，“尝与贼短兵接，身被三创”，差点儿丢掉性命。“环在行间，与士卒同寝食，所得赐予，悉分给之。军事急，终夜露宿，或数日绝餐。尝书姓名于肢体，曰：‘战死，分也，先人遗体，他日或收葬。’将士皆感激，故所向有功。”（《明史·任环传》）任环有三首诗，从中可以窥知当时的情景：

草草功名六六年，正当烽火动江天。
除残愧乏长驱略，策马空操短节鞭。

昔年走马阴山道，今日驱兵沧海涯。
三尺龙泉书万卷，丈夫何处不为家。

放船中道转狂风，雪浪排山一点篷。
宴寝先生平旦死，安危不在海涛中。

正是在这种特殊的时期，他的儿子任尔孝得知父亲多处负伤，处境险恶，就遣人问候，恳请他回苏州衙署养伤。任环遂作此书，时在嘉靖三十三年（1554）春天。

这封家信写得通俗易懂，激昂慷慨。面对倭寇的“流毒”，作者决心以国家、民族利益为重，认为这是献身国家与民族、啮雪吞毡、马革裹尸的大好时机。他知道儿子请他回衙的用意是担心自己或遭不幸，是对自己的真诚关怀。然而，伟丈夫任环批评儿子“风云气少，儿女情多”，开导儿子懂得“苦海中未必不是极乐国”。他认为艰难困苦正可以锻炼人，并下定决心要学习效法苏武、马援，绝不当坐以待毙、可怜至极的“楚囚”。尤为值得钦佩的是，作者就像安排后事一样，言辞恳切地向儿子交待“不幸而有意外之变，但臣死忠，妻死节，子死孝，咬定牙关，大家成就一个‘是’而已”，这是何等的气概？中国历史上如任环者又有几何？这样崇高的爱国精神、英勇不屈的斗争精神，应当用来激励和教育后来者，让英雄之名发扬光大。

不量力而慕古，好矜己而自足，顿失邯郸之步，遂至匍匐而归。

示季子懋修

张居正

作者简介

张居正（1525—1582），字叔大，号太岳，江陵（今湖北江陵县）人。嘉靖二十六年（1547）进士。授编修，不久领国子司业，与祭酒高拱相善，旋迁侍裕王邸讲读。穆宗即位，以故讲官迁礼部左侍郎兼东阁大学士，总裁《世宗实录》。隆庆时与高拱并相，万历初代拱为首辅。其锐意革新，整顿吏治；清丈土地，行“一条鞭法”；任戚继光等为将，加强边防；任潘季驯等治理黄河、淮河。前后主政十年，勇于任事，朝政为之一新。卒谥文忠。死后为中官张诚等诬劾，削爵籍家，子弟戍边。熹宗时，复官爵。《明史》有传。有《书经直解》《张太岳集》等。

汝幼而颖异[1]，初学作文，便知门路。吾常以汝为千里驹[2]，即相知诸公见者，亦皆动色[3]相贺，曰：“公之诸郎，此最先鸣[4]者也。”乃自癸酉[5]科举之后，忽染一种狂气，不量力而慕古[6]，好矜己[7]而自足，顿失邯郸之步[8]，遂至匍匐而归[9]。丙子[10]之春，吾本不欲汝求试，乃汝诸兄咸[11]来劝我，谓不宜挫汝锐气，不得已黾勉[12]从之，竟至颠蹶[13]。艺本不佳，于人何尤[14]？然吾窃自幸，曰：“天其或者欲厚积而钜发[15]之也。”又意汝必惩再败之耻[16]，而俯首以就矩矱[17]也。岂知一年之中，愈作愈退，愈激愈颓[18]，以汝为质不敏耶？固未有少而了了长乃懵懵[19]者。以汝行不力耶？固闻汝终日闭门，手不释卷。乃其所造尔尔[20]。是必志骛于高远[21]，而力疲于兼涉[22]，所谓之楚而北行也[23]。欲图进取，岂不难哉？

夫欲求古匠之芳躅[24]，又合当世之轨辙，惟有绝世之才者能之。明兴以来，亦不多见。吾昔童稚登科，冒窃盛名，妄谓屈、宋、班、马[25]，了不异人[26]。区区一第，唾手可得[27]。乃弃其本业，而驰骛古典[28]。比及三年，新功未完，旧业已芜。今追忆当时所为，适足以发笑而自点耳[29]。甲辰[30]下第，然后揣己量力，复寻前辙，昼作夜思，殚精毕力，幸而艺成，然亦仅得一第止耳，犹未能掉鞅[31]文场，夺标艺院也。今汝之才，未能胜余，乃不俯寻吾之所得，复蹈吾之所失[32]，岂不谬哉！

吾家以诗书发迹[33]，平生苦志励行，所以贻则[34]于后人者，自谓不敢后于古之世家名德[35]，固望汝等继志绳武[36]，益加光大，与伊、巫之俦[37]并垂史册耳。岂欲但窃一第，以大吾宗哉？吾诚爱汝之深，望汝之切，不意汝妄自菲薄[38]，而甘为辕下驹[39]也。今汝既欲我置汝不问，吾自是亦不敢厚责[40]于汝矣。但汝宜加深思，毋甘自弃[41]，假令才质驽下[42]，分不可强[43]；乃才可为而不为，谁之咎与？己则乖谬，而徒委之命耶？惑之甚矣。且如写字一节，吾呶呶[44]谆谆[45]者几年矣，而潦倒差讹，略不少变。斯亦命为之耶？区区小艺，岂磨以岁乃能工耶？吾言至此矣，汝其思之。

——《张文忠公全集》

注释

1 颖异：聪慧超群。

2 千里驹：能日行千里的良马，这里用以比喻英俊有为的少年。

3 动色：这里指喜形于色。

4 最先鸣：最先闻名。

5 癸酉：指明神宗万历元年（1573）。

6 慕古：仰慕古人。

7 矜己：自夸。

8 邯郸之步：语出《庄子·秋水》：“且子独不闻夫寿陵余子之学行于邯郸与？未得国能，又失其故行矣，直匍匐而归耳。”比喻仿效别人不成，反而丧失原有的本领。

9 匍匐而归：爬着回来。

10 丙子：指万历四年（1576）。

11 咸：全，都。

12 黾（mǐn）勉：尽力。

13 颠蹶：跌倒，这里指落榜。

14 于人何尤：为什么要归罪他人？尤，归咎。

15 厚积而钜发：本指先丰富地储备而突然地迸发，这里指广泛深入地学习而突然展现出大的才华。钜，同“巨”。

16 惩再败之耻：以两次失败的耻辱为警戒。

17 矩矱（yuē）：规矩，法度。

18 愈激愈颓：越是激励越是颓废。

19 少而了了长乃懵懵者：小时候聪明伶俐、长大之后糊涂的人。了了，聪明伶俐。《世说新语·言语》：“小时了了，大未必佳。”懵懵，糊涂不清。

20 尔尔：如此。

21 志骛于高远：即“好高骛远”，比喻不切实际地追求过高或过远的目标。

22 兼涉：同时涉猎其他，不能专攻。

23 所谓之楚而北行也：这就是所说的到楚国去却向北行走。语出《战国策·魏策》，比喻行动与目的截然相反。

24 古匠之芳躅（zhuó）：古代巨匠的美好行迹。匠，指在某一方面造诣很深的人。芳躅，指前代贤哲的行迹。躅，足迹，引申为事迹。

25 屈、宋、班、马：指屈原、宋玉、班固、司马迁。

26 了不异人：完全和一般人一样。

27 唾手可得：就像把唾沫吐在手上那样容易取得。

28 驰骛古典：奔走追逐古代的典章制度。

29 适足以发笑而自点耳：正好因此而令人发笑、自取其辱罢了。点，通“玷”，污、辱。

30 甲辰：指嘉靖二十三年（1544）。

31 掉鞅：掉正马络头，以示闲暇。

32 复蹈吾之所失：又踏上了我所失误的道路。

33 发迹：立功扬名。

34 贻则：遗留法则，这里指树立榜样。

35 世家名德：古代显贵的家族的声名道德。

36 绳武：继承祖先的事业。

37 与伊、巫之俦：与伊尹、巫咸之辈。伊尹，商汤大臣，名挚，是汤妻陪嫁的奴隶，后佐汤伐夏桀，被尊为阿衡（宰相）。巫咸，殷中宗时人，整饬政事，使殷商一度中兴。

38 妄自菲薄：不知轻重，过度看轻自己。

39 辕下驹：车辕下的小马，比喻观望畏缩，不敢动作。典出《史记·魏其武安侯列传》。

40 厚责：深切地督促。

41 自弃：自我放弃。

42 驽下：才能低下。

43 分（fèn）不可强：天分不可以强争。

44 呶（náo）呶：唠唠叨叨。

45 谆（zhūn）谆：教导不倦的样子。《诗·大雅·抑》："诲尔谆谆，听我藐藐。"当为此文所本。

大意

你幼年时就聪慧过人，一开始学习作文章，就知道作文的门路。我经常把你看作千里驹般的少年，就是我的朋友们看见你，也都喜形于色地向我祝贺，说："令郎之中，这一个是会最先出名的。"然而从癸酉应举以后，你忽然染上了一种狂气，不揣度力量而仰慕古人，喜欢夸耀自己而自满自足，一下子陷入邯郸学步的境地，于是直到艰难爬行而归。丙子的春天，我本来不想让你去应试，是你的几位兄长全来劝我，说不应该挫伤你的锐气，我不得已而尽力听从他们的要求，而你竟然名落孙山。本领本来就不好，为什么要归罪于他人？但是我内心里暗自希望，说："老天大概或许要使他丰富地积累学识而突然地展现出来。"又想，你一定会以两次失败为警戒，低下狂傲的头以合乎规矩。哪能知道一年之中，你愈写作愈退步，愈激励愈颓废。是你的资质不聪明吗？本来就没有年少时聪明伶俐而长大后糊涂不清的。是你的行为不努力吗？本来听说你整天关在屋里，手不释卷。你所努力的结果竟然这样。这一定是你好高骛远，而且多涉其他，致使精疲力竭，这是南辕北辙的做法。想要图谋进取，岂不是难事吗？

既想寻求古代贤哲的美好行迹，又能合乎当代的要求，只有绝世的才子能够做到。大明建立以来，也不曾多见。我当初很年轻时就已登科中举，冒颜窃取了大名，狂妄地以为屈原、宋玉、班固、司马迁诸位，完全和一般人没有区别，小小的进士及第，唾手可得。竟然抛弃了正业，而趋走于古代典章制度之中。等到三年之后，新的功业没有修完，旧的正业早已荒疏。现在追忆当时的所作所为，正好足以令人发笑而自取其辱罢了。甲辰年落榜，之后揣摩估量自己的力量，又寻找前面的路途，白日用功、夜晚深思，使出全部的精力，幸亏本领粗成，但也仅仅是得到一个及第而已，还不能够在文场上游刃有余，在艺坛上夺取桂冠。今天你的才能，不能够胜过我，竟不低头寻求我的成功的原因，又重蹈了我的覆辙，岂不是荒谬吗！

我们家凭借诗书逐渐发达起来，我平生刻苦努力、砥励品格，之所以要为后代树立榜样，是因为自认为不敢比古代世家的声名道德有所落后，所以希望你们继承祖先的志向和事业，并发扬光大，与伊尹、巫咸之辈一并永垂史册罢了。哪里只是让你窃取及第，来光大我们的祖宗呢？我确实非常深厚地喜爱着你，非常急切地对你有所期待，不料你妄自菲薄，而甘心做辕下的小马驹。现在你既然想让我放开你不再管问，我从此也不敢再对你有深切的督责了。但是你应该加以深思，不要甘于自暴自弃，假如说你的才华资质低下，天分是不可以强争；但是才华可为而你不为，是谁的过错呢？自己已经乖谬不合，却只是推托于命吗？你糊涂得太厉害了！再说就如你写字一事，我唠唠叨叨、谆谆教导了几年了，而潦草颠倒、写错写别，一点都没有改变。这也是命决定的吗？小小的一点技艺，难道要磨研以岁月才能够写好吗？我的话就说到这里了，你还是去思考吧。

导读

对症下药，是教育子女的良方

张居正有六个儿子，即敬修、嗣修、懋修、简修、允修、静修。六人均做了官，嗣修乃丁丑进士及第第二，懋修乃庚辰进士及第第一，的确实现了张居正所期望的“继志绳武，益加光大”。这显然与张居正平日教子严格大有关系。《张太岳行实》记述，他“治家穷约，如寒素，性好施”；“家居，训行孝谨”；“教子独用严毅，慕万石君之风，每丙夜，肃襟危坐，诸子无论壮少，皆不敢入侍。无一语及垣屋田宅”。“严毅”二字概括了张居正教子的特点，从这封写给三子懋修的家书中，也可以得到很好的印证。

本文文采斐然，有议论，有抒情；有对过去事例的追忆，意在告诫儿子知往鉴今；有对现实情况的分析，旨在提醒儿子对比深思。不少典故运用得很恰当，古语引述得很贴切。但是，全信的口吻的确很“严”，也很“毅”。剖析儿子失败的原因鞭辟入里，不留情面，却合情入理；追述自己已往的过失不加掩饰，自叙奋发图强、昼作夜思、殚精毕力的经历宛在目前，令人敬佩，颇有训诫性和感召力。对儿子旁骛兼涉、两次落第的现状虽有恨铁不成钢之憾，但更多的却是从资质方面进行分析和鼓励，前文所述“千里驹”之赞、“先鸣者”之誉皆可落实，严而不失劝，毅而不失柔。懋修后来中进士及第第一，当与本文大有关系。这也说明张居正对懋修“呶呶谆谆”的教诲，是对症下药，非明珠暗投。

望子成龙，是天下父母们的共同心愿。而在“千军万马过独木桥”的今天，落榜者仍是多数。面对落榜而归，本身就“无颜见江东父老”的应考者来说，为人父母者应该向张居正看齐，不要一味地指责呵斥，或棍棒相加，应该分析子女的优劣得失，指出其不足，并力加改正，勿重蹈覆辙，以期望成功于来年。对于家长们来说，张居正的这封家书是难得的学习材料。

名言警句

宝精神则本业固，谨财用而高志全。

与男开远

汤显祖

作者简介

汤显祖（1550—1616），字义仍，号海若，又号若士，别号清远道人，临川（今江西临川）人。二十一岁中举，因谢绝大学士张居正的延揽，进士考试屡屡落选，直至万历十一年（1583）始中第。曾受学于王艮的三传弟子罗汝芳，受到进步思想的深刻影响。历任南京太常博士、礼部主事。因上《论辅臣科臣疏》抨击时政，被贬为广东徐闻县典史。万历二十一年（1593），任浙江遂昌知县。万历二十六年（1598），弃官归临川。《明史》有传。所著传奇《紫钗记》《牡丹亭》《邯郸记》《南柯记》，合称“临川四梦”，其中《牡丹亭》是其代表作，对后世影响很大。有诗文集《玉茗堂全集》。今人徐朔方辑有《汤显祖戏曲集》《汤显祖诗文集》。

祖望孙荣，孙荣而祖不待[1]。儿举于乡，父叹于室[2]矣。柱联寄尔：“宝精神则本业固，谨财用而高志全。”[3]我歌鹿鸣五十年[4]，求一避债台[5]不得，念之。

——《汤显祖集》

注释

1 孙荣而祖不待：孙子荣耀了，祖父却看不到了。这两句从“树欲静而风不止，子欲养而亲不待”（《韩诗外传》卷九）变化而来。

2 “儿举”二句：儿子在乡里中举，父亲却在家中哀叹。这两句从《诗经·豳风·东山》的“鹳鸣于垤，妇叹于室”变化而来。

3 “宝精神”二句：珍爱身体，则一生的根本大业就会巩固；在开支用物上谨慎节俭，则高洁的志向就能保全。

4 我歌鹿鸣五十年：我交友宴会宾客五十年。鹿鸣，《诗经·小雅》有《鹿鸣》篇，《诗经·序》：“《鹿鸣》，燕群臣嘉宾也。”歌鹿鸣，即指与朋友宴会交往。

5 避债台：也称“逃债台”，故址在今河南省洛阳市内。相传，周景王建诊台，周赧王因负债而逃居此台，后人因此名之为“逃债台”。

大意

祖上期望孙儿荣耀，孙儿荣耀时而祖上却看不到了。儿子在乡里中举，父亲却在家中哀叹。我写了一副柱联寄给你：“宝精神则本业固，谨财用而高志全。”我交友宴会宾客五十年，最终想寻求一所避债台而得不到，你记着这些话。

导读

保重身体，节约用度

汤显祖的尺牍之文素以短小精悍、言简意赅著称于世。《与男开远》自不例外。

这封家书是汤显祖的晚年之作，大约写于作者逝世前一年（万历四十三年，公元 1615 年）。开远是汤显祖的三子，这一年秋天，开远中举。看到三儿终于中举，作者联想到自己一生的坎坷艰辛，写此信告诫儿子爱护身体、省吃俭用。这是事出有因的。

汤显祖凭借才华很早成名，二十六岁时，临川知县李大晋就为他出版了诗集《红泉逸草》。二十一岁时，他在秋试中以第八名中举，第五次参加春试才考中会试第二十五名，殿试的名次很低——第二百十一名。万历五年（1577）、八年（1580）的两次春试，他因拒绝首辅张居正的延揽而遭摈弃。张居正去世后，汤显祖完全可以凭进士的身份参加庶吉士的选拔，也有人愿意帮忙，但他不领情。所以，他一生羡慕的翰林馆阁之位终于泡汤。因此，失意的他把全部希望寄托在儿子身上。他的长子士蘧长得瘦弱，又有目疾，汤显祖从士蘧八岁时即命作文，“汝从三岁识经书，八岁成文所启予”，“五岁《三都》成暗诵，终星廿史略流通”。(《重得亡蘧讣二十二绝》）士蘧二十岁秋试落榜，汤显祖曾对长子进行过体罚，给儿子的压力甚大。为了能在万历二十八年（1600）八月初九再参加秋试，身体本已十分虚弱的士蘧以补药进补，病情恶化，于七月十六日弃世。得知这一消息，汤显祖如五雷轰顶，自责、后悔之情涌上心头，“不合生儿望作龙”，他写了《庚子八月五日得南京七月十六日亡蘧信十首》《重得亡蘧讣二十二绝》等诗，以孔子哭颜回、王安石哭子自比，抒发了自责自悔的复杂感情。也正因此故，汤显祖以柱联寄三子开远，告诫儿子要爱护身体，“宝精神则本业固”，通俗点儿说即“身体是本钱”；典雅点儿说即“皮之不存，毛将焉附”，看似平淡，实则包含着作者切肤的经验感受，儿子刚中举即以此诫之，可谓有深意存焉，想必开远会准确地把握其精神实质的。后来开远曾任正四品南直隶按察司副使监安庐二郡军，并被后人写入《明史》。这当与父亲的教导不无关系。

而告诫儿子省吃俭用，同样事出有因。

汤显祖虽做过七年的七品、六品的京官，但俸禄较低，加之他家人口众多，又因他喜欢购求书画，花费很大，家里经济状况较为拮据。人穷志短，一旦揭债，必然会委曲求全，高洁的志向难以保全。因此，他结合自己交友宴饮五十年的亲身感受，告诫开远务必节俭。作者引用避债台的典故，说明自己一生的生活窘境。《玉茗堂选集》编者沈际飞曾评“我歌鹿鸣五十年，求一避债台不得”二句，云“有以清白传家者，拜服拜服”，可谓一语中的。

《与男开远》仅有五十三字，短小至极，但化用前人成句、典故却有几处；又寄以柱联这种座右铭之类的文字，所取得的效果十分良好。言简意赅，不无根据。

名言警句

年近四十，日起先鸡，玄鬓化白，面纹渐多。

寄三弟

袁宗道

作者简介

袁宗道（1560—1600），字伯修，湖广公安（今湖北公安县）人。万历十四年（1568）进士，授庶吉士，入翰林院授编修，官至右庶子。与弟宏道、中道齐名，并称“公安三袁”。他们反对前后七子摹拟、复古的主张，而主张妙悟，独抒性灵，不拘格套。世称“公安派”。袁宗道作诗，于唐好白居易，于宋好苏轼，故名其斋曰“白苏”。《明史》有传。有《白苏斋类集》。

中郎昔忙今闲[1]，我昔闲今忙。人生苦乐乘除[2]，大抵如此。十年做太仓雀鼠[3]，今得报效，少忏素餐罪过[4]，不敢厌劳怨苦也。但年近四十，日起先鸡[5]，玄鬓化白[6]，面纹渐多，异日相对，竟是一龙钟老翁[7]矣。韩退之云：“居闲食不足，从官力难任。两事皆害性，一生长苦心。”[8]去住[9]之难，从古叹之，可奈之何！

——《白苏斋类集》卷十六

注释

1 中郎昔忙今闲：中郎你从前忙碌、现在清闲。中郎，指袁宗道之弟袁宏道，字中郎。昔忙今闲，时袁宏道因病解官，故云。

2 乘除：抵消，意谓一乘一除，仍为原数。

3 太仓雀鼠：官府粮仓里的大老鼠。太仓，京城储粮的大仓。雀鼠，硕鼠的别称。

4 少忏素餐罪过：稍稍忏悔一下尸位素餐的罪过。少，稍微。素餐，语出《诗经·魏风·伐檀》："彼君子兮，不素餐兮。"

5 先鸡：先于鸡鸣，言其早。

6 玄鬓化白：黑色的鬓发变成了白色。

7 龙钟老翁：显出老态的老翁。龙钟，年老体衰的样子。

8 "韩退之"五句：出自韩愈《往仕》，为原诗前四句，"长苦心"当作"恒苦心"。原诗后四句为："黄昏归私室，惆怅起叹音。弃置人间世，古来非独今。"

9 去住：去留，指隐居和出仕。

大意

中郎从前忙碌、现在清闲，我从前清闲、现在忙碌，人生的苦乐抵消，大致就是这样。十年来我像官府粮仓里的大老鼠一样，现在得到了报答效力的机会，可以稍稍忏悔一下尸位素餐的罪过，因此不敢憎恶辛劳、埋怨苦累。只是年龄已近四十，每日起床都比鸡叫早，黑色的鬓发已变成了白色，脸上的皱纹渐渐多了，他日与你对面，我竟然是一个老态龙钟的老头了。韩退之诗说："居闲食不足，从官力难任。两事皆害性，一生长苦心。"去留的艰难，从古代慨叹到现在，可能怎么办呢！

导读

辞官休息也是一种人生的选择

读《寄三弟》，令人想起刘禹锡《陋室铭》中的"无案牍之劳形"。做官仕宦，固然是古代文人孜孜以求的目标，所谓"学成文武艺，货与帝王家”，但是，“为五斗米折腰向乡里小儿”的尴尬，“案牍之劳形”的疲惫，以及尔虞我诈、勾心斗角的龌龊，也使得一部分人感到厌倦、无奈，有的甚至隐居不仕。写《寄三弟》时，袁宗道在京城做官，故云“昔闲今忙”，闲者十年，如太仓老鼠，尸位素餐；好不容易得到了做官的机会，但是“日起先鸡，玄鬓化白，面纹渐多”，未至四十而已老态龙钟了。做官有做官的好处，但太累人，所以“做与不做间，妾身千万难”（化用元代姚燧《寄征衣》语）。这封家书向三弟倾诉个中甘苦、内心矛盾，全信直抒胸臆，写得洒脱自然。

无独有偶，袁宗道的弟弟袁宏道有一封写给其舅龚惟长的书信，与《寄三弟》所反映的内心矛盾甚为相似：

数年闲散甚，惹一场忙在后。如此人置如此地，作如此事，奈之何？嗟夫，电光泡影，后岁知几何时？而奔走尘土，无复生人半刻之乐，名虽作官，实当官耳。

尊家道隆崇，百无一阙，岁月如花，乐何可言。然真乐有五，不可不知。目极世间之色，耳极世间之声，身极世间之鲜，口极世间之谭，一快活也。堂前列鼎，堂后度曲，宾客满席，男女交舄，烛气熏天，珠翠委地，金钱不足，继以田土，二快活也。箧中藏万卷书，书皆珍异。宅畔置一馆，馆中约真正同心友十余人，人中立一识见极高，如司马迁、罗贯中、关汉卿者为主，分曹部署，各成一书，远文唐、宋酸儒之陋，近完一代未竟之篇，三快活也。千金买一舟，舟中置鼓吹一部，妓妾数人，游闲数人，泛家浮宅，不知老之将至，四快活也。然人生受用至此，不及十年，家资田地荡尽矣。然后一身狼狈，朝不谋夕，托钵歌妓之院，分餐孤老之盘，往来乡亲，恬不知耻，五快活也。士有此一者，生可无愧，死可不朽矣。若只悠闲无事，挨排度日，此最世间不紧要人，不可为训。古来圣贤，公孙朝穆、谢安、孙玚辈，皆信得此一着，此所以他一生受用。不然，与东邻某子甲蒿目而死者，

何异哉！（《袁宏道集》卷五）

写这封信时（1595），袁宏道任吴县县令。信中极言做官之不自由，厌弃官场、向往自由的感叹与《寄三弟》有相似之处。这反映出晚明社会思想活跃之一斑。

大凡教子弟，一要择地，二要出学钱。

毛　太　初

袁宏道

作者简介

袁宏道（1568—1610），字中郎，号石公，湖广公安（今湖北公安县）人。万历二十年（1592）进士。曾任吴县（今江苏苏州市）知县、顺天府教授、国子监助教和礼部主事，官至吏部郎中。与兄宗道、弟中道齐名，并称“公安三袁”。三人中，袁宏道的成就最大。他的作品率真俊逸，自然流畅，语言清新明快。其尺牍多而佳。《明史》有传。有《袁中郎全集》。

弟已得吴令[1]，令甚烦苦，殊不如田舍翁饮酒、下棋之乐也[2]。两甥想益聪明，读书何处？肉铺河畔、三叉港前[3]，恐非陶铸[4]举人、进士之所，移至县中如何？

大凡教子弟，一要择地，二要出学钱，银中不可夹铜，货中不可夹布[5]，此尤第一紧要事。

计此字到时，田中青翠可爱矣。要得富，须真正下老实种田，莫儿戏。人生三十岁，何可使囊无余钱，囤无余米，居住无高堂广厦，到口无肥酒大肉也，可羞也。

——《袁宏道集》卷五

注释

1 已得吴令：上任吴县县令。

2 “殊不如”一句：实在比不上老农饮酒、下棋的快乐。袁宏道曾在《丘长孺》中说，“弟作令备极丑态，不可名状。大约遇上官则奴，候过客则妓，治钱谷则仓老人，谕百姓则保山婆。一日之间，百暖百寒，乍阴乍阳，人间恶趣，令一身尝尽矣。苦哉，毒哉”，可作参考。田舍翁，老农。

3 肉铺河畔、三叉港前：应为公安县乡下的河、港名。

4 陶铸：本指烧制陶器、铸造金属器物，比喻造就、培育。

5 “银中”二句：货，这里指钱币。布，纸钞。明代流通的钱币有银、铜钱、纸钞，银、铜钱受人欢迎，纸钞不受欢迎。

大意

我已得到吴县县令的官职，做县令很是麻烦辛苦，实在不如老农喝酒、下棋的快乐啊。两个外甥想必更加聪明了，在什么地方读书？肉铺河畔、三叉港前，恐怕不是造就举人、进士的地方，转到县学中就读怎么样？

一般来说教育子弟，一要选择读书的地方，二要付出学费，银子中不可夹杂铜钱，钱币中不可夹杂纸钞，这尤其是第一等的要紧事。

我估计这封信到达时，田地中的禾苗已经青翠可爱了。要想富裕，必须真正地下功夫种田，不要视为儿戏。人到三十岁，怎么能让口袋里没有余钱，粮囤里没有余粮，居住的不是高大广阔的房屋，到口的不是醇酒大肉呢？那是令人羞愧的事。

导读

应为孩子读书创造良好的条件

这是袁宏道到吴县任上后给他大姐夫毛太初的一封信。毛太初一家在公安务农，其为人憨厚而勤劳，居乡“创家，出对客则胡卢大笑，入室则焦家计，两眉蹙合可作髻”（袁中道《寿大姊五十序》)。他幼年失怙，无力读书，唯赖务农治桑为生。袁宏道只有一姐，嫁于毛太初为妻，与姐夫一家的感情甚洽。他的《过毛太初见二甥》一诗有所反映：

朝见卫叔宝，朗朗来照人。
髻发若青丝，楚楚足精神。
作对才五字，遽有惊人辞。
下筹读左史，酌酒诵唐诗。
阿舅无长处，素心差足师。
居官万不可，谈艺一无知。
尔父敦俭朴，山居伴鹿麋。
郗公诚晚令，育长恐情痴。
似之非贤者，不肖乃佳儿。

诗把二甥比作风姿秀异、有玉人之称的晋人卫玠（字叔宝），并写出外甥已刻苦读书，有惊人之辞，乃可造之材。因此，作者在信中劝说姐夫将二甥送到县里就学，以期有成。

这封信有两点值得注意，一是教子读书须择地出钱。孟母三迁的故事世人皆知，小河中不会养育出大鱼，穷乡僻壤中很难造就出举人进士。而给老师的报酬要出得真诚，“银中不可夹铜，货中不可夹布”，既形象又贴切。袁宏道意在提醒姐夫不要舍不得花钱，在教育子女上花钱是值得的，何况二子很值得培养。二是人到而立之年，要丰衣足食，安居乐业，否则便是耻辱。这其中既有对姐夫的警戒，也有对自己不足三十已得县令的自喜。而避免羞愧的不二法门，就是“下老实种田，莫儿戏”。其实，百行之中，离开“下老实种田”而“儿戏”却成功者有谁呢？袁宏道的这一看法遥承

《史记·货殖列传》的名言：

若至家贫亲老，妻子软弱，岁时无以祭祀进醵，饮食被服不足以自通，如此不惭耻，则无所比矣！……无岩处奇士之行，而长贫贱，好语仁义，亦足羞也！

《醒世姻缘传》第三十三回说道：

圣贤千言万语，叫那读书人乐道安贫。……我想，说这样话的圣贤毕竟自己处的地位也还挨的过的日子。……连稀粥汤也没得一口呷在肚里，那讨"蔬食箪瓢"？……孔夫子在陈刚绝得两三日粮，……我想那时的光景一定也没有什么"乐"处。倒还是后来的人说得平易，道是"学必先于治生"。

只不过作为一封写给姐夫的信，袁宏道把话说得通俗易懂罢了。

名言警句

酌宽严之中以处家，酌丰俭之中以理财。

寄 六 侄

袁中道

作者简介

袁中道（1570—1623），字小修，湖广公安（今湖北公安县）人。年十余岁，即以作《黄山赋》《雪赋》知名于时。万历四十四年（1616）进士，曾任徽州府学教授，官至南京吏部郎中。与兄宗道、宏道齐名，并称“公安三袁”。中道长于山水游记文字。《明史》有传。有《珂雪斋集》。

存亡徂迁[1]，倏忽易岁，惟夜夜入梦，有若平生耳。海内第一知己既去[2]，复何心世缘！玉泉清溪，山水幽绝，将有终焉[3]之志。归期都未可定，想已入社[4]矣。酌宽严之中以处家，酌丰俭之中以理财。寡欲养身，修名避讥，是所望也。

——《珂雪斋集》

注释

1 徂（cú）迁：迁移，变化。

2 海内第一知己既去：指袁中道二哥袁宏道去世。袁宏道卒于万历三十八年（1610）九月初六日，年仅四十三岁。

3 终焉：在那里终了天年。

4 入社：过了社日。社，“社日”的省称，古代祭祀社神之日，立春后第五个戊日为春社，立秋后第五个戊日为秋社，时当春分、秋分前后。

大意

生死变化，瞬间又是一年，只是二哥的模样夜夜都来梦中相会，就像活着的时候一样。海内第一的知己已经去世，我还有什么心思与这尘世结缘！玉泉山上有清清的溪流，那里的山水幽静至极，我有在那里终了天年的想法。我回去的时期还未确定，推想已到过了社日的时候了。居家生活要斟酌宽与严，治理财产要斟酌丰与俭。清心寡欲而养身，修立名望而避免讥嘲，这是我对你的期望。

导读

酌宽严之中以处家，酌丰俭之中以理财

袁中道小宗道十岁，小宏道两岁，“少同塾，长同校，以失父蚤，倍相怜爱。后先生宦游南北，中道皆依之若形影不离”（袁中道《吏部验封司郎中中郎先生行状》）。袁宏道患重病，袁中道曾每日祷告，以求身代。袁宏道死后，他痛不欲生，遂得血疾，差点死去，后来逃到玉泉山中消愁排闷。他还为二哥写了行状，整理、刊刻了《袁中郎先生全集》，并写了序文，这篇序文被人们认为是公安派文学运动的总结之作。

正因为小修与二哥的特殊情感，这封寄给六侄的家书开篇即直抒胸臆，“夜夜入梦，有若平生”正是思念至极的结果，也是二哥生前与自己生活的折射：“每至月明之夜，相对清言，间及生死，泫然欲涕，慷慨欷歔，坐而达旦”（袁中道《解脱集序》）。对侄子的关心和指点，片言点化，“酌宽严之中以处家，酌丰俭之中以理财”，出语婉转而寓意深刻。读这样的家书，给人一种纸短情长的感觉。

九世同居，时旌其义；二难孝养，并以德称。

与二子析产书

顾若璞

作者简介

顾若璞（1592—1681），字和知，浙江仁和（今浙江杭州市）人。为明上林署丞顾友白之女，副榜黄茂梧之妻。万历三十四年（1606）顾氏嫁于黄氏，黄氏多病，婚后大半与药炉为伍，历十三年顾氏寡，年仅二十七岁，生有灿、炜二子。顾氏支持门户，课子读书。其文多经济大篇，有西京气格。《清史稿》有传。现存《卧月轩稿》。

予自万历丙午归汝父[1]，遂涉历家事，廿有六年。中间辛苦备尝，风波遍历。予惟是兢兢业业，蚤作夜思[2]，罔敢失坠[3]；以无误祖宗立法，以无[4]贻父母忧者，岂好为是劳哉？亦缘汝父生十月而祖母见背[5]；至我归时，贫与病合，处世艰阻，事非一端。且弥留[6]之际，止嘱终事[7]惟俭，善教汝辈以继书香；善事祖父，以赎己事亲不终之罪。

我固一遵先志[8]，较前十三年中，更翼翼小心，如临深履冰[9]，常恐折足而覆[10]先人之业。至于祖父逝后，多少风波，寡妇孤儿，所不能对人言者，未易一一数也。予于壬子[11]生灿儿，于甲寅[12]生炜儿，止见其生于仕宦之家，长而居处晏如[13]，衣食粗给，几不知有困苦事。岂知而母之拮据卒瘏[14]，以仅免漂摇[15]之患者，二十六年如一日也。

今幸儿辈俱长成，婚嫁已毕，重任有托，我责稍轻，故以分为合，析汝二子，使各庀[16]其家事。夫吾岂不欲劳我逸汝、俟绳祖武[17]哉？良[18]亦有所见而然也。九世同居，时旌其义[19]；二难孝养，并以德称[20]。第情不隔而事或睽[21]，丰俭之异尚[22]，多寡之各适，好恶之不相符也。人情异同，其数多端，岂能一一如我之愿？况人情习久则慢易[23]生，慢易生则嫌隙起。是故[24]离则思合，合则思离，离中之合，合中之离，不可不致审[25]也。喜两媳贤哲[26]，能俭约，守祖制。及我年力未迈，一一清分，使知家道之艰难如此，世务之艰难又如此。各自成立，以渐进于礼义，庶无内顾之忧，亦鲜永终之敝[27]，岂必合为是哉？

若夫一丝一粒[28]，皆自我数十年勤劬[29]困苦中留之，则所以谨守而光大之者，更于二子有厚望矣！

——《清代闺秀集丛刊·卧月轩稿》

注释

1　自万历丙午归汝父：自从万历丙午年嫁给你父亲。万历丙午，即万历三十四年（1606）。归，出嫁。

2　蚤作夜思：清早起床，夜晚思量。蚤，通“早”。

3　罔敢失坠：不敢出现差错或过失。

4　无：通“毋”，不。

5　见背：死的别称。

6　弥留：病重将死。

7　终事：送终之事，即丧葬。

8　先志：先夫的遗志。先，称已死的人为先，这里是省称。

9　临深履冰：即“如临深渊，如履薄冰”的省文，语出《诗经·小雅·小旻》。

10 折足而覆：因出现过失而败坏。折足，即“折足覆悚”的缩语，原指帝王公卿统治者不能胜任而败事，这里指出现过失。覆，败坏、覆灭。

11 壬子：指万历四十年（1612）。

12 甲寅：指万历四十二年（1614）。

13 晏如：安然。

14 拮据卒瘏（tú）：语出《诗经·豳风·鸱鸮》：“予手拮据，予所捋荼，予所蓄租，予口卒瘏。”拮据，本指鸟之筑巢，口足劳苦，这里比喻辛劳艰难。卒瘏，即“悴瘏”，本指口病，这里比喻含辛茹苦。

15 漂摇：动荡。

16 庀（pǐ）：治理。

17 绳祖武：继承祖先的行迹。

18 良：的确。

19 “九世”二句：九世同居，典出唐代郓州寿张人张公艺，《旧唐书·孝友传》：“郓州寿张人张公艺，九代同居。北齐时，东安王高永乐诣宅慰抚旌表焉。隋开皇中，大使、邵阳公梁子恭亦亲慰抚，重表其门。贞观中，特敕吏加旌表。麟德中，高宗有事泰山，路过郓州，亲幸其宅，问其义由。其人请纸笔，但书百余‘忍’字。高宗为之流涕赐以缣帛。”旌，表彰。

20 “二难”二句：二句似用王祥之典。《晋书·王祥传》：“祥性至孝，早丧亲，继母朱氏不慈，数谮之，由是失爱于父，每使扫除牛下，祥愈恭谨。父母有疾，衣不解带，汤药必亲尝。母常欲生鱼，时天寒冰冻，祥解衣将剖冰求之，冰忽自解，双鲤跃出，持之而归。母又思黄雀炙，复又黄雀数十飞入其幙，复以供母。乡里惊叹，以为孝感所致焉。有丹柰结实，母命守之，每风雨，祥辄抱树而泣。其笃孝纯至如此。……母终居丧，毁瘁杖而后起。……史臣曰：……孝为德本，王祥所以当仁。”

21 第情不隔而事或睽（kuí）：只是感情不分隔而事理有时乖离。第，但。睽，乖离。

22 异尚：崇尚不同。

23 慢易：怠忽，轻侮。

24 是故：因此，所以。

25 致审：细心周密。致，通“緻”。

26 贤哲：贤惠聪明。

27 永终之敝：终身的疲劳。永终，终身。敝，通“疲”。

28 一丝一粒：一寸布丝和一粒粮食。

29 勤劬（qú）：勤劳。

大意

我从万历丙午年嫁给你父亲，便经历家庭之事，已有二十六年了。二十六年间，辛苦备尝，风波遍历。我只是兢兢业业，清早起床、夜晚思量，不敢出现什么差错；意在不误祖宗立下的法度，不给父母留忧愁，难道是喜欢如此辛劳吗？也由于你父亲生下十个月而祖母去世；到我嫁来时，家中贫困与疾病交织，处世艰难，事情不止一件。况且病重临危之时，只叮嘱丧事从俭，好好教诲你们以继承书香门风；好好地侍奉你祖父，以抵偿自己侍养双亲不到最后的罪过。

我一直认真地遵守着先夫的遗志，比前十三年，更加小心翼翼，如临深渊、如履薄冰一般，经常担忧出现过失而覆灭了先人的基业。至于你祖父去世以后，经历多少风波，寡妇孤儿生活，所不能给人言说的，不容易一一历数出来啊。我于壬子年生下灿儿，于甲寅年生下炜儿，只看到你们生在仕宦为官的家庭，长大而生活安然，衣食可以粗粗供给，几乎不知道有困难辛苦的事情。哪里知道你母亲含辛茹苦，而仅仅免去动荡漂零的苦难的日子，二十六年如一日啊！

现在幸好儿辈都长大成人，婚娶已完，重任有了托付，我的责任稍稍轻了，所以把分家作为聚合，分给你们两个儿子，让你们各自治理自己的家务事情。我难道不想使我辛劳而让你们安逸、等你们继承祖先的行迹吗？的确是因为看到的事例很多才这样做的。九代人同堂生活，时人表彰他们的仁义；处于两难境地侍养双亲，都以有德称名于世。只是感情虽不分隔而事理有时乖离，丰与俭崇尚不同，多与少各自适应，好恶是不相符合的。人情相同不相同，它的表现很多，哪里能一一符合我的心愿？更何况人情习惯久了就会产生怠忽，怠忽产生了就会起嫌隙隔阂。因此分离就会想聚合，聚合就会想分离，分离中的聚合，聚合中的分离，不可不细密地考虑啊。幸喜两个儿媳贤惠聪明，能勤俭节约，遵守祖先的制度。趁我年力没有老迈，一一清楚地分开，让你们知道家道是如此艰难，世务又是如此艰难。从长大成人到渐渐懂得礼节仁义，或许可以没有内顾之忧，也少终身的疲劳，难道一定要以聚合为好吗？

至于家中的一丝一粒，都是从我几十年的勤劳困苦中留下的，之所以谨慎保守而又发扬光大，是对于两个儿子有深厚的期望啊！

导读

树大分枝，自然之理

这是一封内容丰富、饱含感情、哀感顽艳的家书。

顾若璞是一个知书达礼的女子，她嫁与丈夫黄茂梧之时，黄家乃“仕宦之家”，生活之安逸，居处之晏如，盖可想见。涉世不深的她，也是简单地以为两个儿子“生于仕宦之家，长而居处晏如，衣食粗给，几不知有困苦事”。但是，严酷的现实打碎了她的理想，丈夫长年卧病，顾氏多年与药炉为伍，丈夫去世时，她年仅二十八岁。为了不负先夫之托——“善教汝辈以继书香；善事祖父，以赎己之事亲不终之罪”——顾氏以双肩挑起了教子读书、支撑门户的重担。关于当时的心情和处境，顾氏的另一家书《与弟书》写得至为详细和动人：

> 夫溘云逝，骨铄魂销，帷殡而哭，不如死之久矣，岂能视息人世，复有所谓缘情靡丽之作邪？徒以死节易，守节难，有藐诸孤在不敢不学古丸熊画荻者，以俟其成。当是时，君舅方督学西江，余复远我父母兄弟，念不稍涉经史，奚以课藐诸孤而俟之成？余日惴惴，惧终负初志，以不得从夫子于九京也。于是酒浆组纴之暇，陈发所藏书，自四子经传以及古史鉴、《皇明通记》《大政记》之属，日夜披览如不及。二子者，从外傅入，辄令篝灯坐隅，为陈说吾所明，更相率咿唔，至丙夜乃罢。顾复乐之，诚不自知其瘁也。日月渐多，见闻与积，圣经贤传，育德洗心，旁及骚雅词赋，游焉息焉，冀以自发其哀思，舒其愤闷，幸不底于幽忧之疾。而春鸟秋虫，盛时流响，率尔操觚，藏诸笥箧；虽然，亦不平鸣耳，讵敢方古班、左诸淑媛，取邯郸学步之诮耶！

顾氏为了教育儿子成人，自己先勤奋苦学，再向儿子传授自己攻读经史的心得体会，这是多么可敬的母亲啊！

《与二子析产书》写于崇祯六年（1632），此时距顾若璞涉历家事已有二十六年了。顾氏已届五旬，看到两个儿子长大成人，婚娶已毕，又因“良以有所见”，亦即身经目验了“离则思合，合则思离，离中之合，合中之离”的辩证关系，于是提出趁自己“年力未迈”之时，为儿子“一一清分”，目的在于使二子“知家道之艰难如此，世务之艰难如此”，更期望二子能够“渐进于礼义”，“谨守而光大”顾氏辛勤支撑得来的家业，用心良苦至极。信中叙说自己苦难的经历令人心酸，而独力含辛茹苦拉扯儿子长大，又可钦可敬。可以说，顾氏的身上有着中国传统妇女的诸多美德，她既是一个好妻子，又是一个好母亲。更令人钦敬的是，顾氏所说“以分为合”的道理和为二子分家的实践，在以“九世同居，时旌其义”的封建社会中，实属难能可贵。即使在今天看来，同样具有借鉴意义。

名言警句

能敬之人，时时见得自己不是；不敬之人，时时见得自己是。

书示仲儿

陈　确

作者简介

陈确（1604—1677），初名道永，字非玄，明亡后改名确，字乾初，海宁（今浙江海宁县）人。年四十，始与黄宗羲同受学于刘宗周。明亡后，隐居著述。为人刚正，尚气节，奉慎独之教。博学多才，书法得晋人遗意，兼工琴箫、篆刻、博弈。所作诗文清真大雅，寄托深远。晚年得拘挛之疾，病困十余年而卒。其一生对宋明理学和当时的佛教进行了激烈的批判，认为理学家所推崇之《大学》，并非圣贤之书；认为“天理正从人欲中见，人俗恰到好处，即天理也”；指出佛教所谓“度尽众生”，实质是要“灭绝众生”。有《大学辨》《葬书》《瞽言》和诗文集。后人辑有《陈确集》。

端庄敬慎者，望而知为学人；慢易[1]轻诞[2]者，望而知为草野市井人[3]。汝举止言动，多不循礼，吾甚忧之。况年渐长大，今又成昏[4]，可不戒哉！今更名汝曰翼，字曰敬之。

敬于父母则孝顺，敬于夫妇则肃和[5]，敬于兄弟则友爱，敬于朋友则丽益[6]，敬于僮婢则从令，敬于一切世俗则无辱，敬于言则不妄，敬于事则有成，敬于讲诵则有得，敬于作书临文则法[7]日进。《记》[8]曰“无不敬”，尽之矣。

能敬之人，时时见得自己不是；不敬之人，时时见得自己是。故《中庸》言君子，能戒惧而已矣[9]；其言小人，无忌惮而已矣。汝欲为小人？吾无所复责于汝；将[10]为君子耶？可不于吾言加意哉！其朝夕省[11]之，勿忽！

——《陈确集》卷十六

注释

1 慢易：怠忽，轻侮。《管子·内业》：“思索生智，慢易生忧。”

2 轻诞：轻佻放诞。

3 草野市井人：粗俗的平民。草野，粗俗。《韩非子·说难》：“虑事广肆，则曰草野而倨侮。”市井，本指进行买卖的地方，这里指平民。《史记·聂政列传》之《正义》：“古者相聚汲水，有物便卖，因成市，故云市井。”

4 昏：通“婚”。

5 肃和：恭敬而和顺。肃，恭敬。《汉书·五行志中》：“貌之不恭，是为不肃。”

6 丽益：比喻朋友之间讲习切磋而受益。语出柳宗元《送崔子符罢举诗序》：“仆智不足而独为文，故始见进而卒以废，居草野八年，丽泽之益，镞砺之事，空于耳而荒于心。”

7 法：技巧。

8 《记》：指《礼记·学记》。

9 “故《中庸》”二句：见《礼记·中庸》：“是故君子戒慎乎其所不睹，恐惧乎其所不闻。”

10 将：还是。

11 省（xǐng）：检查，反省。

大意

端正庄重恭敬谨慎的人，一看就知道是有学问的人；傲慢怠忽轻佻放诞的人，一看就知道是粗俗普通的人。你的举止言语，大多不遵守礼义，我很忧虑这一点。何况你年纪逐渐长大，现在又结婚了，能不警戒吗！今日给你换名叫翼，字叫敬之。

对父母恭敬就孝顺老人，对夫妇恭敬就庄重和顺，对兄弟恭敬就友爱，对朋友恭敬就能受到教益，对僮仆、婢女恭敬就会使他们听从命令，对于一切世俗之人恭敬就会没有耻辱，对言语恭敬就不会乱说，对做事恭敬就会有成就，对读书诵诗恭敬就会有收获，对著书为文恭敬就会技巧一天天长进。《礼记》说“无不敬”，全都包括了。

能恭敬的人，时时会看到自己的不足；不恭敬的人，时时会看到自己的正确。所以《礼记·中庸》上讲君子，指能警戒忧惧罢了；它谈小人，指肆无忌惮罢了。你想做小人？那么我没有什么必要再督责你了；还是想做君子呢？那么能不对我所说的话留心注意吗！你还是早晚检查反省，不要怠忽！

导读

敬人敬事，益处无穷

陈确有二子陈翼、陈禾，后陈禾夭亡，这封信是写给陈翼的。陈翼生于明崇祯五年（1632）十一月初六日。此时，陈确已二十九岁。

这封信写得结构井然。发端从举止外观上点出“端庄敬慎”的重要性，针对陈翼“举止言动，多不循礼”的缺点，陈确为儿改名曰翼，字曰敬之。接着陈确从于父母、于夫妇、于兄弟、于朋友、于僮婢、于一切世俗、于言、于事、于讲诵、于作书临文十个方面论述了“敬”的益处，何以字儿曰敬之的理由尽皆表出。最后引用《礼记·中庸》言君子、小人的区别，用柔中带刚的语调劝勉儿子争做君子。全信篇幅不长，但语言简练而意义深长，排比句的大量运用更增强了可读性。

《陈确集》中有一篇《蔡养吾二子名字说》，既启人神智，又似与陈确为儿更名改字有一定的内在关系：

养吾道人与乾初道人，老相得也。一日，同过黄山。酒酣，而养吾道人谓之曰："吾有二子，长名冲，次名泂。其名冲者，在成童之年矣。礼，父之友字之。子又何辞焉！"陈子曰："何谓也？"养吾道人曰："《说文》：'冲，和也，又虚也。'《诗》有《泂酌》，昭忠信也。二子不幸生衰乱，吾教之以谦和而忠信，庶其可免于今世乎！"陈子曰："唯唯，否否。"

养吾道人曰："子岂不足于吾言乎？"陈子曰："吾非不足于子之言也。齐威王曰：'此鸟不飞则已，一飞冲天。'又《泂酌》，远酌也。意者蔡子外以谦和忠信教其子，而内亦阴以高且远者期之耶？"养吾道人笑而不答也。夫陟遐者自迩，登高者自卑。吾又安知谦和忠信之非即所以为高远者乎！甚矣，养吾之善名其子也！故字冲曰伯蜚，泂曰仲迩。

养吾道人曰："善。童子懵于理言，孰卑孰迩，请言其状，使童子得从事焉。"陈子曰："君子之道，务本而已矣。本立而末从之，何近何远？何卑何高？是故滞于卑迩，不可以为高远者，非吾之所为卑迩也，子夏氏之儒也。骛于高远，不自安于卑迩者，非吾之所为高远也，子张氏之儒也。夫身心，至近也，而基平治；戒惧，至卑也，而臻位育。故钟鼓于宫，声闻于外；君子修其身于一室，而四海之外应之。学者诚神而明之，又何卑高远迩之足云乎！"

养吾道人戚然不悦曰："吾为儒半世，惧贫不能卒业，将率二子耕于佛墩之阴，终为农夫以没世。而子何言之夸也？"陈子曰："士力学，农力耕，二者皆本务也，而高远莫过焉。子又何病乎？昔者舜耕于历山，尹耕于莘野，诸葛耕于南阳，而当世卒赖之。樊迟请学稼，而夫子非之，何耶？盖子之所非者，以学为稼者也；当世之所赖者，以稼为学者也。以学为稼者，虽身都卿相而算入称获，吾必以小人之名归之。以稼为学者，虽终身南亩而尊德乐谊，吾必以大人之名归之。子苟能以稼为学，虽以老农终乎，吾将负耒而从之矣。”

养吾道人曰：“善。古之耕渔牧贩，无非学也。童子其识之，其无忘陈子之言！”

稍加对比，即可看出，陈确的《书示仲儿》与这篇文章在精神实质方面是相通的。

古人很重视为子女起名字。到了女孩起名字时，往往要请名流宿儒。苏洵的《命二子说》点出苏轼、苏辙兄弟二人的性格特征，对二子进行告诫和勉励，也表达了自己的担忧和期望，语言精粹，寓意深刻。陈确此二文或受到苏洵的启发。

名言警句

光明正大，宽柔慈厚，作一家风范。

丙寅岁寄弟侄

王夫之

作者简介

王夫之（1619—1692），字而农，号薑斋，衡阳（今湖南衡阳市）人。明崇祯十五年（1642）举人。清兵南下，夫之举兵衡山，事败，走桂林，瞿式耜荐之桂王，授行人司行人。寻间道归楚，隐居著书，栖伏林谷，转徙苗洞，筑室于衡山石船山，学者称船山先生。通天文、历数、经史、舆地之学，著述颇丰，而沉埋二百年之久，至同治间曾国荃始刻《船山遗书》于江南，凡七种三百二十四卷。《清史稿》有传。有《薑斋文集》。

三兄之丧，贤弟侄跋涉远赴，隆礼致祭，固祖宗福泽所垂，实贤弟侄敦睦[1]厚道，足知吾家自此昌盛无穷矣。愚兄且悲且喜，言不能尽。但恨客繁事冗，不能相陪快谈[2]，以展老夫欲言之怀。病躯日衰，后会又未知何日也。愚于家族素未能致一情[3]，但养拙自守[4]，不敢一丝刻薄[5]，得罪先人。今年已衰老，唯有此心，愿家族受和平之福以贻子孙，敢以直言为吾宗劝戒。

此尔弼、指日[6]二弟居尊长之位，所宜同心以修家教者也。和睦之道，勿以言语之失、礼节之失，心生芥蒂[7]。如有不是，何妨面责，慎勿藏之于心以积怨恨。天下甚大，天下人甚多，富似我者，贫似我者，强似我者，弱似我者，千千万万，尚然弱者不可妒忌强者，强者不可欺陵弱者，何况自己骨肉？有贫弱者，当生怜念[8]，扶助安生；有富强者，当生欢喜心：吾家幸有此人撑持门户。譬如一人左眼生翳[9]，右眼光明，右眼岂欺左眼，以灰屑投其中乎？又如一人右手便利[10]，左手风痹[11]，左手岂妒忌右手，愿其同瘫痪乎？不能于千人万人中出头出色，只寻着自家骨肉相陵相忌，只便是不成人。戒之，戒之！从前或有些小事动闲气，如往岁到官出丑[12]，愚甚恨之。愿自今以后，长似昨在三兄柩前，和和顺顺，骨肉相关一般，一刀割断前日不好之心。听老夫此语，光明正大，宽柔慈厚，作一家风范[13]。幸祖宗覆庇[14]，无门户之苦，可不念哉？因诸弟侄昨日厚于家庭之义，深为感慰，故进愚言。尔弼、指日二弟，我文[15]侄，当以此偏告[16]众位。我文公平仁恕，若有小小不平，当听其劝戒。或不妨令敌、敔[17]两人知之。止期一切忘情，一家欢聚而已。缕缕不尽[18]。七十老人[19]夫之白。

——《王船山诗文集》

注释

1 敦睦：亲厚和睦。
2 快谈：畅谈。
3 致一情：表达过一点心意。
4 养拙自守：退隐不仕而自守节操。养拙，守拙，指隐退不仕。
5 刻薄：苛酷。《史记·商君列传·赞》："商君，其天资刻薄人也。"后来凡待人冷酷无情或语言尖酸，皆称刻薄。

6 尔弼、指日：指王夫之的堂弟王尔弼、王指日。

7 芥蒂：小梗塞物，比喻心中的嫌隙或不快。

8 怜念：可怜顾念之心。

9 翳（yì）：目疾引起的障膜。

10 便利：敏捷。

11 风痹：手足麻木之病。

12 到官出丑：大概指家族内有人去官府状告本族人，这是出丑、丢脸之事。

13 风范：规矩，引申为榜样。《南史·袁湛传》："自初及末，无亏风范，从微至著，皆为称职，盖一代之名公也。"

14 覆庇：保佑。

15 我文：指王夫之的长侄王我文。

16 偏告：遍告。偏，通"遍"。

17 攽（bān，又读 bīn）、敔（yǔ）：即王夫之的儿子王攽、王敔。

18 缕缕不尽：书信中套语，意谓虽说得详尽细致而话犹未尽。

19 七十老人：写此信的康熙二十五年（1686），王夫之六十七岁，称"七十老人"，乃约指。

大意

三兄的丧葬，贤弟侄跋山涉水远道来参加，以隆重的礼节祭祀，这固然是祖宗福泽所重视的，但实在是贤弟侄亲厚和睦为人厚道，足以知道我们家族从此将昌盛无穷了。愚兄我又悲伤又高兴，言辞难以尽述这种心情。只是恨客人繁多，事务冗杂，不能陪你们畅谈，以舒展我想痛说的心怀。我的病体一天天衰败，与你们后会之期又不知道是何日。我对于家族素来没能表达过一点心意，但是退隐不仕而自守节操，不敢对人有一丝苛酷，得罪祖先。我今年已经衰老，唯有这一心愿，希望家族享受和平的福气并贻留给子孙后人，我冒昧地直言来劝诫我们家族。

这尔弼、指日二弟现居尊长的地位，二人应该同心协力以整治家教一事。宗族和睦的方式，在于不要因言语的失误、礼节的失误，而内心产生嫌隙不快。如有不对之处，当面指责又有何妨，千万不要藏在心里而积聚怨恨。天下很大，天下人很多，像我一样富有的，像我一样贫穷的，像我一样强盛的，像我一样弱小的，千千万万，尚且弱小的人不能妨碍、妒忌强盛的，强盛的不能欺负、压迫弱小的，何况是自己的骨肉？家族内有贫穷弱小的，应当产生可怜顾念之心，扶助他们平安地生活；有富有强盛的，应当产生高兴喜欢之心：我们家族幸好有这样的人支撑门户。假如一个人左眼生了翳病，右眼健康完好，右眼岂能欺负左眼，将灰土碎屑扔进左眼呢？又假如一个人右手敏捷完好，左手麻木患病，左手岂能妒忌右手，盼望右手一样瘫痪呢？自己不能在千万人中间出人头地，只是寻找自家骨肉亲人欺负妒忌，这就是不成人。要警惕啊，要警惕啊！从前或许有一些小事情动了闲气，例如往年到官府告状去人，我很是对此事感到憾恨。希望从今以后，经常就像昨日在三兄灵枢前那样，和和顺顺，如骨肉相连一般，一刀子割断以前不友好的心思。盼听我这老人的话，光明正大，宽柔慈厚，做一个家族的榜样。幸好祖宗保佑，没有门户内的苦难，能不想着这一点吗？因为各弟侄昨天在家族之义上表现得仁厚，深深地为此而感慰在心，所以进上这些愚蠢的话。尔弼、指日二弟，以及我文侄子，应当把这些话遍告众位亲人。我文侄子为人公正仁义，如果有小小的不平，应当听从劝诫。或者不妨让敓、敌两人知道这些内容。只是期望一切事钟情相爱，一家人欢乐团聚罢了。拉杂如上而言不尽意。七十老人夫之禀告。

导读

家和人和万事和，和为贵

从这封家书的内容推测，王夫之三兄丧葬时，王夫之的弟侄们前来参加丧礼，这令已届暮年的王夫之很是感动。想到自己多年来没能向王氏家族表达过情意，施予过恩惠，老人内心感到内疚。大概是想到赠人以车不如赠人以言的古训，王夫之给弟侄写了这封通俗而深刻的家信。

信中对弟侄位居尊长、如何和睦家族一事做了指点。家和人和万事和，和为贵，是人人皆知的道理。但每当遇到一些小事，兄弟之间，父侄之间，邻里族人之间，往往因言语礼节等，最终心生嫌隙，久而久之，发展到反目为仇甚至械斗内讧，终致家族衰败。学识渊博的王夫之深知这一点。所以，他在信中用通俗的语言、明白直切的比喻（如左右眼、左右手）劝诫弟侄身为宗族尊长，二人应团结一心，尽弃前嫌，和睦族人，振兴门户。小不忍则乱大谋，如“往岁到官出丑”之类的事，宜引以为戒。三兄之丧，本是令人悲痛之事，但却成了消解族人之间矛盾的契机，加上王夫之这番语重心长的告诫，王氏家族的昌盛应当“无穷矣”。

王夫之是明末遗民，为人很有节操。有一件事，可以看出王夫之的不同凡响。“张献忠陷衡州，设伪官，招降士绅，其不屈者缚而投诸湘江。先生走匿南岳双髻峰下，贼执其父以为质，先生引刀自刺其肢体，舁往易父。贼见其偏创也，免之，父子俱得脱。”（余廷灿《王先生夫之传》，见《碑传集》卷一百三十）据此，我们可以想见他在族人内的名望，加之他隐居不仕，著作等身，他的感召力亦不难想见。其家信的效果当不会是明珠暗投吧？

名言警句

初读古书，切莫惜书。惜书之甚，必至高阁。

示儿燕

孙枝蔚

作者简介

孙枝蔚（1620—1687），字豹人，号溉堂，陕西三原人。世为大贾，饶于家资，李自成入关，枝蔚散财结客，求壮士起义，为李自成军击败，遂只身走江湖，复习商贾，三致千金，旋又散之。乃折节读书，刻意为诗歌，遂以诗名世。康熙十七年（1678）开博学鸿词科，枝蔚与荐，求罢不允，促入试，不终幅而出。天子雅重枝蔚，诏命赐授内阁中书职衔，放归益病，游食为生。《清史稿》有传。其诗本秦声，直抒胸臆，不任雕琢，多激壮之音。其文篇幅较少，笺札几居其半，短者尤佳。有《溉堂集》。

初读古书，切莫惜书。惜书之甚，必至高阁[1]。便须动圈点[2]为是，看坏一本，不妨更买一本。盖惜书是有力之家藏书者所为，吾贫人未遑效此也。譬如茶杯、饭碗，明知是旧窑[3]，当珍惜；然贫家止[4]有此器，将忍渴忍饥作珍藏计乎？儿当知之。

——《溉堂文集》卷二

注释

1 高阁：即“束之高阁”的省称，意谓弃置不用。

2 圈点：批点。

3 旧窑：指古代传下来的好瓷器。

4 止：只。

大意

开始阅读古书，千万不要过分爱惜书本。如果太爱惜书本，就必定会束之高阁。一定要批点圈涂才是，看坏一本，不妨再买同样的一本。爱惜书是那些有财力藏书的人的事，我们穷人没有办法效法他们。例如茶杯、饭碗，明明知道是古代传下的好瓷器，本当珍惜；但是贫穷人家只有这些瓷器，难道要忍饥受饿地不使用而为珍藏打算吗？儿子应当懂得这个道理。

导读

不要过分惜书，看坏一本，不妨再买一本

古人关于读书须爱惜书籍的事例不少，最典型的是司马光。他珍藏了万余卷文史方面的书籍，读过的书在几十年后，仍像不曾用手摸过一样。费衮《梁溪漫志》记载：

> 司马温公独乐园之读书堂，文史万余卷，而公晨夕所常阅者，虽累数十年，皆新若手未触者。尝谓其子公休曰：“贾竖藏货贝，儒家惟此耳，然当知宝惜！吾每岁以上伏及重阳间，视天气晴明日，即设几案于当日所，侧群书其上，以曝其脑，所以年月虽深，终不损动。至于启卷，必先视几案洁净，藉以茵褥，然后端坐看之。或欲行看，即承以方版，未尝敢空手捧之，非惟手汗渍及，亦虑触动其脑。每至看竟一版，即侧右手大指面，衬其沿而覆，

以此指面捻而挟过，故得不至揉熟其纸。每见汝辈多以指爪撮起，甚非吾意。今浮屠、老氏，犹知尊敬其书，岂以吾儒反不如乎？当宜志之。”

可见司马光珍惜书籍到了无以复加的地步，其成为一代文豪自不难理解。

而孙枝蔚的《示儿燕》中却主张不要过分爱惜书籍，“看坏一本，不妨更买一本”。这不是为藏书计，而是为读书计，真正读懂书籍，掌握了知识，看坏几本书又有何妨？书中自有千钟粟！同时，孙枝蔚还告诫儿子读书须圈点，这样便于钻研和加深理解，这也是古人读书必采用的手法，犹如今天动手写按语、做笔记等。在图书印刷业发达的今天，孙枝蔚的主张值得我们借鉴。

名言警句

年富力强，却涣散精神，肆应于外，多事无益妨有益，将岁月虚过，才情浪掷。

与子侄书

毛先舒

作者简介

毛先舒（1620—1688），初名骙，字稚黄，浙江钱塘（今浙江杭州市）人。明季诸生。出陈子龙门。入清弃举业，未仕进，有文名，名列西泠十子。尝从刘宗周讲学，为洪骙师。其诗音节浏亮，有七子余风。论诗主学古而不摹古，所谓学诗如学书，先求其似，然后求其不似。长于音韵学研究，与毛奇龄、毛际可齐名，时称“浙中三毛，文中三豪”。《清史稿》有传。有《思古堂集》《韵学通指》《韵白》等。

年富力强，却涣散[1]精神，肆应于外[2]，多事无益妨有益，将岁月虚过，才情浪掷[3]；及至晓得收拾精神[4]，近里着己[5]时，而年力向衰，途长日暮[6]，已不堪发愤有为矣。回而思之，真可痛哭！汝等虽在少年，日月易逝，斯言常当猛省。

——《写心集》

注释

1 涣散：离散，分散。
2 肆应于外：极力应付外界无益的事情。肆，极力。
3 才情浪掷：才华徒然地抛弃了。才情，才华、才思。浪，轻率、徒然。
4 收拾精神：收聚精神。收拾，收聚。
5 近里着己：意谓使精神靠近心里，附着于身。
6 途长日暮：路途还很长，而太阳已西下，比喻年龄老大，距离事业有成尚远。

大意

你们现在年富力强，却分散精神，极力应付外界无益的事情，多事不仅无益而且会妨碍有益的事情，将岁月虚度，把才华徒然地抛弃了；到了懂得收聚精神，使它靠近心里而附着于身的时候，年龄气力却将要衰败，就像路途还很长，而太阳已西下，已经不能发愤用功有所作为了。回首反思，真是令人痛哭流涕！你们虽然还在少年时代，但时间容易流逝，这些话经常应当严格反省检查。

导读

一日之时在朝，一年之时在春，一生之时在少壮

这封家书短小精悍，作者以肺腑之言、切身之感谈了一个历代都有人谈的问题——惜时。

先秦典籍中记述应当爱惜光阴的文字难以备述。人们所熟悉的如孔子的名言“逝者如斯夫，不舍昼夜”（《论语·子罕》），“日月逝矣，岁不我与”（《论语·阳货》）；屈原的名句“汩余若将不及兮，恐年岁之不吾与。……惟草木之零落兮，恐美人之迟暮”（《离骚》）；《学记》则言“时过然后学，则勤学而难成”。而《汉

乐府·长歌行》则以精练的文字概括为："少壮不努力，老大徒伤悲。"清人吴淇《选诗定论》对此作了精辟的阐释："（此诗）全于时光短处写长。人有一日之时，有一年之时，有一生之时。一日之时在朝，一年之时在春，一生之时在少壮。之三时者，以为甚长而玩愒则短，以为甚短而勤修则长也。……苟自甘暴弃，谓今日不修而有来日，今年不修而有来年，乃日复一日，年复一年，冉冉老至，恰如逝水赴海，岂有复西之日哉！轻弃重宝，那不悲伤！"

《颜氏家训·勉学》中有一段文字，以大量的例证说明了幼年刻苦读书学习，更易发愤有为，引录于下：

> 人生幼小，精神专利，长成已后，思虑散逸，固须早教，勿失机也。吾七岁时，诵《灵光殿赋》，至于今日，十年一理，犹不遗忘；二十之外，所诵经书，一月废置，便至荒芜矣。然有人坎壈，失于盛年，犹当晚学，不可自弃。孔子云："五十以学《易》，可以无大过矣。"魏武、袁遗，老而弥笃，此皆少学而至老不倦也。曾子七十乃学，名闻天下；荀卿五十，始来游学，犹为硕儒；公孙弘四十余，方读《春秋》，以此遂登丞相；朱云亦四十，始学《易》《论语》，皇甫谧二十，始受《孝经》《论语》，皆终成大儒，此并早迷而晚寤也。世人婚冠未学，便称迟暮，因循面墙，亦为愚耳。幼而学者，如日出之光，老而学者，如秉烛夜行，犹贤乎瞑目而无见者也。

名言警句

聪明当用于正，亲师取友，并归一路，则为圣贤，为豪杰，事半而功倍。

与子世侃书

魏 禧

作者简介

魏禧（1624—1681），字冰叔，一字叔子，江西宁都人。明末诸生，明亡后绝意仕进，隐居本邑翠微峰山中，名其室为“易堂”。康熙十七年（1678），诏举博学鸿儒，禧以疾辞，有司催就道，不得不舁疾至南昌就医，巡抚验禧之疾，禧蒙被卧，称疾笃，乃放归。禧形体修颀，目光射人，性仁厚，宽以待人，不记人过。喜读史，尤好《左传》及苏洵文。长于散文，为文凌厉雄杰，与兄际瑞、弟礼以文章称名于世，号为“宁都三魏”。《清史稿》有传。有《魏叔子文集》《魏叔子诗集》。

自出门后，三次大病，参药之费，计五十金。七月光福[1]一病，仅存皮骨，揽镜[2]以照，陡然心惊。当沉疴[3]时，自念家死客死[4]，要有前定，然汝母无依，汝尚未婚娶成立，不能不动心耳。吾垂[5]六十无子，立汝为后，吾弟、吾弟妇阴驱显率[6]，使汝为吾子。然吾兄弟如一身，视诸子[7]不大异。古人于世父[8]、叔父并称父子，不称叔侄。即今汝为吾子，与未为子一间[9]耳，况吾兄弟乎？吾家世忠厚，征君积德力善，为乡里望人[10]。吾兄弟少好口语，舌锋铦利[11]，颇以此贾怨谤[12]。然未尝敢行一害人事，欺诈人财，败众以成私也。

汝资性略聪明，能晓事。夫聪明当用于正，亲师取友，并归一路，则为圣贤，为豪杰，事半而功倍。若用于不正，则适足以长傲、饰非、助恶，归于杀身而败名。不然，即用于无益事。小若了了[13]，稍长，锋颖[14]消亡，一事无成，终归废物而已。吾以家贫负石田[15]出游，自念老矣，欲为汝营婚娶，不以债负相遗[16]。不能家居教汝，又去吾庐[17]叔父远，少督责。汝母妇人，多姑息[18]之爱。吾以此耿耿[19]于心也。

吾先代来称素封[20]者八世，至征君家声益大。吾兄弟以文学为当路[21]所礼，又肯出气力为人，故门第虽小，在僻邑中尝若气焰[22]，族里姻友于汝兄弟辈多礼貌，优容[23]其失。汝勿以此为得意。夫吾何德何能于姻族，而姻族乃折节[24]包荒若此？吾惧乎有失而背督之者相倍蓰也[25]。吾幼补诸生[26]，长而有闻，今碌碌若此。汝辈不逮吾不知几寻[27]丈，敢长傲乎？孔子曰："后生可畏，焉知来者之不如今也。四十五十而无闻焉，斯亦不足畏也已。"[28]吾手所提抱人，今为祖父者，不知凡几。汝童而长，壮以老，直旦暮间事。吾家五世无六十上人，他日思吾言始知之。父母爱子均，然妇人尤望其子之孝顺，汝事母大小节宜加意。溪水泛涨不时，当慎出入，守先生约束。花源[29]亦可督之习字也。庚申[30]八月朔日，力疾书于吴门[31]之桃花坞[32]。

——《魏叔子文集》

注释

1 光福：山名，山上有南朝梁大同年间建造的光福寺，在今江苏苏州市西南。

2 揽镜：拿起镜子。

3 沉疴：病重。

4 客死：死在他乡。

5 垂：将及。

6 阴驱显率：含蓄地催促和明显地开导。

7 诸子：诸儿。

8 世父：伯父。《尔雅·释亲》："父之冕（昆）弟，先生为世父，后生为叔父。"

9 一间：非常接近，所差无几。间，间隙。

10 "征君"二句：征君，指曾受朝廷征聘而不就的隐士，这里指魏禧之父魏兆凤。魏兆凤，字天民，以孝闻，好急人之难，明崇祯初，荐举征辟皆不就。望人，有名望的人。

11 舌锋铦（xiān）利：说话尖刻。铦，锋利。

12 贾（gǔ）怨谤：招致别人的怨恨诽谤。贾，原意指买卖，引申为招致。

13 了了：聪明伶俐。

14 锋颖：锐气。

15 石田：石砚。负石田出游，比喻出外坐馆或卖文维持生活。

16 不以债负相遗：不把债务留给儿子。

17 吾庐：我的住宅，引申为故乡。

18 姑息：无原则的宽容。

19 耿耿：烦躁不安的样子。

20 素封：无官爵封邑而拥有资财的富人。

21 当路：当仕路，指掌权者。

22 气焰：火始燃烧之势，比喻人的气势。

23 优容：宽容。《汉书·鲍宣传》："上以宣名儒，优容之。"

24 折节：屈己下人。

25 吾惧乎有失而背督之者相倍蓰（xǐ）也：我惧怕我有错失而使得背离我、责备我的人要比宽容我的人多出一倍、五倍啊。蓰，五倍。

26 幼补诸生：据《清史稿》本传载，魏禧"年十一补县学生"。

27 寻：八尺为寻。

28 "孔子曰"五句：语出《论语·子罕》，杨伯峻《论语译注》："孔子说：'年少的人是可怕的，怎能断定他的将来赶不上现在的人呢？一个人到了四五十岁还没有什么名望，也就值不得惧怕了。'"

29 花源：人名。

30 庚申：指清康熙十九年（1680）。

31 吴门：苏州的别称。

32 桃花坞：在今江苏苏州市。

大意

（我）自从出门以后，大病了三次，医药的费用，共计五十金。七月在光福一病，仅剩下皮包骨头，拿起镜子而一照，心里猛地一惊。正当病重时，自己想死于家中还是死在他乡，必有定命，但是你的母亲没有依靠，你还没有结婚成人，我不能不想到这些啊。我将近六十岁没有儿子，立你为后嗣，我弟、我弟妻含蓄地催促、明白地开导，让你做我的儿子。但是我们兄弟亲如一人，对待诸儿不太有差异。古人对伯父、叔父都称父子关系，不称叔侄。即使现在你成了我的儿子，同没有成为我的儿子所差无几，何况我们本来就是亲兄弟啊？我魏家世代忠厚，我父亲积累德行、尽力为善，是乡里有名望的人。我们兄弟自小喜欢言语，说话尖刻，因此招致了太多的怨恨诽谤。但是不曾敢做过一件害人的事，欺诈他人的财物，败坏众人而成就私欲。

你的资质比较聪明，能明白事理。聪明要用在正道上，亲近师长和交接朋友，都要归于同一路人，如此做圣贤，做豪杰，可以事半而功倍。如果不把聪明用在正道上，那么恰恰能够增长傲气、掩饰过失、助长恶气，最终是身败名裂。再不然，就是用于那些无益处的事上。小时好像聪明伶俐，稍稍长大，锐气就消亡了，一事无成，最终成了无用的废物罢了。我由于家贫背着石砚出外谋生，自己觉得已年老了，想为你谋划结婚娶妻，不把债务留给你。因此不能居家教诲你，距离老家叔父又远，缺少对你的督促责备。你母是妇道人家，多有无原则的慈爱。我因此耿耿于怀啊。

我家从前代以来与有官爵封邑之家一样富有的已有八代，到我父亲时，魏家的声望更大了。我们兄弟由于文章学问被执政者礼遇，又肯出力气帮助他人，所以门第虽然小，但在穷乡僻壤中曾很有势力，族人亲朋对我们兄弟一辈人很有礼貌，宽容我们的过失。你不可因此而洋洋得意。我于亲朋族人有何德何能，而亲朋族人竟屈己宽容到了如此地步？我害怕因我有错失而背离我、责备我的人要比宽容我的人多出一倍、五倍啊！我幼年就补县学生，长大后而有文名，现在碌碌无为到了如此境地。你辈不如我不知差几尺几丈，还敢滋长傲气吗？孔子说："后生可畏，怎能断定他的将来赶不上现在的人呢？一个人到了四五十岁还没有什么名望，也就不值得敬畏了。"我亲自抱携过的人，今天已做了祖父的，不知总共有多少。你由童年到长大，由壮年进入老年，不过是早晚的事。我家五代没有活到六十以上的人，将来你思考我的话才可以懂得。父母爱儿子都一样，妇人尤其希望儿子孝顺，你侍奉母亲大小环节应该注意。溪水不时地泛涨，出入应当谨慎，遵守先生的约束。花源也可督促他学字。庚申八月初一，尽力快写于吴门桃花坞。

导读

忠厚是传家的法宝

这是魏禧于衰病之年写给嗣子世侃的一封家信。作者或许有预感将不久于人世，所以对世侃的前途十分关切。作者详述了魏门八世"素封"的原因是"忠厚"，"未尝敢行一害人事，欺诈人财，败众成私"，期望儿子以忠厚传家之意不言而喻。他还针对儿子资性聪明这一点，指出聪明要用在正道上，否则，聪明恰恰可以"长傲、饰非、助恶"，甚至于"杀身而败名"。可见，聪明虽不是坏事，但用聪明去干坏事，那比愚蠢还要可怕。末尾作者还以儿子熟知的事例说明要珍惜光阴，同样是值得参照、提倡的。

名言警句

人生孰无死？贵得死所耳！

狱中上母书

夏完淳

作者简介

夏完淳（1631—1647），字存古，号灵首，松江华亭（今上海松江县）人。夏允彝之子，以陈子龙为师。他聪明早慧，八岁即能赋诗，且好谈边关大事。1645年，清兵进军江南，他随父在松江抵抗清军。松江陷落，其父、其师先后殉难，他继续在江、浙一带进行抗清活动。后因托人向鲁王上表谢授中书舍人事，被人告发，遭到逮捕。解送南京后，在公堂上怒斥降清明将洪承畴，慷慨赴死，年仅十六岁。其诗文或怀念明朝的沦亡，或指斥统治者的腐朽，或追忆死难烈士，或抒发抗清怀抱，悲壮凄楚，慷慨激昂。有《夏完淳集》。

不孝完淳今日死矣，以身殉父[1]，不得以身报母矣！痛自严君见背[2]，两易春秋[3]，冤酷日深，艰辛历尽。本图复见天日，以报大仇，恤死荣生[4]，告成黄土[5]。奈[6]天不佑我，钟虐先朝[7]，一旅才兴，便成齑粉[8]。去年之举，淳已自分[9]必死，谁知不死，死于今日也。斤斤[10]延此二年之命，菽水之养[11]，无一日焉。致慈君托迹于空门，生母寄生于别姓[12]。一门漂泊，生不得相依，死不得相问。淳今日又溘然先从九京[13]，不孝之罪，上通于天。呜呼！双慈在堂，下有妹女，门祚衰薄，终鲜兄弟[14]。淳一死不足惜，哀哀八口，何以为生？

虽然，已矣[15]。淳之身，父之所遗，淳之身，君之所用，为父为君，死亦何负于双慈？但慈君推干就湿[16]，教礼习诗，十五年如一日。嫡母慈惠，千古所难，大恩未酬，令人痛绝。慈君托之义融女兄[17]，生母托之昭南女弟[18]。淳死之后，新妇遗腹得雄[19]，便以为家门之幸，如其不然，万勿置后[20]。会稽大望[21]，至今而零极矣，节义文章，如我父子者几人哉？立一不肖后，如西铭先生[22]为人所诟笑，何如不立之为愈耶？呜呼！大造茫茫，总归无后[23]，有一日中兴再造[24]，则庙食千秋[25]，岂止麦饭豚蹄[26]不为馁鬼而已哉！若有妄言立后者，淳且与先文忠在冥冥诛殛顽嚚[27]，决不肯舍！兵戈天地，淳死后，乱且未有定期，双慈善保玉体，无以淳为念。二十年后，淳且与先文忠为北塞之举[28]矣。勿悲，勿悲，相托之言，慎勿相负。武功甥[29]将来大器，家事尽以委之。寒食、盂兰[30]，一杯清酒，一盏寒灯，不至作若敖之鬼[31]，则吾愿毕矣。新妇结缡[32]二年，贤孝素著，武功甥好为我善待之，亦武功渭阳情[33]也。

语无伦次，将死言善[34]。痛哉！痛哉！人生孰无死？贵得死所耳[35]！父得为忠臣，子得为孝子，含笑归太虚[36]，了我分内事。大道本无生，视身若敝屣[37]；但为气所激，缘悟天人理[38]。恶梦十七年，报仇在来世。神游天地间，可以无愧矣！

——《夏节愍全集》卷八

注释

1 殉父：指为追随父亲而死。

2 严君见背：父亲去世。严君，《周易·家人》："家人有严君焉，父母之谓也。"后专用以称父，故有"严父慈母"之说。见背，死的委婉说法，夏允彝于顺治二年（1645）因抗清失败而投水殉国。

3 两易春秋：已过了两年。易，更换。夏完淳于1647年被捕，距其父殉难的1645年恰好两年，故云。

4 恤（xù）死荣生：使已死的得到朝廷抚慰，使活着的感到荣显。

5 告成黄土：以复国成功的消息告慰埋于黄土之下的父亲。告成，语出《诗·大雅·江汉》："经营四方，告成于王。"《疏》："告其成功于宣王也。"黄土，指先人坟墓。

6 奈：无奈，怎奈。

7 钟虐先朝：聚集所有的灾祸于明朝。钟，聚集。虐，灾祸。

8 "一旅"二句：指1646年作者与老师陈子龙、岳父钱栴在太湖起兵抗清，上书驻扎在绍兴的鲁王朱以海，鲁王授夏完淳中书舍人之职，不久兵败；夏完淳又参加了由吴易率领的太湖一带的抗清军，任参谋之职，但不久又遭失败。齑粉，粉末，比喻失败。

9 自分（fèn）：自己估计。

10 斤斤：仅仅。

11 菽水之养：指贫寒人家的子女对父母菲薄的供养。菽水，豆和水。意谓即使给长辈以最微薄的食物，但能博得长辈的欢心，这也算是孝子。

12 "致慈君"二句：慈君，即慈母，指夏允彝的正妻、夏完淳的嫡母盛氏。空门，佛门。夏允彝殉国后，盛氏弃家削发，托身于尼庵。生母，指夏允彝之妾、夏完淳的生身母亲陆氏。夏允彝殉国后，陆氏寄居在异姓亲戚家。

13 九京：即九原，比喻坟墓。

14 "门祚（zuò）"二句：门，门第。祚，福。鲜，少。

15 虽然，已矣：即使如此，死就死了吧。虽，即使。

16 推干就湿：把子女推到床上干的地方，而自己睡在孩子尿湿了的地方。《孝经援神契》："母之于子也，鞠养殷勤，推燥居湿，绝少分甘。"用来形容父母抚育子女的辛劳。

17 义融女兄：指作者的姐姐夏淑吉，号义融。女兄，姐姐。《说文解字》："姊，女兄也。"

18 昭南女弟：指作者的妹妹夏惠吉，字昭南。女弟，妹妹。

19 新妇遗腹得雄：妻子生下的遗腹子若是男孩。新妇，指作者结婚始两年的妻子钱秦篆。遗腹，即遗腹子，丈夫死后妻子生出的孩子。雄，男孩。

20 置后：指以他人之子承继为己子。

21 会稽大望：会稽的大族。会稽，指会稽郡，松江县属会稽郡所辖，治所在今浙江绍兴。大望，有名望的大门族。

22 西铭先生：指张溥，字天如，号西铭，明末复社领袖，太仓人，崇祯四年（1631）进士，是夏允彝的至交、夏完淳的老师。张溥卒时年仅四十，无子，友人钱谦益代为立一嗣子，名永锡，意在希望他能继承张溥的遗风。文中所言"为人所诟笑"，大概是指永锡不贤。

23 “大造”二句：只要明室不复，对个人来说，就谈不上有后嗣。大造，指复明的大业。

24 中兴再造：指明朝的复兴。中兴，衰而复兴。再造，重新创建。

25 庙食千秋：永远在祠庙中享受祭祀。庙食，有功于国者死后，朝廷为之立庙祭祀。

26 麦饭豚蹄：面食和猪蹄，是祭奠死者的简单食品。

27 “淳且与”一句：先文忠，指作者已死的父亲夏允彝，允彝死后谥曰“文忠公”。诛殛（jí），诛杀。顽嚚（yín），愚妄无行。

28 北塞之举：指在北方起事，驱逐清军。塞，边塞。

29 武功甥：指作者的外甥侯檠，字武功，夏淑吉之子，比夏完淳小六岁。夏完淳曾把家事和复国大事寄托在他身上，但武功于十七岁时夭折。

30 寒食、盂兰：寒食节与盂兰节。寒食，节令名，在清明节前一二日，这一天不烧火做饭而吃凉食，故称寒食。旧俗于寒食清明祭扫先人坟墓。盂兰，俗称“鬼节”，农历七月十五日延请僧人诵经，施舍饿鬼。盂兰本古印度语，解救众生苦难之意。

31 若敖之鬼：没有后嗣的饿鬼。

32 结缡（lí）：指结婚。缡，旧时妇女出嫁时覆面之巾。

33 渭阳情：甥舅之间的情谊。渭阳，陕西渭水之阳。春秋时晋公子重耳亡命于秦，后来归国时其甥秦康公送行，赠别诗中有“我送舅氏，曰至渭阳”之句（见《诗经·秦风·渭阳》），后世遂用“渭阳”指代甥舅。

34 将死言善：人将死时说的话是善意的。

35 贵得死所耳：贵在死得其所罢了，形容死得有价值。

36 归太虚：归天。太虚，天上。

37 “大道”二句：意谓世上本无所谓生死的界限，所以把自己的身躯视若破鞋，可以随时随地抛弃而不可惜。

38 缘悟天人理：由此悟出了天道和人事的道理。缘，因。

大意

不孝儿完淳今日死了，以身追随父亲而死，再不能够以身报答母恩了！悲痛的是自从严父遇难，迄今已过了两年，冤仇和痛苦一天天地加深，历尽了艰难苦辛。本来希望重见光明，以报国破家亡的大仇，使死者得到朝廷的抚慰、使生者感到荣显，以复国成功的消息告慰埋于黄土之下的父亲。怎奈上天不佑助我，聚集所有的灾祸于明朝，一支抗清的军队刚刚兴起，便成了碎屑粉末。去年抗清的举动，完淳已估计自己必死无疑，谁知道未能身死，却死在了今日。仅仅延续了两年的性命，微薄的奉养，也没有一天的报答。致使嫡母寄托踪迹于佛门，生母寄住在异姓亲戚家中。满门人口漂泊四处，活着不能相互依靠，死了不能相互慰问。完淳今日又突然先去九原之下，不孝的罪过，大得上接于苍天。唉呀！嫡母生母尚在堂上，堂下只有妹妹和小女，家门衰微而福分浅薄，又没有兄弟。完淳一人死去不值得惋惜，苦苦活着的八口家人，将依靠谁而生存？

即使如此，我死就死了吧。完淳的身子，乃是父亲所遗留下的，完淳的身子，乃是为明君所任用的，为了父亲、为了明君，死了又有什么地方对不起两位母亲呢？然而母亲辛苦地拉扯儿长大，教儿礼仪而学习诗书，十五年如一日。嫡母慈善贤惠，千古都难以一遇，大恩未能报答，令儿肝肠寸断。谨将嫡母托付给义融姐姐，生母托付给昭南妹妹。完淳死了之后，我妻子生下遗腹子若是男孩，便以此为夏门的荣幸，如果不是这样，千万不要为我过继后嗣。会稽郡有声望的大族，到如今已萧条零落到了极点，而道德和文章，像我父子者有几个人呢？立一不肖后嗣，如西铭先生那样，被人所指责嘲笑，比起不过继立嗣哪个更好些呢？唉呀！若明室不复，对个人来说就谈不上有后嗣，若有一天衰而复兴再造明室，就会永远在祠庙中享受祭祀，岂止是享用面食和猪蹄，不做饿鬼而已呢！如果有人乱说为我立后嗣，完淳将与先父一起在阴曹地府之中诛杀这样愚妄无行之人，决不会放过他的！如今战乱遍地，完淳死后，战乱不知何时终止，嫡母生母好好地保护贵体，不要因完淳之死而念念不忘。二十年后，完淳将与先父在北方起事驱逐清军。不要伤悲，不要伤悲，相托的话语，千万不要违背！武功外甥将来会成大材，家门之事全部委托于他。寒食、盂兰时节，祭我以一杯清酒，一盏寒灯，不至于让我做像楚国若敖那样没有后代的饿鬼，那么我的心愿就全达到了。我妻与我结婚两年，素来以贤惠孝顺著称，武功外甥好好地替我照顾她，也算是武功与舅舅之间的情谊吧。

我说得语无伦次，但将死之人的话是善意的。悲痛啊！悲痛啊！人生一世谁能没有死呢？可贵的是死得其所罢了！父亲能够做忠臣，儿子能够做孝子，含笑归于上天，了结我本分以内的事情。世上本无所谓生与死的界限，所以把自己的身躯视若破鞋；人的生命是由于气的激扬而成，由此悟出了天道和人事的道理。回忆十七年的人间生活如同一场恶梦，报仇雪恨且待来世。神魂游荡于天地之间，可以说此生无愧了。

导读

忠孝不能两全，先尽忠，来生再尽孝

历史表明，每当改朝换代之际，总会涌现出一批为旧朝舍生取义的志士仁人。夏完淳即为其中的一员。

夏完淳既是一位少年民族英雄，又是一位才华横溢的文人。他五岁即知书史，九岁就著有诗赋文集《代乳集》。十四岁跟随父亲夏允彝、老师陈子龙参加抗清活动，受到父、师的良好教育和影响。实际的生活锻炼和国破家亡的深刻体会，发为文章，伤时感事，慷慨悲哀，血泪交迸，感人肺腑。

《狱中上母书》写于南京狱中，可以说是作者的绝笔。作者一下笔即揭露出忠孝不能两全的矛盾，出语沉痛至极。夏完淳对双慈的感情很深，文中多处写及。他伤感自己为国事奔走，生时对慈母无一日之养，死后家门萧条，想念及此，悲痛至极。但联系到国家命运，他认为自己死得其所。在这里，忠和孝、报国和殉父，高度地统一了起来，视死如归的英雄气概跃然纸上。

作者对家事的叮嘱托付写得催人泪下。先谈与母亲妹女诀别，

“淳一死不足惜，哀哀八口，何以为生？”但转而想到：“为父为君，死亦何负于双慈？”于是化悲痛为报国的力量，这既是对死者的激励，也是对生者的开导。因为“终鲜兄弟”，所以只得将“慈君托之义融女兄，生母托之昭南女弟”。而妻子身怀有孕，他希望“新妇遗腹得雄”，认为这是“家门之幸”；若其不然，他斩钉截铁地叮嘱“万勿置后”，因为国家正值“兵戈天地”，作者耳闻目睹了不少不肖子孙卖国求生的事例，特地举出自己的老师张溥“置后”而“为人所诟笑”的典型例证。再说国将不国，又何谈后嗣？如果日后大明江山得以恢复，那么自己为国殉难会被立庙祭祀，享受到的祭品一定会比子孙们的“麦饭豚蹄”好得多，多得多。作者还严厉地留言：“若有妄言立后者，淳且与先文忠在冥冥诛殛顽嚚，决不肯舍！”断子绝孙何足惜？我夏完淳乃是为国而死，死得其所！真可谓气壮山河。在“不孝有三，无后为大”的封建时代，像夏完淳这样视死如归、父子捐躯而不计后嗣者尚有谁人？怎能不令人肃然起敬？

虽然如此，作者对妻子的挂念仍然不已，他嘱托外甥为他主管家事，善待舅母，弥补一下不能照看的遗憾。我们可以看出，夏完淳对妻子的感情是很真挚的，但由于是报母亲的家书，所以对妻子的感情只是略略一提及便戛然收笔，没有过多地体现出儿女态。而在狱中写给妻子的《遗夫人书》中则写得情真意切，哀感顽艳：

> 三月结缡，便遭大变，而累淑女相依外家。未尝以家门盛衰，微见颜色。虽德曜齐眉，未可相喻。贤淑和孝，千古所难，不幸至今，吾又不得不死；吾死之后，夫人又不得不生。上有双慈，下有一女，则上养下育，托之谁乎？然相劝以生，复何聊赖！芜田废地，已委之蔓草荒烟；同气连枝，原等于隔肤行路。青年丧偶，才及二九之期；沧海横流，又丁百六之会。茕茕一人，生理尽矣！

鸣呼！言至此，肝肠寸断。执笔心酸，对纸泪滴，欲书则一字俱无，欲言则万般难吐。吾死矣！吾死矣！方寸已乱！平日为他人指画了了，今日为夫人一思究竟，便如乱丝积麻。身后之事，一听裁断，我不能道一语也！停笔欲绝！去年江东储贰诞生，各官封典俱有，我不曾得。夫人，夫人！汝亦先朝命妇也。吾累汝，吾误汝！复何言哉？呜呼！见此纸如见吾也，外书奉秦篆细君。

读来催人泪下，夏完淳既是大丈夫、少年英雄，又是血肉之躯的人父人夫。

临难上报家书，作者仍不忘“中兴再造”“为北塞之举”，二十年后又是一条好汉的壮志至死不渝。末段韵语，反复强调“人生孰无死，贵得死所耳”，“报仇在来世”，具有惊心动魄的力量。形式整齐、语调平缓、类似五言诗的文字，仿佛令人看到夏完淳引颈就戮时含笑傲视、从容自若的伟岸形象。这与他的名作《别云间》如出一辙：

三年羁旅客，今日又南冠。
无限山河泪，谁言天地宽。
已知泉路近，欲别故乡难。
毅魄归来日，灵旗天际看。

俗语言：自古英雄出少年。信哉！

名言警句

世间会打算的，何曾打算得别人一点，直是算尽自家耳！

雍正十年杭州韬光庵中寄舍弟墨

郑　燮

作者简介

郑燮（1693—1766），字克柔，号板桥居士，以号知名于世。江苏兴化人。乾隆元年（1736）进士。历官山东范县、潍县知县。在潍县任时，遇大饥荒，开仓赈民。乾隆十八年（1753）又以请赈触怒上司，于是辞官归田。晚年寄寓扬州卖画度日，《清史列传》有传。郑板桥性格落拓不羁，愤世嫉俗，倔强不驯。在文学上，诗、词、文都有一定成就。在书画上成就更大，是著名的“扬州八怪”之一。马宗霍《书林藻语·松轩随笔》说：“板桥有三绝，曰画、曰诗、曰书。”

谁非黄帝、尧、舜之子孙？而至于今日，其不幸而为臧获[1]，为婢妾，为舆台、皂隶[2]，窘穷迫逼，无可奈何。非其数十代以前即自臧获、婢妾、舆台、皂隶来也。一旦奋发有为，精勤不倦，有及身而富贵者矣，有及[3]其子孙而富贵者矣，王侯将相岂有种乎[4]！而一二失路名家[5]，落魄贵胄[6]，借祖宗以欺人，述先代而自大。辄曰：“彼何人也，反在霄汉[7]；我何人也，反在泥涂[8]。天道不可凭，人事[9]不可问。”嗟呼！不知此正所谓天道人事也。天道福善祸淫[10]，彼善而富贵，尔淫而贫贱，理也，庸[11]何伤？天道循环倚伏[12]，彼祖宗贫贱，今当富贵；尔祖宗富贵，今当贫贱，理也，又何伤？天道如此，人事即在其中矣。愚兄为秀才时，检家中旧书簏[13]，得前代家奴契券[14]，即于灯下焚去，并不返诸其人。恐明与之，反多一番形迹，增一番愧恧[15]。自我用人，从不书券，合则留，不合则去，何苦存此一纸，使吾后世子孙，借为口实[16]，以便苛求抑勒[17]乎！如此存心，是为人处，即是为己处。若事事预留把柄，使入其网罗，无能逃脱，其穷愈速，其祸即来，其子孙即有不可问之事、不可测之忧。试看世间会打算的，何曾打算得别人一点，直是算尽自家耳！可哀可叹，吾弟识[18]之。

——《郑板桥集》卷一

注释

1 臧获：奴婢的贱称。
2 舆台、皂隶：舆台，指地位低微的人。古代分人为十等，舆为第六等，台为第十等。皂隶，奴隶。
3 及：赶上。
4 王侯将相岂有种乎：语出《史记·陈涉世家》，意谓王侯将相不是天生的。
5 失路名家：处于穷途末路的名门世家。失路，比喻不得志。
6 落魄贵胄：困厄不遇的贵族后代。贵胄，指贵族子弟。
7 霄汉：云霄和天河，这里比喻高位。
8 泥涂：泥泞的道途，这里比喻低位。涂，同“途”。
9 人事：人世间的事情，这里指人的离合、存亡、遭遇等情况。
10 福善祸淫：赐福给善良之人，降祸给淫乱之人。
11 庸：岂，何必。
12 天道循环倚伏：意谓天道循环往复，事物互相转化。

13 书簏（lù）：书箱。

14 家奴契券：家中奴仆的卖身契约。

15 愧恧（nǜ）：惭愧。

16 口实：话柄，借口。

17 抑勒：欺压勒索。

18 识（zhì）：通“志”，记住。

大意

谁不是黄帝、尧、舜的子孙呢？但到了今天，那些不幸沦为奴仆、婢妾、奴隶一般低下的人，生活艰难而为生计所逼，毫无办法。并非他们数十代以前就是奴仆、婢妾、奴隶一般低下的人。一旦他们振奋精神有所作为，专心勤劳，不倦地努力，有人就会自己富贵起来，有人到了他们的子孙那时就会富贵起来，王侯将相，难道有天生的贵种吗？可是少数处于穷途末路的名门世家，困厄不遇的贵族子弟，借祖宗的名声欺压他人，标榜前代的功绩而自高自大。他们动不动就说：“他们算什么东西，反而高高在上；我是什么人，反而地位卑下。天道靠不住，人世间的事情无法探问。”哎呀！殊不知这正是所谓天道人事啊。天道赐福给善良的人、降祸于淫乱的人，所以他善良而趋于富贵，你淫乱就沦为贫贱，这就是天理，何必伤感呢？天道循环往复、事物相互转化，他的祖宗原先贫贱，今天应当富贵起来；你的祖宗原先富贵，今天应当贫贱起来，这也是天理，又有什么伤感的呢？天道是这样，人事就包含在其中了。我做秀才的时候，翻检家里的旧书箱，找得从前家中奴仆们卖身的契约文书，就在灯下焚烧了，并不把契约还给他们。我担心当面交给他们，反而增多一重可疑的形迹，使他们增添一分惭愧。从我用仆人开始，从不书写契约，合意的就留下，不合意的就让他们离去，何苦要保存下一纸契约，让我的子孙后代以此为把柄，去进行苛求欺勒呢！这样想，是为他人打算，也正是为自己着想。如果事事都预先留好把柄，让人堕入圈套，无法逃脱，那么他的穷贱来得很快，他的灾祸马上就到，他的子孙就必然有不可探问的事情、不可预测的忧患。试看世间那些会打算的人，何曾算得别人一丁点儿，只不过是算尽自家罢了！令人哀伤悲叹，我弟要记住这些道理。

导读

不可借祖宗以欺人，述先代而自大

这封家书是雍正十年（1732）郑板桥游览杭州时写给堂弟郑墨的，当时郑板桥已届不惑之年，而郑墨年仅十六，于此可知郑板桥对弟弟的关爱和良苦用心。

家书中有两点十分值得注意，一是王侯将相不是天生的，人的富贵贫贱也不是永远长久的。贫贱者要想改变困境，须靠自己的“奋发有为，精勤不倦”，富贵可及自身及子孙；若一味怨天诅地，甚至“借祖宗以欺人，述先代而自大”，见不得他人发迹富贵，那永远会处于“泥涂”之境地，这是真正的“天道”和“人事”。二是提醒弟弟处世要存心宽厚，他以自己检翻旧书籍，翻得仆人卖身契约后立即焚烧，和自己用仆人从不书写契约二事告诫郑墨，如此行事，既是为人，更是为己，否则必有“不可问之事”“不可测之忧”，因为预留把柄，诱人入其圈套，最终结果是“算尽自家耳”，搬起石头砸自己的脚。这与《红楼梦》中的“机关算尽太聪明，反误了卿卿性命”如出一辙。始读之令人深思，细思之令人警悚。郑板桥在《自叙》中说：“板桥诗文，自出己意。理必归于圣贤，文必切于实用。”的确如此，处世存心宽厚与传统儒家思想中仁义待人、推己及人的观点是相通的，它在现实生活中也是实用的，奸诈小人最终没有好下场。

名言警句

夫才不才者，本也；考不考者，末也。

与弟香亭书

袁 枚

作者简介

袁枚（1716—1797），字子才，号简斋，别号随园老人，钱塘（今浙江杭州市）人。二十四岁中进士，入翰林散官，因满文考试成绩不佳，出为县令。曾任溧水、江浦、沭阳等县县令。后任江宁（今南京市）县令时，推行法制，不避权贵，有政声。后辞官，于南京小仓山筑“随园”，搜集书籍，写诗论文，优游其中五十年。《清史稿》有传。他反对拟古，创作讲求直抒性情，提倡“性灵说”，对当时文坛影响很大。其所著诗文颇多，作品能够直接表达生活实感，风格清新。与蒋士铨、赵翼并称“江右三大家”；又与纪昀并称，有“南袁北纪”之说。著有《小仓山房诗文集》《随园诗话》，笔记小说《子不语》（一名《新齐谐》）等。今人辑有《袁枚全集》。

阿通[1]年十七矣，饱食暖衣，读书懒惰。欲其知考试之难，故命考上元[2]以劳苦之，非望其入学也。如果入学，便入江宁籍贯，祖宗邱墓[3]之乡，一旦捐弃，揆之齐太公五世葬周之义[4]，于我心有戚戚焉[5]。两儿俱不与金陵人联姻，正为此也。不料此地诸生[6]，竟以冒籍[7]控官。我不以为怨，而以为德，何也？以其“实获我心”[8]故也。不料弟与纾亭[9]大为不平，引成例[10]千言，赴诉于县。我以为真客气[11]也。

夫才不才者，本也；考不考者，末也[12]。儿果才，则试金陵可，试武林[13]可，即不试亦可。儿果不才，则试金陵不可，试武林不可，必不试废业而后可。为父兄者，不教以读书学文，而徒与他人争闲气，何不揣其本而齐其末[14]哉！知子莫若父，阿通文理粗浮，与“秀才”二字，相离尚远。若以为此地文风不如杭州，容易入学，此之谓不与齐楚争强，而甘与江黄竞伯[15]，何其薄待儿孙，贻谋[16]之可鄙哉！子路曰：“君子之仕也，行其义也。”[17]非贪爵禄荣耀也。李鹤峰中丞之女叶夫人《慰儿落第诗》云：“当年蓬矢桑弧意，岂为科名始读书？”[18]大哉言乎！闺阁中有此见解，今之士大夫都应羞死。要知此理不明，虽得科名作高官，必至误国、误民，并误其身而后已。无基而厚墉，虽高必颠[19]，非所以爱之，实所以害之也。然而人所处之境，亦复不同，有不得不求科名者，如我与弟是也。家无立锥[20]，不得科名，则此身衣食无着。陶渊明云：“聊欲弦歌，以为三径之资。”[21]不得已也。有可以不求科名者，如阿通、阿长是也。我弟兄遭逢盛世，清俸之余，薄有田产，儿辈可以度日，倘能安分守己，无险情[22]赘行，如马少游所云“骑款段马，作乡党之善人”[23]，是即吾家之佳子弟，老夫死亦瞑目矣，尚何敢妄有所希冀哉！

不特[24]此也，我阅历人世七十年，尝见天下多冤枉事。有刚悍之才，不为丈夫而偏作妇人者；有柔懦之性，不为女子而偏作丈夫者；有其才不过工匠、农夫，而枉作士大夫者；有其才可以为士大夫，而屈作工匠、村农者。偶然遭际，遂戕贼杞柳以为桮棬[25]，殊可浩叹[26]！《中庸》先言“率性之谓道”[27]，再言“修道之谓教”，盖言性之所无，虽教亦无益也。孔、孟深明此理，故孔教伯鱼，不过学《诗》学礼[28]，义方[29]之训，轻描淡写，流水行云，绝无督责。倘使当时不趋庭、不独立，或伯鱼谬对以《诗》礼之已学，或貌应父命，退而不学《诗》，不学礼，夫子竟听其言而信其行[30]耶？不视其所以察其所安[31]耶？何严于他人，而宽于儿子耶？至孟子则云："父子之间不责善"，且以责善为不祥[32]。似乎孟子之子尚不如伯鱼，故不屑教诲，致伤和气，被公孙丑一问，不得不权词相答[33]。而至今卒不知孟子之子为何人，岂非圣贤不甚望子之明效大验哉？善乎北齐颜之推曰："子孙者，不过天地间一苍生耳，与我何与？而世人过于宝惜受护之。"[34]此真达人[35]之见，不可不知。

有门下士[36]，因阿通不考为我怏怏[37]者，又有为我再三画策者。余笑而应之曰："许由能让天下，而其家人犹爱惜其皮冠[38]。鹪鹩[39]愁凤凰无处栖宿，为谋一瓦缝以居之。诸公爱我，何以异兹？韩、柳、欧、苏，谁个靠儿孙俎豆者[40]？《箕畴》五福[41]，儿孙不与焉。"附及之，以解弟与纾亭之惑。

——《袁枚全集》

注释

1 阿通：是袁枚之弟袁香亭四十岁时所生之子，袁枚无子，过继为嗣。

2 上元：县名，唐置，属江宁府，

后并入江宁县。

3 邱墓：坟墓。邱，同“丘”。

4 揆（kuí）之齐太公五世葬周之义：揣度齐太公五世之后葬在周而终返齐国的道理。揆，揣度、推想。齐太公，即太公望、吕尚，姓姜，亦称姜子牙，通称姜太公。西周初辅助周文王、武王灭商，封于齐，是齐国的始祖。

5 于我心有戚戚焉：语出《孟子·梁惠王上》。意谓在我心里有同样的感受。戚戚，心动的样子。

6 诸生：明清时经省各级考试录取入府、州、县学者，称生员。生员有增生、附生、廪生、例生等名目，统称诸生。

7 冒籍：假冒籍贯。袁枚祖籍钱塘，不属上元籍贯，故诸生控以冒籍。

8 实获我心：实在说到了我的心坎上。语出《诗经·邶风·绿衣》：“我思古人，实获我心。”

9 纾亭：袁枚从弟。

10 成例：先例。

11 客气：意气用事。

12 “夫才不才者”二句：有才或无才，是根本；考试或不考试，是次要。

13 武林：即钱塘的别名。

14 不揣其本而齐其末：语出《孟子·告子下》：“不揣其本，而齐其末，方寸之木可使高于岑楼。”意谓如果不度量基地的高处是否一致，而只比较其顶端，那一寸厚的木块，若放在高处可以使它比尖角高楼还高。信中的“揣其本”指“教以读书学文”，“齐其末”指“徒与他人争闲气”。揣，测量、度量。

15 “此之谓”二句：齐、楚，周代两个大国名。江、黄，周代两个小国名。竞伯，争霸。伯，通“霸”。

16 贻谋：留下来的计策。

17 “子路曰”三句：语出《论语·微子》，意谓君子出来做官，只是尽应尽之责。

18 “当年”二句：诗意谓当年让儿读书是为了有志于四方，难道仅仅是为了考取功名吗？《礼记·内则》：“国君世子生……射人以桑弧蓬矢六，射天地四方。”桑弧，桑木做的弓。蓬矢，蓬梗做的矢。使射天地四方，寓志在四方之意。

19 “无基”二句：意谓没有基础而筑厚墙，即使再高也会倒塌。墉，墙。

20 立锥：比喻极小的地方。

21 “聊欲”二句：意谓姑且把做官得来的俸禄，作为日后退隐的日用。语出《宋书·陶潜传》。《论语·阳货》记孔子学生子游任武城宰，以弦歌为教民之具。后来诗文中以弦歌为出任邑令的典故。三径，指归隐后所居的田园。

22 险情：邪恶的情态。险，邪恶。

23 “如马少游”二句：马少游，东汉伏波将军马援的从弟。乡党，泛指乡里。

24 特：只，仅仅。

25 “遂戕贼”一句：戕贼，摧残、破坏。桮（bēi）棬（quān），用杞柳等木材制成的饮器。桮，同“杯”。

26 浩叹：长叹。

27 率性之谓道：依循本性而行叫作道。

28 “故孔”二句：所以孔子教育他的儿子伯鱼，不过学《诗》学礼。伯鱼，孔子的儿子孔鲤，字伯鱼。伯，老大。《论语·季氏》

载："（孔子）尝独立，鲤趋而过庭。曰：'学《诗》乎？'对曰：'未也。''不学《诗》，无以言。'鲤退而学诗。他日，又独立，鲤趋而过庭。曰：'学礼乎？'对曰：'未也。''不学礼，无以立。'鲤退而学礼。"下文"趋庭""独立"即指此。后因谓子承父教曰"趋庭"。

29 义方：做人的正道。

30 听其言而信其行：语出《论语·公冶长》。

31 视其所以察其所安：语出《论语·为政》。意谓考察一个人所结交的朋友，观察他为达到一定目的所采用的方法，了解他的心情，安于什么，不安于什么。

32 "父子之间"二句：语出《孟子·离娄上》："古者易子而教，父子之间不责善。责善则离，离则不祥，莫大焉。"意谓父亲教子往往心切，若没有达到自己的愿望，就会忿怒；父亲一忿怒，会伤害父子之间的感情。不祥，指父子之间产生隔阂是最不好的事。

33 "被公孙丑"二句：语出《孟子·离娄上》。公孙丑，孟子的弟子，曾向孟子提出"君子之不教子，何也"的问题，孟子说了前面的话。权词，随机应变的言词，即"父子之间不责善"云云。

34 "善乎"五句：颜之推（531—590以后），字介，琅玡临沂（今山东临沂市）人。本节文字出自其《颜氏家训》。

35 达人：明智通达之人。

36 门下士：指袁枚的弟子。

37 怏怏：不服气，不乐意。

38 "许由"二句：许由，古代传说中的高士，字武仲，颍川人。相传尧让天下于许由，许由不受，逃隐于箕山。皮冠，古时田猎之冠。

39 鹪（jiāo）鹩（liáo）：一种工于营巢的小鸟。

40 "韩柳"二句：韩，指韩愈。柳，指柳宗元。欧，指欧阳修。苏，指苏轼。俎豆，古代宴客、朝聘、祭祀用的礼器，引申为奉祀。俎，置肉的几。豆，盛干肉一类食物的器皿。

41 《箕畴》五福：据《史记·殷本纪》载，箕子是纣王诸父，封国于箕，故称箕子。纣暴虐，箕子谏不听，乃披发佯狂为奴，为纣所囚。周武王灭商，释箕子之囚，以箕子归镐京。今《尚书》有《洪范》篇，相传箕子为武王而作，故亦称《箕畴》。五福，人生的五种幸福。《尚书·洪范》："五福：一曰寿，二曰富，三曰康宁，四曰攸好德，五曰考终命。"

大意

阿通年龄十七岁了，吃得饱穿得暖，但读书却懒惰。我想让他知道科举考试的艰难，所以叫他去参加上元考试来使他劳苦，并非希望他能进入县学。如果一进入上元县学，就入了江宁籍贯，祖宗坟墓的故乡，一朝抛弃，我揣度齐太公五世之后葬在周而终返齐国的道理，在我内心里有同样的感觉。两个儿子都不与金陵人结婚，正因为这个原因。没想到这里的读书生员，竟然以假充籍贯的罪名把我控告到官府。我不因此怨恨他们，反而感激他们，为什么呢？因为这“的确是说到了我的心坎上”的缘故。没想到弟和纾亭很为此不平，援引先例成千字状子，跑到县里申诉。我认为这是意气用事啊。

因为有才无才，是根本的事；考试不考试，是次要的事。儿子如果的确有才，那么在金陵应试也行，在武林应试也行，即使不应试也可以。儿子如果确实无才，那么在金陵应试也不行，在武林应试也不行，一定不应试而最后荒废了学业才可以。为人父人兄的，不教他读书学文，而白白地与别人争闲斗气，为什么不抓住他的根本大事反而要做那些无谓的小事呢？了解儿子没有赶得上他父亲的，阿通写文章，文理粗疏轻浮，与“秀才”二字，还相差得远。如果认为这里的文风不如杭州，容易考入县学，这叫作不与齐、楚大国争强弱，而甘心与江、黄小邦争霸主，如此对待儿孙，留给他们的计策是多么的没有见识啊！子路说：“君子出来做官，只是尽应尽之责。”并不是贪图地位、俸禄和荣耀。李鹤峰中丞的女儿叶夫人有《慰儿落第诗》说：“当年蓬矢桑弧意，岂为科名始读书？”这说得多么深刻啊！女子中有这样的见解，现今的士大夫都应羞愧死了。要知道如果不明白这个道理，即使得到科名、做了高官，一定会达到误国、误民，最后误自己的地步才罢休。没有基础而筑厚墙，即使再高也会倒塌，这不是爱护他的方式，实在是伤害他的方式啊。但是人所处的境遇，也各不相同，有不得不求取科名的人，像我与弟弟你就是这样。因为家中连立锥之地都没有，不求取科名，那本身穿衣吃饭就没有着落。陶渊明说：“暂时想做官，得来的俸禄作为以后退隐的日用。”这是不得已啊。有可以不求取科名的人，像阿通、阿长就是这样。我们弟兄欣逢盛世，清廉的俸禄之余，略有田产，儿辈可以靠此度日，如果能够安分守己，不存险恶的心思、不做丑恶的事情，像马少游所说“骑着行走迟缓的马，作乡里称善的人”，这就是我们袁家的好子弟，我死也瞑目了，还怎么敢有非分的期望呢？

不仅如此。我经历人世七十年，曾见过天下多少冤枉事。有人坚强凶悍，不做大丈夫而偏要做妇人；有人秉性温柔懦怯，不做女子而偏要做大丈夫；有人的才气不过是工匠、农夫罢了，却白白地做了士大夫；有人的才气可以做士大夫，却屈他做工匠、村农。偶然的遭遇，就砍下杞柳做成杯子，实在令人感叹不已！《中庸》有言说“依循本性而行叫作道”，又说“学习道叫作教”，大概是说天性中所没有的，即使教育也没有益处。孔子、孟子深深明白这个道理，所以孔子教育儿子伯鱼，不过是学《诗》学礼罢了，而对做人的正道的教育，却轻描淡写，如河里流的水和天上飘的云，任他自由自在，绝没有督促和斥责。如果伯鱼当时不经过庭院、孔子不独立庭中，或者伯鱼以已学过《诗》、礼的谎话回答孔子，或表面上答应孔子之命，回去后不学《诗》、不学礼，孔子难道会听到他的话就能相信他的行为吗？不去考察他所交结的朋友、了解他的心态吗？为什么对别人严厉，却对儿子那么宽恕呢？到了孟子就点明说：“父子之间不督责儿子为善”，而且认为以督责儿子为善是不好的。似乎孟子的儿子还不如伯鱼，所以孟子不屑于教诲儿子，以致伤了和气，被公孙丑一问，不得不以随机应变的言词相回答。而到现在仍不知道孟子的儿子是什么人，这难道不是古代圣贤不太寄希望于儿子的最明白、最有力的证明吗？北齐的颜之推说得多么好：“子孙不过是天地之间的一介苍生罢了，与我有什么关系，而世间的人过分疼爱珍视他。”这真是明智通达之人的见识，不可不了解。

有门下弟子，由于阿通不应考而替我不服气，又有人再三替我出谋划策。我笑着回答他说："许由能让出天下，而他的家人还爱惜他的皮帽。鹪鹩为凤凰无处栖身而发愁，还为凤凰找了一个瓦缝让它居住。你们爱护我，与上述行为有何区别？韩愈、柳宗元、欧阳修、苏轼，哪一个靠儿孙的奉祀呢？《箕畴》上所说的人生的五种幸福，与儿孙没有多少关系。"顺便提到这些，以解除弟与纾亭的疑惑。

导读

才华是根本，考试是末节

自隋至清，科举考试制度实行了一千多年，不知有多少读书人在这条狭窄、崎岖的小道上攀登，有的攀上高峰，一举成名天下知；大多数人则或掉进深渊，或累死途中，或中途而废，十年寒窗、九载熬油，末了仍是一介书生。被考试制度禁锢、摧毁的士子实在是难以数计，吴敬梓、蒲松龄、曹雪芹笔下描绘的科举考试百相，以活生生的艺术形象尖锐而深刻地揭露、批判了科举制度及其影响下的畸形社会。

对于千军万马过独木桥的景况，袁枚有切身的体会和清醒的认识。针对弟弟督促阿通应试的情况，袁枚在这封家书中道出了他对应试、对人生的看法。

在袁枚看来，有无才华是根本，考不考试是末节，对一个人来说，根本是读书学文，不能舍本逐末。这种认识在科举考试制度仍在推行的清代中叶是先进而清醒的。由于阿通是香亭的亲生儿子，过继给袁枚为嗣，其生父的意见就不得不重视，若不讲透道理，容易让香亭产生误会——为什么不让阿通应试？真的是血缘关系的原因吗？因此，袁枚以语重心长的笔调写了这封信。"当年蓬矢桑弧意，岂为科名始读书？"袁枚所引叶夫人的《慰儿落第诗》中的两句正好道出了自己的心怀，一个人应该胸怀大志，否则即使中举做官，也必将会误国、误民并误己。家有产业可以度日，袁枚倒希望儿子能够做“乡党之善人”。为避免自相矛盾的嫌疑，袁枚指出自己过独木桥乃是为生活所迫，并引陶渊明的例子加以佐证；而像阿通、阿长完全可以不应试，因为“可以度日”。此外，知子莫如父，袁枚深深了解儿子有多少才华，更不愿意儿子作伪取巧而“容易入学”。这不仅体现出袁枚严于律己的可贵品格，还是对当时科场舞弊成风的现状的鄙视和批判。即使在今天，袁枚的观点仍有重要参考价值。

如何教子，是每一个家长都颇感棘手却又必须面对的大问题。“父子之间不责善”，孟子的这句话也正好道出了袁枚的心怀，他引孔子教育伯鱼、伯鱼认真听从父教的例子，又引孟子回答公孙丑疑问的例子，旨在说明“圣贤不甚望子”的道理。当然，“人皆养子望聪明”，但应量力而行，因材施教，不应强其所难；“过于宝惜爱护之”还会适得其反，伤了父子间的和气。在我们看来，袁枚的深意还在于：真正有才华，自会脱颖而出，如流水行云一般地成为“佳子弟”，何需督责呢？这一见解同样具有重要的参考价值。

袁枚不愧为大才子，这封家书写得脉络清晰，言浅意深，用典颇为恰当，语气轻重适中，具有很高的借鉴意义。

名言警句

一戒晏起，二戒懒惰，三戒奢华，四戒矫傲；
一宜勤读，二宜敬师，三宜爱众，四宜慎食。

寄内子

纪昀

作者简介

纪昀（1724—1805），字晓岚，号石云、春帆，河间（今河北献县）人。乾隆十九年（1754）进士，授翰林院庶吉士、编修，以学识为乾隆帝赏识。因获罪谪戍乌鲁木齐，后召还，任《四库全书》总纂官，主持编撰《四库全书总目提要》，至四十六年（1781）书成。次年，擢兵部侍郎，官至礼部尚书、协办大学士。卒谥文达。《清史稿》有传。纪昀出身河间望族，博览群书，是清代著名的学者、文学家。其孙纪树馨辑集其所著为《纪文达公遗集》，另有笔记小说《阅微草堂笔记》。

父母同负教育子女责任。今我旅居京华[1]，义方之教[2]，责在尔躬[3]。而妇女心性，偏爱者多。殊不知爱之不以其道，反足以害之焉。其道维[4]何？约言之有四戒四宜：一戒晏起[5]，二戒懒惰，三戒奢华，四戒矫傲[6]。既守四戒，又须规[7]以四宜：一宜勤读，二宜敬师，三宜爱众，四宜慎食。以上八则，为教子之金科玉律[8]，尔宜铭诸[9]肺腑，时时以之教诲三子。虽仅十六字，浑括[10]无穷，尔宜细细领会，后辈之成功立业，尽在其中焉。书不一一，容后续告。

——《纪晓岚家书》

注释

1 旅居京华：客居京城。京华，即京都。因京都乃文物、人才会集之地，故称。郭璞《游仙诗》："京华游侠窟，山林隐遁栖。"
2 义方之教：训子的教诲。
3 尔躬：你身上。
4 维：是。
5 晏起：晚起。晏，晚。
6 矫傲：骄傲。
7 规：约束。
8 金科玉律：本指完美重要的法令，后来泛指完美不可移易的章程、规则。
9 诸：之于。
10 浑括：全包含着。浑，全、满。

大意

父母共同负有教育子女的责任。现在我客居京都，教诲子女的任务，责任就在你身上了。而做母亲的心性是偏爱的成分居多。殊不知如果不按正确的原则方法去爱子女，反而足以把子女害了。正确的原则是什么呢？简约地说有四戒四宜：一戒晚起，二戒懒惰，三戒奢华，四戒骄傲。在遵守这四戒的基础上，又必须用四宜来约束他们：一应勤读，二应敬师，三应爱众，四应慎食。以上八条，是教育子女的金科玉律，你应该铭记在心中，时时用这八条教诲三个孩子。虽然只有十六个字，但包含着的道理是无穷的，你应该细细领会，后代的成功立业，全在其中了。信中就不再一一赘述了，容我日后继续告知你。

导读

教育子女是父母共同的责任

《寄内子》是作者写给妻子马氏的一封家书。《纪晓岚家书》中写给妻子的信近二十篇，内容涉及诸多方面。从这些信的内容分析，马氏是有较高文化素养的，据朱珪《协办大学士礼部尚书文达纪公昀墓志铭》载，“配马氏，封一品夫人”。明白了这一点，我们再看纪昀写信那样简洁精练，就知道他绝不是对牛弹琴，而是有的放矢。

信一开头即点明：父母同负教育子女责任。看似平常语，实则寓意不浅。有人误以为教子是父亲的责任，与母亲无关或关系不大，所谓“养不教，父之过”便透露出了古人的看法。纪昀则不以为然，拨乱反正之意甚明；加之自己客居京城，有关“后辈之成功立业”的教子大事不可一日忽视，“义方之教，责在尔躬”，出语犀利，不容商量，明确职责，责无旁贷。“妇女心性，偏爱者多”，作为饱学之士的妻子，马氏焉有不知之理？作者告诫妻子万万不可偏爱子女。短短的几行文字，说理透彻，逻辑严密，非大手笔，谅不能至此。

“四戒”“四宜”的原则，看似老生常谈，其实又谈何容易！它的确是“浑括无穷”，虽然谈的都是平常看似不起眼的小事，却正是人立身处事的基础，道理很简单：一室不扫，何以扫天下？从操作上看，这八条原则尤为适合母亲教子，的确是教子的“金科玉律”。

纪晓岚有四子，他写给儿子的家信内容丰富，有的训诫择交，有的嘉许不畏鬼怪，有的训诫喜好射猎，有的训诫不宜盛气凌人；等等。其《训诸子》一篇，尤为精彩，录以参考：

余家托赖祖宗积德，始能子孙累代居官，惟我禄秩最高。自问学业未进，天爵未修，竟得位居宗伯，祇恐累代积福，至余发泄尽矣！所以居下位时，放浪形骸，不修边幅，官阶日益进，心忧日益深。古语不云乎？跻愈高者陷愈深。居恒用是兢兢，自奉日守节俭，非宴客不食海味，非祭祀不许杀生。余年过知命，位列尚书，禄寿亦云厚矣，不必再事戒杀修善，盖为子孙留些余地耳。尝见世禄之家，其盛焉，位高势重，生杀予夺，率意妄行，固一世之雄也；及其衰焉，其子若孙，始则狂赌滥嫖，终则卧草乞丐，乃父之尊荣安在哉？此非余故作危言以耸听，吾昔年所购之钱氏旧宅，今已改作吾宗祠者，近闻钱氏子已流为叫化，其父不是曾为显宦者乎？尔辈睹之，宜作为前车之鉴。勿持傲慢，勿尚奢华，遇贫苦者宜赒恤之，并宜服劳。吾特购粮田百亩，雇工种植，欲使尔等随时学稼，将来得为安分农民，便是余之肖子。纪氏之鬼，永不馁矣！尔等勿谓春耕夏苗，胼手胝足，乃属贱丈夫之事。可知农居四民之首，士为四民之末，农夫披星戴月，竭全力以养天下之人，世无农夫，人皆饿死，乌可贱视之乎？戒之！戒之！

名言警句

丈夫当自主，不受世人怜。

答甘林侄

龚未斋

作者简介

龚未斋，会稽（今浙江绍兴市）人，生平不详。其《雪鸿轩尺牍》编集于嘉庆八年（1803），刊出于道光二十五年（1845），据此推测他生活的年代可能在乾隆、嘉庆时代。从尺牍来看，他是一位郁郁不得志、因生活所迫而为“幕友”的“绍兴师爷”，他自言“才不通古，性不宜今；生无傲骨，而苦乏媚容；人本清贫，而反嫌浊富”；“为饥寒所迫，敛眉就食，俯首觅衣”。《雪鸿轩尺牍》与袁枚《小仓山房尺牍》、许葭村《秋水轩尺牍》，都是著名的清人尺牍，流传甚广。

接来字，颇以贫为忧。士穷见节义[1]，古人有三旬九食[2]者，贫亦何害？

余成童[3]时，学为诗，有“丈夫当自主，不受世人怜”之句。及二十年而孤，家益贫，衣食于奔走，但不乞怜人，而人亦无有怜之者。淮阴为中人之雄，其受漂母一饭，报以千金，至今传为盛事[4]。然丈夫义不受怜，千古一“怜”字，吾侄惜也。

余惟以碌碌[5]终身、不能自立为愧。吾侄当求其所以自立者，贫不足为忧，且断不可忧焉！

——《雪鸿轩尺牍》

注释

1 士穷见节义：士人处于困厄的环境中才会表现出他的品节和道德。见，同“现”。

2 三旬九食：三十日吃九顿饭，意谓家贫少粮。

3 成童：年龄稍大的儿童。有二说：一说八岁以上为成童；一说十五岁以上为成童。

4 “淮阴”四句：指淮阴侯韩信事。《史记·淮阴侯列传》载，韩信“始为布衣时，贫无行，不得推择为吏，又不能治生商贾，常从人寄食饮，人多厌之者。……信钓于城下，诸母漂，有一母见信饥，饭信，竟漂数十日。信喜，谓漂母曰：‘必有以重报母。’母怒曰：‘大丈夫不能自食，吾哀王孙而进食，岂望报乎！’……信至国，召所从食漂母，赐千金”。

5 碌碌：平庸无能。

大意

接到你的来信，知你很是因贫穷而忧愁。士人处于困厄的境地才会表现出他的品节和道德，古代就有一个月吃九顿饭的人，贫穷又有什么妨害？

我稍稍长大时，学着作诗，曾有“丈夫当自主，不受世人怜”的诗句。到二十岁时父亲去世，家境更加贫困，为衣食而奔走，但不向人乞求同情，而也没有同情我的人。淮阴侯韩信是人中的英雄，他接受漂母一饭之赏，又以千金报答，到现在仍传为美事。然而作为大丈夫应讲道义而不接受他人的同情，千古一个“怜”字，我为我的侄子可惜啊。

我只因终身平庸无能、不能自强自立而惭愧。我侄子应当寻求你自强自立的途径，贫困不值得成为忧愁，且万万不可因之而忧愁！

导读

自强自立，不受他人可怜

龚未斋的侄子龚甘林写信诉说贫困之忧，龚未斋写了这封答书。

全文的大旨是规劝甘林侄勿以贫为忧，“不乞怜于人”可谓一篇之肝胆。作者先引自己童年时的诗句“丈夫当自主，不受世人怜”现身说法，言己自幼即有骨气，接着写自己成年后家境更艰难，但“不乞怜于人”，穷且益坚之意甚明；同时举出至今盛传的韩信受漂母一饭而报以千金的著名事例，表明自己对韩信的不满，因为“丈夫义不受怜”，而韩信“受怜”，即使千古传为美事，亦不足取，并警示侄子不乞怜于人。

末段言己终身无成，迫而为幕，不能自立，期望侄子能自强自立，忧道不忧贫，从中可见龚未斋正直的品格。作者以此要求侄子立身自强，体现出长者对晚辈的真实感情。龚甘林也曾为幕府“师爷”，并写信给侄子道个中甘苦和切身体会，又提出几点希望和要求。此信文采斐然，真切动人，故引于此处，以资参读。

寄甘林侄

今之所谓幕，犹古之参军记室也。第经济才华，今之人万不逮于古矣！然刑名钱谷之事，实为官声民命所关，则哀矜而勿喜，求其生而不得，方可死之。幕中人当常存此念，不仅以轻心锻炼，草率粗略为戒也。

差传片稿，亦不可轻。官府一点朱，百姓一碗血。滥差妄拘，则破家荡产之祸，自我而肇！

吾乡业于斯者，不可胜数，不及秦二世而亡者，亦不可胜数，岂尽由于心术之不正哉，即此侈然自放，而造孽无穷！

吾侄品行素端，可以深慰，而精神才识，不能十倍他人，故举所以自儆者告之，惟时时省察焉！

愚漫游燕赵，几三十年。到馆以后，足不出户庭，身不离几席，慎往来所以远侮慢，戒应酬所以绝营求，而自早至三更，不使有片刻之暇，以期无负于己者无负于人，亦惟吾侄师此意焉！

元城案牍尚不甚繁，理事之余，当温习故业，以图北闱之隽。幕所以救贫，非可终身，即以愚为前车之鉴！

一入黑籍，身体即隳，今后将永远提不起精神，办不成大事。

复郑夫人书

林则徐

作者简介

林则徐（1785—1850），字元抚，又字少穆，石麟，晚号竢村老人，福建侯官（今福建福州）人。嘉庆十六年（1811）进士。选庶吉士，派习国书，授编修，补御史。道光十二年（1832）授江苏巡抚，十七年（1837）擢任湖广总督，十八年（1838）为钦差大臣，节制两广水师，查办鸦片事件，收缴英船上鸦片二万余箱，于虎门悉数销毁，并制定禁烟新例。二十一年（1841）被革职，谪戍新疆伊犁。数年后获释，任陕西巡抚、云贵总督等职。道光三十年（1850）卒于广东潮州。一生关心国计民生，抵御西方列强的侵略功勋卓著，为杰出的爱国主义者。谥文忠。《清史稿》有传。有《云左山房诗钞》《云左山房诗余》《云左山房文钞》等。今人辑有《林则徐集》。

前日发一信后，昨日连接家书两函。一系七月二十一日发，一系七月二十五日发。知次儿病已霍然[1]，且已准备应试，甚以为念。余发此信时，想次儿已于矮屋[2]中缴卷出矣。前发一信，嘱不必应试[3]，仔细一想，发函时正在风檐矮屋中接题起草，迨[4]信到时，至快总在月底，函中云云，已成昨日黄花[5]，不免多此一言，临颖[6]匆匆，竟未思及，真堪失笑。然使[7]次儿因病未能考试，或以父责为虑[8]者，阅信后尚可释然也[9]。

此地鸦片触目，十户之中，吸者半数，即官场中染此者亦多，可恨之极！决意严行禁止。现正委广州道[10]与英夷办理交涉，今后不得来此贩运，违者并禁绝其贸易，但未知有无成效也。

大儿在京，闻睡时甚迟，交友尤多，未知染此癖否？当驰函痛戒之！夫人如发信去，亦须提及，毋使余担心也。次儿、三儿在家，承夫人督教，当不至此。惟闻族中子弟，亦有乐此不疲[11]者，一入黑籍[12]，身体即隳[13]，今后将永远提不起精神，办不成大事，是亦林氏之不幸也。未知彼父兄所司何事，而竟放任至此，是真咄咄怪事[14]。

前据仲常表兄来信，知夫人近患脚肿，何来信绝未提及？想已全愈矣！甚念。月底子嘉兄将回闽省亲[15]，届时将托伊顺便一造[16]吾家。银两亦托伊带来。家中用途如何？可省则省，但不可省处，亦不必过事俭啬[17]。王戎钻核[18]，终非佳士；公孙布被，亦属佥任[19]。接人处事，当从大处落墨，一钱不舍，余不取也。

——《林则徐家书》

注释

1　霍然：本义为消散的样子，这里指短时间内痊愈。枚乘《七发》：“涊然汗出，霍然病已。”

2　矮屋：指科举考场。考生每人一

间，极为简陋低小，故云。

3 嘱不必应试：林则徐此前曾写给郑夫人信中说："次儿病咳，是否系积劳所致？使果然者，应嘱其静心休养。大比之期虽近，即不试亦无妨，身体要紧，功名身外物。至嘱，至嘱。"

4 迨（dài）：等到。

5 昨日黄花：比喻已经过时。

6 临颖：临下笔。颖，笔尖。

7 使：如果。

8 父责为虑：忧虑父亲督其赶考。

9 释然：放心。

10 道：清朝分一省为数道，略等于现在的地区。

11 乐此不疲：因深深喜好而不觉得疲倦。

12 黑籍：俗称吸鸦片者为黑籍中人。

13 隳（huī）：毁坏。

14 咄（duō）咄怪事：形容出乎意外、令人惊异的事情。

15 省（xǐng）亲：探望父母或其他尊亲。

16 造：到。

17 俭啬：节俭吝啬。

18 王戎钻核：《世说新语·俭啬》："王戎有好李，卖之恐人得其种，恒钻其核。"后遂以"钻核""钻李"为吝啬之典。

19 "公孙"二句：汉武帝时宰相公孙弘为人乖巧，善讨皇帝欢心，汲黯指责"弘位在三公，俸禄甚多，然为布被，此诈也"。（《史记·平津侯列传》）佥（qiān）壬，通"憸（xiān）壬"，谄媚卑鄙的小人。

导读

一旦染上毒品，终身毁矣

道光十八年（1838），林则徐以钦差大臣的身份前往广州禁烟，到任后不久，即写了这封家书。此前，他还写给郑夫人三封信，内容分别为报告启程、报告抵任、报告起居。

林则徐的大名是和广东虎门销烟这一为中华民族扬眉吐气的壮举紧密联系在一起的。英国鸦片对中国人民的毒害堪称灭绝人性，即使以大海为墨、高山为纸、森林为笔，也难以书写其罪恶行径于万一！通过《复郑夫人书》，可以看到鸦片对中国百姓的毒害到了何等地步！"十户之中，吸者半数"，范围何其广也，不仅如此，连政府官员吸食鸦片者亦为数不少。看到这触目惊心的惨景，林则徐忧心如焚，"决意严行禁止"，并通过外交途径与英方严正交涉。

广州的情况如此，京城也已被波及，林则徐十分担心在京的长子染上此癖，因为他已听闻故乡族中子弟“有乐此不疲者”，而族中子弟的父兄严重失职，放任其到了如此地步，“是亦林氏之不幸也”。身为查禁鸦片的钦差大臣，其族人子弟竟也入了“黑籍”，这是历史在和林则徐开玩笑吗？

驰函告诫在京的大儿决不可染上毒品，实在刻不容缓。在给夫人复信的同时，林则徐的确“驰函”于大儿：

> 大儿知悉，刻接汝母书，家中大小均平安，甚慰。吾儿在京，身躯当亦如常，惟须加以调护，勿使万里外老人担忧也。广东起居饮食尚适，勿念。惟鸦片充斥，戕生耗财，殊为可忧。闻此风已传至各地，故乡子弟亦有不幸染此癖者，殊为可恨！京中情况如何？有此毒物否？嗜此者，大率因夜眠不足，精神困顿，初则视为药品，以为稍吸无妨；继则惟知其害，而已欲罢不能矣。一失足成千古恨，吾儿须切戒之。勿以稍吸为不足虑，更勿以暂吸为不足成瘾。须知此物之毒，不减鸩酒，初吸之似可振起精神，实则饮鸩止渴耳。父闻人言，精神衰颓时，吸之有奇效，然犹人当贫乏时，出重利以借债耳，借款到手，似觉舒展，实则害已中于身矣。盖借明后日之精神，以助吾此时之精神耳。一吸以后，不吸便觉委顿，而瘾成矣；迨既成瘾，则虽吸亦无效，犹之人当债务满身时，不再借固无以存活，即借亦不过用以支付利息，未能受用，卒之越弄越僵，不至毙命不止。吾儿须牢记之，慎无堕入也。

对大儿的谆谆告诫可谓细致入微，《致郑夫人书》中又有对二儿应试的想象描述，凡此种种，可以看出林则徐既是一位民族英雄，也是一位慈父。而末段对妻子病情的关怀以及对家中生计的指点，还看得出他是一位好丈夫。

名言警句

天地间唯谦谨是载福之道，骄则满，满则倾矣。

致四弟

曾国藩

作者简介

曾国藩（1811—1872），字涤生，号伯涵，湖南湘乡人。道光进士。曾任四川乡试正考官、翰林院侍讲学士、内阁学士、礼部右侍郎，历署兵、吏部侍郎等。曾镇压太平军及捻军起义，并与李鸿章、左宗棠等创办江南制造局等军事工业。《清史稿》有传。散文尊桐城派，论文于义理、考据、辞章之外，强调“经济”，志在用世，是“湘乡派”的领袖。晚清诗坛宋诗运动的开创者，影响极大。金天羽《答苏堪先生书》评其诗“于涩骜中犹涵选泽，微为气累”。谥号文正。有《曾文正公全集》。

澄侯四弟左右：

腊底[1]由九弟处寄到弟信并纪泽[2]十一月十五、十七日等语，具悉一切。弟于世事，阅历渐深，而信中不免有一种骄气。天地间唯谦谨是载福之道，骄则满，满则倾[3]矣。凡动口动笔，厌人之俗，嫌人之鄙，议人之短，发人之覆[4]，皆骄也。无论所指未必果当，即使一一切当，已为天道所不许。

吾家子弟，满腔骄傲之气，开口便道人短长，笑人鄙陋，均非好气象。贤弟欲戒子侄之骄，先须将自己好议人短、好发人覆之习气痛改一番，然后令后辈事事警改[5]。

欲去骄字，总以不轻非笑[6]人为第一义；欲去惰字，总以不晏起[7]为第一义。弟若能谨守星冈公之八字[8]、三不信[9]，又谨记愚兄之去骄去惰，则家中子弟日趋于恭谨而不自觉[10]矣。咸丰十一年正月初四日[11]。

——《曾文正公家书全集》

注释

1 腊底：腊月底。腊，始于周代的一种祭祀，汉腊行于农历十二月，故后世以十二月为腊月。

2 纪泽：即曾纪泽（1839—1890），字劼刚，号梦瞻，曾国藩长子，清代著名外交家。

3 倾：倒塌，覆灭。

4 覆：隐私。

5 警改：戒备改过。

6 非笑：讥讽嘲笑。

7 晏起：晚起，指睡懒觉。

8 八字：曾国藩在咸丰十一年（1861）二月二十四日写给四弟的信中说："惟当记祖父（即星冈公）之八个字，曰早扫考宝，书蔬鱼猪；又谨记祖父之三不信……"

9 三不信：指不信地仙、不信医药、不信僧巫。

10 日趋于恭谨而不自觉：一天天变得恭敬谨慎起来而不自知。

11 咸丰十一年正月初四日：指1861年2月13日。

导读

满招损，谦受益

从道光二十年（1840）到同治十年（1871）的三十多年间，曾国藩在繁杂的政治、军事事务之余，写了一千多封家书，其内容之丰富，说理之精当，语言之精辟，令人叹服不已，因而被后人推为治家之宝鉴、家训之典范。其中涉及为人须去骄去惰的家书亦复不少，《致四弟》乃其中的佳作之一。

作者一起笔即指出四弟虽然“于世事阅历渐深”，但“信中不免有一种骄气”，就已经如当头棒喝！不加掩饰、直接揭明四弟的骄气，已属难能可贵。“天地间唯谦谨是载福之道，骄则满，满则倾”，似为老生常谈，然而谈何容易！虽然“满招损，谦受益”是祖先古训，世人熟知，但四弟的骄气仍不免存在，故不得不谈。

曾国藩已看到自家子弟“满腔骄傲之气”的现实，内心自是着急。欲使曾门一家恭谨，不坠家风，家长理应率先垂范。因此，激烈严肃的批评之后，作者再用舒缓平和又柔中见刚的语调提醒四弟为子弟们树立榜样，欲正人，先正己，具体方法是不轻易讥笑人，不睡懒觉，希望四弟带头去骄去惰，说理透彻而切当，语言精警而通俗。

与此信主题相近的家书，曾国藩写过不少，兹引一篇，以资参读：

致澄侯弟

弟言家中子弟，无不谦者，此却未然。凡畏人不敢妄议论者，谦谨者也；凡好讥评人短者，骄傲者也。谚云：“富家子弟多骄，贵家子弟多傲。”非必锦衣玉食，动手打人，而后谓之骄傲，但使志得意满，毫无畏忌，开口议人短长，即是极骄极傲耳。余正月初四信中，言戒骄字以不轻非笑人为第一义，戒惰字以不晏起为第一义。望弟常常猛省，并戒子侄也。咸丰十一年二月初四日。

读书要目到、口到、心到。

致孝威、孝宽

左宗棠

作者简介

左宗棠（1812—1885），字季高，湖南湘阴人。道光十二年（1832）举人，后三试礼部，不第，遂绝意仕进，究心舆地、兵法。咸丰十年（1860）由曾国藩举荐，率湘军五千人赴江西、皖南与太平军作战。因军功卓著，于同治元年（1862）初升任浙江巡抚，先后攻下太平军所守之金华、绍兴等地，授闽浙总督。同治三年（1864）又攻下杭州，同治五年（1866）依靠法人日意格创办船政局，成为洋务派首领之一，同年调陕甘总督，继办兰州制造局、兰州机器织呢局等企业。光绪元年（1875）督办新疆军务，率兵讨伐阿古柏，收复乌鲁木齐、和阗等地。光绪七年（1881）升任军机大臣，调两江总督。中法战争时督办福建军务，后引疾乞退，卒于福州。谥文襄。《清史稿》有传。有《左文襄公全集》。

孝威、孝宽知之：我于二十八日开船，是夜泊三汊矶，廿九日泊湘阴县城外，三十日即过湖抵岳州[1]。南风甚正，舟行顺速，可无念也。我此次北行，非其素志[2]。尔等虽小，当亦略知一二。世局如何，家事如何，均不必为尔等言之。惟刻难忘者，尔等近年读书无甚进境，气质毫未变化；恐日复一日，将求为寻常子弟不可得，空负我一片期望之心耳。夜间思及，辄不能眠。今复为尔等言之。

（尔等能领受与否，则我不能强之，然固不能已于言也。）

读书要目到、口到、心到。尔读书不看清字画偏旁，不辨明句读[3]，不记清头尾，是目不到也。喉、舌、唇、牙、齿五音，并不清晰伶俐，朦胧含糊，听不明白，或多几字，或少几字，只图混过，就是口不到也。经传[4]精义奥旨，初学固不能通，至于大略粗解，原易明白，稍肯用心体会，一字求一字下落，一句求一句道理，一事求一事原委；虚字审其神气，实字测其义理，自然渐有所悟。一时思索不得，即请先生解说，一时尚未融澈[5]，即将上下文或别章别部义理相近者反复推寻，务期了然于心，了然于口，始可放手。总要将此心运在字里行间，时复思绎[6]，乃为心到。

今尔读书总是混过日子，身在案前，耳目不知用到何处。心中胡思乱想，全无收敛归著[7]之时，悠悠忽忽，日复一日，好似读书是答应人家功夫，是欺哄人家，掩饰人家耳目的勾当。昨日所不知不能者，今日仍是不知不能，其去年所不知不能，今年仍是不知不能。孝威今年十五，孝宽今年十四，转眼就长成大人矣。从前所知所能者，究竟能比乡村子弟之佳者否？试自忖之。

读书做人，先要立志。想古来圣贤豪杰是我者般[8]年纪时，是何气象？是何学问？是何才干？我现在那一件可以比他？想父母命我读书，延师训课[9]，是何志愿？是何意思？我那一件可以对父母？看同时一辈人，父母常背后夸赞者，是何好样？斥詈[10]者，是何坏样？好样要学，坏样断不可学。心中要想个明白，立定主意，念念要学好，事事要学好，自己坏样一概猛省猛改，断不许少有回护，不可因循苟且[11]。务期与古时圣贤豪杰少小时志气一般，方可慰父母之心，免被他人耻笑。志患不立，尤患不坚。偶然听一段好话，听一件好事，亦知歆动[12]羡慕，当时亦说我要与他一样。不过几日几时，此念就不知如何销歇去了。此是尔志不坚，还由不能立志之故。如果一心向上，有何事业不能做成？陶桓公有云："大禹惜寸阴，吾辈当惜分阴。"[13]古人用心之勤如此。韩文公云："业精于勤而荒于嬉。"[14]凡事皆然，不仅读书，而读书更要勤苦，何也？百工技艺、医学、农学均是一件事，道理尚易通晓；至吾儒读书，天地民物莫非己任，宇宙古今事理均须融澈[15]于心，然后施为有本[16]。人生读书之日最是难得，尔等有成与否就在此数年上见分晓。若仍如从前悠忽过日，再数年依然故我，还能冒读书名色充读书人否？思之！思之！

孝威气质轻浮，心思不能沉下。年逾成童而童心未化，视听言动无非一种轻扬浮躁之气。屡经谕责，毫不知改。孝宽气质昏惰，外蠢内傲，又贪嬉戏，毫无一点好处。开卷便昏昏欲睡，全不提醒振作。一至偷闲玩耍，便觉分外精神。年已十四而诗文不知何物，字画又丑劣不堪。见人好处，不知自愧，真不知将来作何等人物！我在家时常训督，未见悛改[17]。我今出门，想起尔等顽钝不成材料光景，心中片刻不能放下。尔等如有人心，想尔父此段苦心，亦知自愧自恨，求痛改前非以慰我否？

亲朋中子弟佳者颇少，我不在家，尔等在塾读书，不必应酬交接。外受傅训，入奉母仪[18]，可也。读书用功，最要专一无间断。今年以我北行之故，亲朋子侄来家送我，先生又以送考耽误功课，闻二月初三、四始能上馆[19]。所谓一年之计在于春者又去月余矣！若夏秋有科考，则忙忙碌碌又过一年，如何是好！今特谕尔，自二月初一日起，将每日功课，按月各写一小本寄京一次，便我查阅。如先生是日未在馆，亦即注明，使我知之。屋前街道，屋后菜园，不准擅出行走。如奉母命出外，亦须速出速归。“出必告，反必面。”断不可任意往来。同学之友如果诚实发愤，无妄言妄动，固宜为同类；倘或不然，则同斋割席[20]，勿与亲昵为要。家中书籍，勿轻易借人，恐有损失；如必须借看者，每借去则粘一条于书架，注明某日某人借去某书，以便随时取回。庚申[21]正月三十日。

——《左文襄公家书》上

注释

1 过湖抵岳州：湖，指洞庭湖。岳州，今湖南岳阳。

2 素志：本心，素愿。

3 句读（dòu）：即句逗，指文章中休止和停顿之处。

4 经传：儒家典籍经与传的统称。传，解释经文的文字。因经文简奥，义有难明，遂作传以阐明之。

5 融澌：融会贯通。澌，疏导，引申为通达。

6 思绎：思索寻求。

7 归著：归置。

8 者般：这般。

9 延师训课：聘请老师教诲考核。延，请。课，考查。

10 斥詈（lì）：责骂。詈，骂。

11 因循苟且：不知改正，得过且过。因循，守旧法而不知变更。苟且，得过且过、马虎草率。

12 歆动：欣喜动心。

13 “陶桓公”三句：《晋书·陶侃传》载，陶侃“性聪明，勤于吏职。……常语人曰：‘大禹圣者，乃惜寸阴；至于众人，当惜分阴。岂可逸游荒醉？生无益于时，死无闻于后，是自弃也。’”桓，陶侃的谥号。分阴，极短的时间。

14 业精于勤而荒于嬉：语出韩愈的《进学解》，意谓学业由于勤勉而精进，由于疏懒而荒废。

15 融澈：融会贯通。

16 施为有本：行事有根据。施为，行动、行事。

17 悛（quān）改：悔改。

18 母仪：母范，这里指母亲的旨意。

19 上馆：到学塾上课。

20 割席：朋友绝交。典出《世说新语·德行》，汉末“管宁、华歆……又尝同席读书，有乘轩冕过门者。宁读如故，歆废书出看。宁割席分坐，曰：‘子非吾友也。’”华歆读书不专心致志，管宁因此与他绝交。

21 庚申：指咸丰十年（1860）。

导读

人生读书之日最是难得

《致孝威、孝宽》一书很有名，民国时期就被选入国文课本，影响甚大。

写这封家书时，作者因受人暗算而衔命北上，他此时的心情可谓百感交集，望子成龙的殷切充溢于字里行间。作者所着重谈的是如何读书的问题，“读书要目到、口到、心到”是画龙点睛之笔，是对朱熹《训学斋规》所谓“读书有三到：谓心到、眼到、口到”的重申。接下所述的事例和方法都是对此“三到”的阐释，可看作是作者的经验之谈，看似通俗，实则深刻。“人生读书之日最是难得”，同样是过来人的经验之谈，只有到“书到用时方恨少”之际才能体会到读书之日的幸福、可贵。作者于同治元年（1862）写给孝威的家书似可作为注脚：

> 吾家积代寒素，先世苦况，百纸不能详。尔母归我时，我已举于乡，境遇较前稍异，然吾与尔母言及先世艰窘之状，未尝不泪下沾襟也。吾二十九初度时，在小淹馆中曾作诗八首，中一首述及吾父母贫苦之状，有四句云：“砚田终岁营儿哺，糠屑经时当夕飧。乾坤忧痛何时毕，忍嘱儿孙咬菜根。”至今一风咏之，犹悲怆不能自已也。

由此可知“人生读书之日最是难得”的深刻内涵。

作者对于儿子的性情十分了解，但不掩饰，不护短，不姑息，而是以严厉的口气加以责备，期冀悔改；又布置功课作业，令其按时交上审阅。严厉与热忱并存，真情与道理互见，严父的形象似在眼前。

名言警句

快乐诚为人生要事，然亦须自己求之，非他人所能勉强而致者也。

致 敏 弟

胡林翼

作者简介

胡林翼（1812—1861），字贶生，号润之，湖南益阳人。道光十六年（1836）进士。道光二十六年（1846）在贵州署镇远府知府任内，镇压苗民和李沅发起义，制定《保甲团练条约》。咸丰四年（1854）擢贵东道，调至湖北，率地方武装配合湘军围攻武昌，成为湘军首领之一。咸丰六年（1856）擢湖北巡抚。咸丰十一年（1861），陈玉成率军乘虚进入湖北，占领黄州（今湖北黄冈），近逼武昌，他惊忧成病，呕血而死。《清史稿》有传。胡林翼少负才气，为文操笔立就，旁通曲畅，自达其志。其治案，不侮鳏寡，不畏强御。其治军，赏罚严明，知人善任。其理财，杜绝中饱，核实收支。卒谥文忠。有《胡文忠公遗集》。

吾弟来书，颇以家居不能快乐为恨。兄意快乐诚为人生要事，然亦须自己求之，非他人所能勉强而致者也。安乐之境，至为无定，同一处境，而彼此之苦乐不同，其所感者异也。若族伯希凡者，衣罗绮[1]，醉肥鲜[2]，宜乎乐矣；然常终日戚戚[3]，询其故，则身体太弱，且多病，不能游玩如意也。若许丈伯渊者，年高德劭[4]，位尊金多，宜乎乐矣；然常终日郁郁[5]，询其故，则生子不育[6]，嗣续[7]犹虚也。又若龙皋丞者，三代同堂，妻贤子顺，宜乎乐矣；而亦愀然[8]，常忽忽[9]若有所失，询其故，则年荒世乱，坐食[10]甚艰难也。又有马丈湘汉者，家计未必富裕，子女之担负尤匪轻，宜乎不乐矣；然试至其家，则熙熙皞皞，若登春台[11]。是可知人苟常存知足之戒，自无不快之怀；否则人之所欲无穷，而物之可以足我欲者有尽，万恶之辨战乎中，去取之择交乎前[12]，则可乐者常少，而可悲者常多，此亦不移之理也。

吾弟父母俱存，兄弟无故，此乐已非易得。读书之余，栽花庭前，养鱼池内，又足以涵养[13]心灵；偶逢春秋佳日，则约二三知己，散步郊原，以游目而骋怀[14]。虽遭时不造[15]，中原时闻杀伐之声，而益阳僻处一隅，既无贼寇之警心，复鲜土匪之内扰。兄意若吾弟者，正神仙中人，此境殆[16]非福薄者所能获，胡为而犹牢愁[17]抑郁，忧心如捣[18]耶？真令人大惑而不解者矣。

或谓吾弟近颇思做官，未得官位，故神志浮越[19]。兄以为又过矣。今之时世，非太平盛世可比，寇乱如毛，财用匮乏，身当其境者，辄感痛苦，洁己而退[20]者，则有翰章、湘友、益生诸兄，彼岂薄富贵而敝屣尊荣哉[21]？诚知时局之不易应付。与其跋前疐后[22]，动辄得咎[23]，不如深藏不市[24]，在山泉清[25]也。吾弟之学问较翰章如何？吾弟之干才较益生如何？吾弟之奥援[26]又较湘友如何？倘竟贸然出仕，兄实甚为担忧。吾弟如果有意宦途，则趁此闲暇，先将历代吏治得失预为研究，又将近日政俗状况细加考察。世变愈急，需材愈殷[27]，脱颖而出[28]，亦非难事。

若无其实而尸其位[29]，即不为清议[30]所指摘，亦当内疚夫神明，吾弟当深思之，勿徒戚戚于心，有损身体也。兄爱吾弟，辄贡其愚直[31]，望勿罪，鉴察[32]为幸。保弟曾闻患恙，近日想已全愈矣。

——《胡林翼集》

注释

1 衣罗绮：穿绫罗绸缎。衣，穿。

2 醉肥鲜：喝酒吃肉。

3 戚戚：忧惧。

4 年高德劭：年长德尊。

5 郁郁：忧闷。《史记·淮阴侯列传》："吾亦欲东耳，安能郁郁久居此乎！"

6 不育：没有成活。

7 嗣续：后嗣。

8 愀（qiǎo）然：忧惧的样子。

9 忽忽：迷惑，恍忽，失意的样子。

10 坐食：不劳而食。

11 "则熙熙"二句：温和欢乐自得至极，就像登上游玩的胜地一样。《老子》："众人熙熙，如享太牢，如登春台。"皞皞，同"浩浩"。《孟子·尽心上》："霸者之民，欢虞如也；王者之民，皞皞如也。"

12 "万恶"二句：意谓何为万恶之首的辨别在心中交战，舍弃或获取的抉择在眼前往来。

13 涵养：修养。

14 游目而骋怀：流览顾盼而开畅胸怀。

15 遭时不造：遇到的时代不太平。

16 殆：大概。

17 牢愁：忧愁不平。

18 忧心如捣：内心忧愁就像腹痛一般。

19 浮越：飘忽消散。

20 洁己而退：为保全名节的高洁而退隐山林。

21 彼岂薄富贵而敝屣尊荣哉：他们难道是把富贵看得轻薄而把尊荣看得像破鞋子一样吗？

22 跋前疐（zhì）后：比喻进退两难。

23 动辄得咎：稍一举动就得罪或受到责备。

24 深藏不市：原指精于卖货的人隐藏宝货不卖出去，比喻有真才实学的人不露锋芒而隐居。不市，不售出。

25 在山泉清：意谓不出仕而品格清洁、不受污染。

26 奥援：得力的靠山。

27 殷：众多。

28 脱颖而出：比喻能充分显现其才能。典出《史记·平原君列传》。

颖，锋芒。

29 尸其位：同“尸位素餐”，指居位食禄而不理事。

30 清议：社会上公正的舆论。

31 贡其愚直：献出我愚蠢直率的看法。

32 鉴察：审察。

大意

我弟来信，很以闲居在家不能快乐度日为憾恨。我以为快乐的确是人生紧要的事情，然而也必须靠自己去寻求快乐，不是他人所能勉强而获得的。安乐的境界，最没有定式，同样一种处境，而你我的苦与乐不相同，这是因为人们的感受不同。像族伯希凡，他穿的是绫罗绸缎，享用的是美酒肥肉，应该感觉到快乐了；但是他整天忧愁担心，询问其中缘故，原来是身体太弱，而且多病，不能够尽情地游山玩水。像许伯渊老人，年长德尊，位高钱多，应该感觉到快乐了；但是他经常整天郁郁不乐，询问其中缘故，原来是没有子女成活下来，后继无人。又像龙皋丞，一家三代同堂，妻子贤慧，子女孝顺，应该感觉到快乐了；但他也是忧闷不乐，经常恍恍惚惚若有所失，询问其中缘故，原来是年成歉收，世道混乱，不劳而食很是艰难。又有马湘汉老人，家道生计未必富裕，子女的负担尤为不轻，应该感觉到不快乐了；然而若去他家，却是温和欢乐自得至极，就像登上游玩胜地一样。由此可知人如果常常心存知足的警戒，自然没有不快乐的情怀；否则人的欲望无穷，而外物可以满足我们所想得到的有限，何为万恶之首的辨别在心中交战，舍弃或获取的抉择在眼前往来，那么感到快乐的事常常很少，而感到悲伤的事常常很多，这也是不能改变的道理。

我弟的父母健在，兄弟平安无事，这种快乐也不是容易能够得到的。读书之余，在庭前栽种花草，在池内养育金鱼，又足以修养心灵；偶尔遇到春秋佳日，可以邀约几个知己去郊原散步，以浏览风光而开畅胸怀。虽然你遭遇到的时代不太平，中原时时有着杀伐争战的声音，但益阳偏处一角，既没有贼寇惊扰心魂，又很少有土匪强人前来骚扰。我以为像我弟这种人，正是神仙境界中的人，这样的处境大概不是福分浅薄者所能获得到的，为什么还要忧愁不安、闷闷不乐，内心的忧愁就像腹痛一样呢？真真令人大惑而不解啊。

有人说我弟近来很想做官，没有得到官职，所以精神飘忽不定。我以为这又错了。现今的时局不是太平盛世可以相比，贼寇扰乱多如牛毛，财资用物严重缺乏，身遇这样的处境的人，都感到痛苦，为保全自己高洁的人格而隐退者，就有翰章、湘友、益生诸兄，他们难道是把富贵看得轻薄而把尊荣看得像破鞋子一样吗？的确是知道时局不容易应付。与其进退两难，动辄得咎，倒不如不露锋芒而隐居，因为隐居山林尚能保持品格高洁。我弟的学问与翰章相比如何？我弟的才干与益生相比如何？我弟的朝中靠山又与湘友相比如何？倘若竟然轻率地出来做官，我实在很为你担忧。我弟如果有真意于做官仕宦，那么乘现在的闲暇时机，先将历代吏治的得失预先做些研究，再将近来政治风俗状况加以考察。世道变化越是急速，需要的人才越是众多，脱颖而出以一展才华，也不是难事。如果没有真才实学而尸位素餐，即使不被公正的舆论指责出错误，也应该面对神明而内疚，我弟应该深深思考，不要徒然地在内心中忧闷，对身体有损害。我爱我弟，所以就献出了我愚蠢直率的看法，希望不要怪罪，认真审察为盼。听说保弟患病，近日想必已经痊愈了吧。

导读

快乐不是天上掉下来的，要靠自己追求

这是胡林翼于咸丰七年（1857）九月初五日写给其弟的一封家

书。作者才华富赡，情意深切，家书写得酣畅无碍，耐人咀嚼。

信的前半部分主要谈了如何感受快乐和痛苦的问题。作者首先指出，快乐的确是人生要事，但快乐不是天上掉下来的，“须自己求之”，此其一。苦乐之感，因人而异，甲以为快乐，乙以为痛苦，此其二。族伯希凡衣罗绮、醉肥鲜，但体弱多病，故终日戚戚；许丈伯渊年高德劭，位尊金多，但生子不育，故终日郁郁；龙皋丞三代同堂，妻贤子孝，但年荒世乱，坐食艰难而若有所失，故终日愀然。在他人看来，此三人定当快乐，但其实不然，岂非苦乐之感，因人而异？而马湘汉老人家道不富，负担不轻，但他却快乐至极。在他人看来，此人定当痛苦，但其实不然，岂非苦乐之感，因人而异？由此自然而然得出结论：知足者常乐。接下对敏弟处境的分析，无非说明敏弟是不知足，所以才“颇以家居不能快乐为恨”。这令人想起了《列子》所载荣期三乐的故事，想起了贺岁片《甲方乙方》的故事，想起了钱锺书在《论快乐》中所言“发现了快乐由精神来决定，人类文化又进一步”的妙语，由此可以加深对“知足常乐”的理解。

信的后半部分主要谈了做官的问题。敏弟颇想做官，因无官位以至于“神志浮越”。究其实，这与“不知足”密切相关，是对前一问题的自然延伸。正因为身处快乐之境而反感苦恼，随之而来的是想抛弃苦恼，臻于快乐，殊不知是避井入坑，一错再错。在作者看来，时下“寇乱如毛”，做官者“辄感痛苦”，早有“洁己而退者”，而敏弟竟然想入此彀中，岂非一错再错？作者还举出学问、才干、奥援（后台）三点做官的必备条件，请弟弟自省，颇有说服力。为了避免自相矛盾，胡林翼以局内人的口吻开导弟弟“先将历代吏治得失预为研究，又将近日政俗状况细加考察”，再出来做官更佳。倘若无真才实学而尸位素餐，即使清议不加指斥，面对神明却难避免内疚，所以不能贸然出仕。这种观点，作者于半月之后的九月二十日又在《致保弟》一信中加以重申：

> 前致敏弟一函，谅曾寓目。敏弟有心进取，志固未尝不是，但彼未知宦海风波，故尚有此兴致；兄则艰苦备尝，无意仕途，特因受国厚恩，当此戎马仓皇之候，不敢自暇逸耳。兄私自默念，年今四十六矣，此一二年中，如天之福，世宇澄清，兵气尽销，兄当退为太平幸民，奉母家居，与弟等徜徉山水胜处，饮酒赋诗，优游十载；或则聚侄辈数人课之以书，于愿足矣，中心藏之，特未知何日能实践耳。

不识庐山真面目，只缘身在此山中。“宦海风波”，触目惊心！进去的想出来，外面的想进去！胡林翼与曾国藩一样，告诫子弟家人勿入仕途，正因为他们了解官场的一切。然而，世人不醒悟——因为没有切身体会，对仕途孜孜以求，梦寐以想，弄得“神志浮越”者大有人在！就此而论，《致敏弟》值得一读。

胡林翼的家书语言通俗精练，言情说理俱佳，今录其咸丰十年（1860）五月初十日所写《致叔华侄》一书以供赏读：

> 侄读书以不得其法，来问于余。读书如攻贼，非可侥幸得果者也。多读乃是根本之图。六经无论矣，余如老庄、如《史记》、如前后《汉书》、如《通鉴》、如韩柳欧苏等集，均为不可不读之书。多读则气盛言宜，下笔作文便仿佛有神助；否则干枯拙塞，勉强成篇，亦索索无生气，不足登于大雅堂也。每作一文，首须打定一主意，然后正反旁侧，随笔而书，使有众星以拱北辰之概；次须联想，联想者，因此而写及彼事也；其中关键，至为重要，譬如因笔而思及造笔者为何人，笔之进步如何，又思及笔与纸墨有何关系，与人之文思又有何关系。照此联想，则文必畅达，而无格格不吐之弊。总之，有主意则文不散漫，能联想则文不拙滞；而又多读以运用其思想，则于为文之道，亦庶近矣。

抑有欲为吾侄告者。读书须勤，然亦须有分寸。吾侄身体本不甚健硕，若再焚膏继晷，孜孜矻矻，则损害其身殊非浅鲜。身体一弱，则虽有志进取，而亦苦于精力不继，读亦不能记忆，有何益哉？余年未老，而已觉衰弱，曩时读书不慎，亦为一因，故甚望吾侄之勿再蹈余覆辙焉。

名言警句

厌粗粝而饫肥甘，御锦绣而弃杼轴，此即趋凶蠲吉，自取堕落之道。

谕　子

彭玉麟

作者简介

彭玉麟（1816—1890），字雪琴，自号退省庵主人，湖南衡阳（今湖南衡阳市）人。咸丰三年（1853）佐曾国藩创建湘军水师，后主其事，购置洋炮，制造大船。次年，在湖北武汉、田家镇连败太平军水师。咸丰五年（1855），在江西湖口为石达开所败。后悉力扩军，逐渐控制长江水面，并参与围攻九江、安庆。咸丰十一年（1861），擢水师提督。光绪九年（1883），任兵部尚书，受命往广东办理防务。后以病笃开缺回籍。卒赠太子太保，赐建专祠，谥刚直。《清史稿》有传。

汝性日疏懒，乃不知作家书，骨肉之情何其疏！忆余少年时，盼家书之至，若获万金[1]。汝祖母书不来，则惊甚于风鹤[2]。不敢云孝，第[3]觉挚爱之心盎然也。处境略优，即当思来处不易，朱柏庐先生《治家格言》[4]，汝岂未之见耶？乃厌粗砺而饫肥甘[5]，御锦绣而弃杼轴[6]，此即趋凶蠲吉[7]，自取堕落之道。君子固穷[8]，穷者剥之境，而复之几也[9]。小人则时时求逸乐，逸乐乃凶神恶煞之饵，所以杀庸俗者[10]。吾起身贫窭[11]，近跻[12]高位，但知守缺而不敢求全[13]，常引日中则昃、月盈则亏[14]之理以自警。奈何汝竟骄满，悖逆其长上哉？曾帅[15]尝名其所居曰“求缺斋”，诏其子孙曰：“宁求缺于一生，而求全于堂上[16]。”汝可将此语，时时反覆[17]忆诵之。

——《彭玉麟家书》

注释

1 若获万金：语本杜甫《春望》：“烽火连三月，家书抵万金。”

2 风鹤：即“风声鹤唳”的缩语，比喻自相惊扰。

3 第：但，只。

4 “处境”三句：朱柏庐《治家格言》（又名《朱子治家格言》《朱子家训》）有句云：“一粥一饭，当思来处不易；半丝半缕，恒念物力维艰。”

5 乃厌粗粝而饫肥甘：竟然厌恶粗米淡饭而饱食肥肉美味。粗粝，粗粮、糙米。肥甘，美食。《孟子·梁惠王上》：“为肥甘不足于口与？”

6 御锦绣而弃杼轴：穿着锦衣绣服而抛弃纺织工具。锦，织采为文。绣，刺采为文。《墨子·辞过》：“暴夺民衣食之财，以为锦绣文采靡曼之衣。”杼轴，织布机上的两个部件。杼，梭。轴（本作“柚”），滚筒。

7 趋凶蠲（juān）吉：趋向凶事而抛弃吉祥。蠲，通“捐”。

8 君子固穷：君子甘处贫困与不失气节。语出《论语·卫灵公》：“子曰：‘君子固穷，小人穷斯滥矣。’”

9 “穷者”二句：穷困是剥卦不利的境地，却正是复卦回复的迹兆。剥、复，均为卦名，这里用以比喻困境正是顺境的开始。几，事的迹兆。

10 庸俗者：平凡鄙陋的人。

11 贫窭（jù）：贫穷。

12 跻（jī）：登。

13 但知守缺而不敢求全：守缺，即“抱残守缺”，本指好古的人保守残缺，泥古守旧，这里为固守缺陷之义。求全，希求完美无缺。《孟子·离娄上》：“有不虞之誉，有求全之毁。”

14 日中则昃（zè）、月盈则亏：语出《易·丰》：“日中则昃，月盈则食。”昃，日头偏西。食，通“蚀”，日月亏蚀。

15 曾帅：指曾国藩。

16 堂上：指父母长辈。

17 反覆：重复，再三。

大意

你的生性一天天地更懒散了，竟然不知道写封家书，骨肉的情义多么地疏远啊！回忆我小的时候，期盼家书的到来，真像获得万金一样。你祖母的信不来，我就惊慌得比风声鹤唳还厉害。不敢说自己孝顺，但是感觉挚爱尊长的心非常强烈。处境略有好转，就应当想这好的环境来之不易，朱柏庐先生的《治家格言》，你难道没有读过吗？竟然厌恶粗米淡饭而饱享肥肉美食，穿上锦绣衣服而抛弃了纺织工具，这就叫作趋向凶事而抛弃吉祥，是自取堕落的道路。君子甘处贫困而不失气节，穷困虽是剥卦不利的境地，却正是复卦回复的迹兆。小人却时时追求安逸快乐，安逸快乐是凶神恶煞的诱饵，用来杀死那些平凡鄙陋的人。我出身贫穷，近日登上高位，但是懂得守缺而不敢希求完美，我经常引用日中则偏、月满则蚀的道理来自我警戒。为什么你竟然骄傲自满、违背叛逆你的尊长上辈呢？曾帅曾经命名他的居室叫“求缺斋”，诏令他的子孙说：“宁可求缺于一生，而求完美于长辈。”你可把这句话，时时再三地记忆吟诵。

导读

懒于作家书是不孝不敬

《谕儿》先从批评儿子不作家书写起，回忆自己早年盼得家书如获万金的急切情状，认为儿子是“疏于骨肉之情”。其本质是不孝，是骄满，是悖逆长辈，这与曾国藩所一贯主张的“宁求缺于一生，而求全于堂上”的宗旨背道而驰。批评谴责可谓严厉至极，把懒于作家书与不孝不敬联系而论，这在古代尺牍、家书中是不多见的。作者进而批评儿子浑然忘了朱柏庐《治家格言》中的名句，就衣食两方面形象地论述这是“趋凶蠲吉，自取堕落之道”，诚恳地告诫儿子勿贪图逸乐，因为“逸乐乃凶神恶煞之饵”。作者虽身居高位，但“常引日中则昃、月盈则亏之理以自警”，只有“起身贫寒”，能饮水思源的过来人才会有如此深刻的感受。家书虽不长，但寓意深长，颇具训诫意义。

名言警句

盖文贵气魄，忌散漫，分段读，势必失通篇精警处，而淡然无味也。

谕 文 儿

李鸿章

作者简介

李鸿章（1823—1901），字少荃，安徽合肥（今安徽合肥市）人。道光二十七年（1847）进士。改翰林院庶吉士，散馆授编修。咸丰三年（1853），回籍练乡勇。咸丰八年（1858），曾国藩留襄营务。后因军功任江苏巡抚。同治九年（1870）在曾国藩的推荐下任直隶总督兼北洋大巨，集军政、外交大权于一身。曾大办洋务，购买军火，建立北洋舰队。对外国侵略者，他主张妥协，导致中法、中日战争失败，并签订了一系列丧权辱国条约。《清史稿》有传。有《李文忠公全集》。

汝兄弟来禀，以读书不得其法，颇为怅恨。要知读古文，须从头至尾一气读完，万不可分段读。盖文贵气魄[1]，忌散漫，分段读，势必失通篇精警处[2]，而淡然无味也。既知读法，则一面读，应一面想。如李华《吊古战场文》[3]、李陵《答苏武书》[4]，能想到一幅凄凉图画，满纸生风，汉皇负德[5]，只字泪寄千行，而为之声泪俱下者，可谓得读书玄奥[6]焉。此层我与伯叔等时时论及，汝可翻阅长上[7]之日记，就近请教四叔[8]。汝兄弟家居，宜听诸长训言，读书写字，刻苦用功。我以身体不适，不能多及[9]，他日当反复论之。

——《李鸿章家书》

注释

1 贵气魄：以有气势为贵。气魄，气势。

2 精警处：指文章中精练切要之处。

3 李华《吊古战场文》：即唐代李华的名作《吊古战场文》，极写古代君主驱遣士卒走向战场，致使千千万万的士卒暴露沙漠，身死疆场，其间对征人生活的苦难、交战的激烈残忍、伤亡的惨重悲凄，都做了形象的描写。

4 李陵《答苏武书》：即西汉李陵《答苏武书》。天汉二年（前99），李陵率步卒五下人出塞，与单于接战，力屈乃降。匈奴中与苏武相见。苏武归汉后，为书与李陵，令归汉，李陵遂作此书以答苏武。一以自白心事，一以咎汉负功。文情激愤壮丽。

5 汉皇负德：这里的“汉皇”兼指汉、唐皇帝，以汉代唐在唐代屡见不鲜。《答苏武书》中有“陵虽孤恩，汉亦负德”句，因汉武帝闻李陵降敌，遂杀其母妻，“负德”即指此。《吊古战场文》意在借古讽今，“常覆三军，实乃“武皇开边意未已”造成的后果，其实也是“负德”。

6 玄奥：精华奥妙。

7 长（zhǎng）上：本指有齿爵尊位之人。《礼记·儒行》：“不恩君王，不累长上，不闵有司，故曰儒。”《疏》：“长上，谓卿大夫。”这里指“伯叔等”长辈。

8 四叔：指李鸿章的四弟李昭庆。

9 不能多及：不能多写及其他，是书信文中常见的套话。

导读

文章须一口气读完，才不破坏文气

本着不因人废言的古训，我们选了李鸿章这封告谕儿子的家书。

的确，李鸿章声名不好，光是他主持签订的不平等条约就有好几个，它们带给中华民族的耻辱和灾难难以言说。但是，仔细翻阅《李鸿章家书》，我们认为他的家书写得甚有特色，文字浅显而不好古，易读易懂，内容涉及诸多方面，足资借鉴。就本篇而论，他以简练的文字道出了读书学习的一个重要方法：文章须一口气读完，方能不破坏其文气，方能体会到文章的精妙。其所举李陵、李华二文亦颇为典型，作者提示儿子要身临其境般地体会文章的动人之处。这是非常先进的看法，对今人同样有借鉴意义。

李鸿章谈读书学习的家书不少，还颇有独到之处，如《致瀚章兄》总结出轻声诵读的方法：

> 体气多病，得名人文集，静心读之，亦足以养病。凡读书有难解者，不必逮求甚解。有一字不能记者，不必苦求强记，只须从容涵吟。今日看几篇，明日看几篇，久久自然有益。但于已阅过者，自作暗号，略批几字，否则历久忘其为已阅未阅矣。

又如《致三弟》道出自己读经书的诀窍：

> 《朱子家书》内，有子孙虽愚，经书不可不读。兄意亦然。兄少时从徐明经游，常告读经之法：穷经必专一经，不可泛骛；读经以研寻义理为本，考据名物为末；读经有一“耐”字诀，一句不通，不看下句；今日不通，明日再读；今年不精，明年再读。此所谓“耐”也。弟亦不妨照此行之。经学之道，不患不精焉。

他所总结出来的切身经验还是值得我们参考的，说不定会取得不错的效果。

名言警句

勿惮劳，勿恃贵。

致儿子书

张之洞

作者简介

张之洞（1837—1909），字香涛，又字孝达，号壶公，又号无竞居士，直隶南皮（今河北南皮县）人。年十六，举乡试第一。同治二年（1863）进士。曾任翰林院编修、侍讲学士、内阁学士、山西巡抚、两广总督。后调任湖广总督，在英、德的支持下，大办洋务，为后起的洋务派首领。戊戌变法时，他采取权变手法，发表《劝学篇》，提出“中学为体，西学为用”的口号，维护封建制度，反对变法。义和团运动时，参与“东南互保”，镇压两湖地区反洋教斗争和唐才常自立军起事。光绪三十三年（1907），擢为体仁阁大学士，授军机大臣，兼管学部。次年，督办粤汉铁路。宣统元年（1909）病卒，年七十二，赠太保，谥文襄。《清史稿》有传。有《张文襄公全集》。其《书目答问》为目录学名著，颇为后来文史学人所重视。

吾儿知悉：汝出门去国，已半月余矣。为父未尝一日忘汝。父母爱子，无微不至，其言恨不一日离汝，然必令汝出门者，盖欲汝用功上进，为后日国家干城之器[1]，有用之才耳。

方今国是扰攘[2]，外寇纷来，边境屡失，腹地亦危。振兴之道，第一即在治国。治国之道不一[3]，而练兵实为首端。汝自幼即好弄[4]，在书房中，一遇先生外出，即跳掷[5]嬉笑，无所不为。今幸科举早废，否则汝亦终以一秀才老其身，决不能折桂探杏[6]，为金马玉堂[7]中人物也。故学校肇开[8]，即送汝入校。当时诸前辈犹多不以然，然余固深知汝之性情，知决非科甲[9]中人，故排万难以送汝入校，果也除体操外，绝无寸进[10]。余少年登科[11]，自负清流[12]，而汝若此，真令余愤愧欲死。然世事多艰，习武亦佳，因送汝东渡，入日本士官学校肄业[13]，不与汝之性情相违。汝今既入此，应努力上进，尽得其奥，勿惮劳[14]，勿恃贵[15]，勇猛刚毅，务必养成一军人资格。汝之前途，正亦未有限量，国家正在用武之秋，汝纵患不能自立，勿患人之不己知[16]。志之[17]，志之，勿忘，勿忘。

抑[18]余又有戒汝者：汝随余在两湖，固总督大人之贵介[19]子也，无人不恭待汝。今则去国万里矣，汝平日所挟以傲人者，将不复可挟，万一不幸肇祸[20]，反足贻堂上以忧[21]。汝此后当自视为贫民，为贱卒，苦身戮力[22]，以从事于所学，不特得学问上之益，且可藉是[23]磨练身心，即后日得余之庇，毕业而后，得一官一职，亦可深知在下者之苦，而不致予智自雄[24]。余五旬外之人也，服官一品，名满天下，然犹兢兢[25]也，常自恐惧，不敢放恣[26]。汝随余久，当必亲炙[27]之，勿自以为贵介子弟，而漫不经心，此则非余之所望于尔也，汝其慎之。寒暖更宜自己留意，尤戒有狭邪[28]赌博等行为，即幸不被人知悉，亦耗费精神，抛荒学业；万一被人发觉，甚或为日本官吏拘捕，则余之面目，将何所在？汝固不足惜，而余则何如？更宜力除，至嘱，至嘱。余身体甚佳，家中大小，亦均平安，不必系念。汝尽心求学，勿妄外骛[29]，汝苟竿头日上[30]，余亦心广体胖矣。父涛[31]示。五月十九日。

——《清代十大名人家书·张之洞家书》

注释

1 干城之器：御敌立功的栋梁之材。干，盾。城，城郭。二者皆起捍御防卫作用，比喻捍卫者或御敌立功的将领。

2 扰攘：混乱，纷乱。

3 不一：不止一种。

4 好（hào）弄：喜爱玩乐。

5 跳掷：跳跃。掷，跳。

6 折桂探杏：指登科中举。折桂，据《晋书·郤诜传》载，郤诜举贤良对策列最优，自谓“犹桂林之一枝，昆山之片玉”。故后称登科为“折桂”。探杏，唐时进士在曲江杏园举行“探花宴”，所以中举也称“探杏”。

7 金马玉堂：谓汉代金马门和玉堂殿，后也以金门玉堂称翰林院。

8 肇开：始开。

9 科甲：汉唐举士考试，皆有甲乙丙等科，后因通称科举为科甲。

10 寸进：微小的进步。

11 少年登科：张之洞中进士年仅二十七，故云。

12 清流：旧时指负有时望的清高的士大夫。

13 肄（yì）业：修习学业。

14 勿惮（dàn）劳：不要畏惧劳苦。

15 勿恃贵：不要自恃高贵。

16 不已知：即不知己，不了解自己。

17 志之：记住它。

18 抑：然而。

19 贵介：尊贵。

20 肇祸：闯祸。

21 贻堂上以忧：把忧愁遗留给父母。贻，遗留。堂上，父母的代称。

22 戮力：尽力。

23 藉是：借此。藉，借。

24 予智自雄：妄自夸大。

25 兢兢：小心谨慎的样子。

26 放恣：骄纵恣肆。

27 亲炙（zhì）：亲承教化。

28 狭邪：旧称娼妓家为狭邪，这里指宿妓嫖娼。

29 外骛：不专心正业，心有他念。骛，通“鹜”。

30 竿头日上：即百尺竿头，更进一步的意思，比喻不满足已有的成就，要争取更大进步。

31 涛：张之洞号香涛，此处是简称。

导读

读书一定要用功

张之洞家书中致儿子的书信一共四封，内容分别为训诫用功、劝勿妄交、力诫节俭、寄示格言。这里所选的乃是训诫用功。

知子莫如父。针对儿子“自幼即好弄”的天性，身居要职的张之洞借助方便的条件送儿子东去日本习武。信中不厌其详地从立志学习、吃苦耐劳、磨炼身心诸方面教导儿子务必学有所成，将来报效祖国。文笔洗练而感情真挚，全书的中心是训诫用功，这一点表现得十分明确。

名言警句

凡为官者，子孙往往无德，以习于骄恣浇薄故也。

与儿书

吴汝纶

作者简介

吴汝纶（1840—1903），字贽甫，安徽桐城人。同治四年（1865）进士，官冀州知府，后充京师大学堂总教习，赴日本考察学制。曾师事曾国藩，与张裕钊、黎庶昌、薛福成称“曾门四弟子”。为曾国藩、李鸿章幕僚期间，奏议多出其手。对《史记》颇有研究和新见；于汉魏以来各大家诗文，皆有校勘，借以揭示作文之规范。为桐城派后期作家。其论当时之作，颇注意“洋务”。《清史稿》有传。有《桐城吴先生全书》。

凡为官者，子孙往往无德，以习于骄恣浇薄[1]故也。吾昨闻汝骂苓姐，说伯父不配作官，汝父作官有钱；欲逐出苓姐，不令食汝父之钱等语，伤天伦，灭人理，莫此为甚！世人常说长兄当父，长嫂当母，子有钱财，当归于父，弟有钱财，当归于兄。吾与尔伯父，终身未尝分异，岂有分别尔我有无之理！伯父在时，吾不能事之如父，今亡已八年，不可再见矣，吾常痛心，故令汝兼继[2]伯父，望汝读书明道理。岂知汝幼稚之年，居心[3]发言，已如此骄恣浇薄哉！伯父才学，十倍胜我，其未仕乃命也，何不配之有？作官之钱，皆取之百姓，非好钱也。故好官必不爱钱，吾虽无德，岂愿以此等之钱，豢养[4]汝曹、私[5]妻子哉！兄弟之子，古称犹子，言与子无异。苓姐，吾兄之子也，与汝何异！我若独私汝，逐苓姐，不与食，尚为非人，况汝耶！且汝亦为伯父继子，若尽逐诸侄，则汝亦在当逐之内矣。凡为人先从孝友起，孝，不但敬爱生父，凡伯父、叔父，皆当敬爱之；不但敬爱生母，凡嫡母、继母、伯叔母，皆当敬爱之，乃谓之孝。友，则同父之兄弟姐妹，同祖之兄弟姐妹，同曾祖高祖之兄弟姐妹，皆当和让，此乃古人所谓亲九族[6]也。读书不知此，用书何为！童幼有时争言，吾亦不禁，独令人伤心之言，不得出诸口；较量钱财有无，悖理行私之事，不可存于心。将吾此书熟读牢记，以防再犯，并令诸兄弟姐妹，各写一通[7]。

——《桐城吴先生全书》

注释

1 骄恣浇薄：骄恣，骄傲放纵。《韩非子·六反》："夫富家之爱子……亲爱之则不忍，不忍则骄恣。侈泰则家贫，骄恣则行暴。"浇薄，浮薄。

2 继：承继嗣子。

3 居心：存心。

4 豢（huàn）养：喂养。

5 私：偏爱。

6 亲九族：语出《尚书·尧典》："克明俊德，以亲九族。"

7 一通：一封。《后汉书·崔寔传》："论当世便事数十条，名曰《政论》。指切时要，言辩而确，当世称之。仲长统曰：'凡为人主，宜写一通，置之坐侧。'"

导读

官宦子弟往往无德，是由于养成了骄恣浇薄的习惯

这封家书虽写得通俗易懂，口气却十分严厉，斥责远大于引导。“凡为官者，子孙往往无德”，先点出历史事实；“以习于骄恣浇薄故也”，再揭示出原因，有如当头棒喝。针对儿子的“骄恣浇薄”的具体行为——谩骂苓姐，说苓姐之父不配做官，自己的父亲做官又有钱，不准花费自己的父亲做官挣来的钱，甚至要逐出苓姐等恶行，吴汝纶深感吃惊和痛心。他没料到，儿子处于“幼稚之年”的“居心发言”就已经暴露出了官宦子弟的劣根。因此，他写信痛斥厉责，字里行间透露出愤怒和急切，真实地传达了为官为父者对儿子、家族前程的担忧。所谓“君子之泽，五世而斩”，似是一条规律；“官宦子弟往往无德”又何尝不是触目惊心的历史事实呢？但愿每一个家长，尤其是为官仕宦者能将吴汝纶的《与儿书》“各写一通”。

名言警句

吾牺牲百死而不辞。

与 妻 书

林觉民

作者简介

林觉民（1887—1911），字意洞，号抖飞，又号天外生，福建侯官（今福建福州市）人。十四岁进福建高等学堂，开始接受资产阶级民主革命思想。1907 年赴日本庆应大学留学，学习文学和哲学，即从事民主革命活动。1911 年春，得知黄兴、赵声将发动广州黄花岗起义，即归国返乡，组织几十名革命志士赴广州参加起义，不幸受伤被捕，刑讯时慷慨陈词，当众演说，声讨清廷反动罪行，宣传革命主张，后英勇就义，年仅二十四岁。是“黄花岗七十二烈士”之一。

意映卿卿如晤[1]：吾今以此书与汝永别矣！吾作此书时，尚是世中一人；汝看此书时，吾已成为阴间一鬼。吾作此书，泪珠和笔墨齐下，不能竟书[2]而欲搁笔，又恐汝不察吾衷，谓吾忍舍汝而死，谓吾不知汝之不欲吾死也，故遂忍悲为汝言之。

吾至爱汝，即此爱汝一念，使吾勇于就死也。吾自遇汝以来，常愿天下有情人都成眷属[3]。然遍地腥云，满街狼犬[4]，称心快意，几家能够？司马青衫[5]，吾不能学太上之忘情[6]也。语云：仁者“老吾老以及人之老，幼吾幼以及人之幼。”[7]吾充[8]吾爱汝之心，助天下人爱其所爱，所以敢先汝而死，不顾汝也。汝体吾此心，于啼泣之余，亦以天下人为念，当亦乐牺牲吾身与汝身之福利，为天下人谋永福也。汝其勿悲！

汝忆否？四五年前某夕，吾尝语曰：“与使吾先死也，无宁汝先吾而死。”汝初闻言而怒，后经吾婉解，虽不谓吾言为是，而亦无辞相答。吾之意，盖谓以汝之弱，必不能禁失吾之悲；吾先死留苦与汝，吾心不忍，故宁请汝先死，吾担悲也，嗟夫！谁知吾卒先汝而死乎？吾真真不能忘汝也！回忆后街之屋，入门穿廊，过前后厅，又三四折，有小厅，厅旁一屋，为吾与汝双栖之所。初婚三四个月，适冬之望日[9]前后，窗外疏梅筛月影，依稀掩映，吾与汝并肩携手，低低切切，何事不语？何情不诉？及今思之，空余泪痕。又回忆六七年前，吾之逃家复归也，汝泣告我：“望今后有远行，必以告妾，妾愿随君行。”吾亦即许汝矣。前十余日回家，即欲乘便以此行之事语汝。及与汝相对，又不能启口，且以汝之有身[10]也，更恐不胜悲，故惟日日呼酒买醉。嗟夫！当时余心之悲，盖不能以寸管[11]形容之。

吾诚愿与汝相守以死，第[12]以今日事势观之，天灾可以死，盗贼可以死，瓜分之日可以死，奸官污吏虐民可以死。吾辈处今日之中国，国中无地无时不可以死。到那时使吾眼睁睁看汝死，或使汝眼睁睁看我死，吾能之乎？抑汝能之乎？即可不死，而离散不相见，徒使两地眼成穿而骨化石[13]，试问古来几曾见破镜能重圆[14]？则较死为苦也，将奈之何？今日吾与汝幸双健。天下人之不当死而死、与不愿离而离者，不可数计，钟情如我辈者，能忍之乎？此吾所以敢率性就死不顾汝也。吾今死无余憾，国事成不成自有同志者在。依新[15]已五岁，转眼成人，汝其善抚之，使之肖我。汝腹中之物，吾疑其女也，女必像汝，吾心甚慰；或又是男，则亦教其以父志为志，则我死后尚有二意洞在也。甚幸，甚幸！吾家后日当甚贫，贫无所苦，清静过日而已。

吾今与汝无言矣。吾居九泉之下遥闻汝哭声，当哭相和也。吾平日不信有鬼，今则又望其真有。今人又言心电感应有道[16]，吾亦望其言是实。则吾之死，吾灵尚依依旁[17]汝也，汝不必以无侣悲。

吾平生未尝以吾所志语汝[18]，是吾不是处；然语之，又恐汝日日为吾担忧。吾牺牲百死而不辞，而使汝担忧，的的[19]非吾所忍。吾爱汝至，所以为汝谋者惟恐未尽。汝幸而偶我[20]，又何不幸而生今日之中国！吾幸而得汝，又何不幸而生今日之中国！卒不忍独善其身。嗟夫！巾短情长[21]，所未尽者，尚有万千，汝可以模拟[22]得之。吾今不能见汝矣！汝不能舍吾，其时时于梦中得我乎！一恸！辛亥三月念六夜四鼓[23]，意洞手书。家中诸母[24]皆通文，有不解处，望请其指教，当尽吾意为幸。

——《广州三月二十九日革命史》

注释

1 意映卿卿如晤：意映，即陈意映，林觉民之妻。卿卿，旧时夫妻之间的爱称。如晤，旧时书信中的习惯用语，谓如当面相见一样。
2 竟书：写完。竟，完毕。
3 常愿天下有情人都成眷属：语出《西厢记》第五本第四折《清江引》："谢当今盛明唐圣主，敕赐为夫妇。永老无别离，万古常完聚，愿普天下有情的都成了眷属。"
4 "然遍地"二句：比喻清朝血腥凶残的统治。
5 司马青衫：典出唐白易易《琵琶行》："座中泣下谁最多，江州司马青衫湿。""江州司马"系白居易自称。后世常用"司马青衫"比喻极度悲伤的感情。作者在文中借以说明自己是个重感情的人。
6 太上之忘情：指修养很高的圣人，可以忘掉一切感情。《世说新语·伤逝》："圣人忘情，最下不及情，情之所钟，正在我辈。"
7 "老吾老"二句：语出《孟子·梁惠王上》，意谓尊敬我自己的长辈，并把这种感情推广到尊敬别人的长辈身上，爱护自己的儿女，并把这种感情推广到爱护别人的儿女身上。
8 充：扩充，扩大。
9 望日：阴历每月十五日。
10 有身：指怀孕。
11 寸管：笔的代称。
12 第：但，只。
13 眼成穿而骨化石：眼成穿，即望眼欲穿，形容盼望之切。韩愈《酒中留上襄阳李相公诗》："眼穿长讶双鱼断，耳热何辞数爵频。"骨化石，比喻精诚所致的结果。据刘义庆《幽明录》载，古代传说，有男子久出不归，其妻天天登山眺望，久而久之，凝立着化为一块石头，还在眺望，被称为"望夫石"。
14 破镜能重圆：比喻夫妻经过失散后重新团聚。孟棨《本事诗·情感》载，南朝陈将亡，驸马徐德言和妻子乐昌公主估计以后一定分离，就打破一面铜镜，各执一半，约定将来某月某日在京城卖镜，凭它求得相见。陈亡后，乐昌公主为杨素所获。徐德言来到京城，见有一老仆人出卖半块的铜镜，就把自己的一半拿出来对合，并在镜上题诗："镜去人俱去，镜归人不归。无复嫦娥影，空留明月辉。"乐昌公主见诗悲痛不食，杨素知之，终于同意公主与徐德言重新团圆。
15 依新：作者的长子。
16 心电感应有道：旧时人认为，人死后心灵还有知觉，能和生人的精神、心情交相感应。
17 旁：同"傍"。
18 语汝：告诉你。
19 的的：的确。
20 偶我：以我为偶，即嫁给我。
21 巾短情长：由于这封信是写在一块手帕上，故云。
22 模拟：想象，推测。
23 念六夜四鼓：二十六日夜四更天。念，二十，或写作"廿"。顾炎武《金石文字记》三《开业寺碑》："碑阴多宋人题名，有曰：'……元祐辛未阳月念五日题。'以廿为念，始见于此。"
24 诸母：伯母，叔母。

导读

人之将死，纸短情长

“千古艰难惟一死”（邓汉仪《题息夫人庙》）。在死与生、国与妻不可两全的年代，林觉民选择了死，为国而死，死得其所，真可谓“生命诚可贵，爱情价更高。若为自由故，二者皆可抛”！

这是一封交织着夫妻深厚的恩爱之情和为国为民不惜牺牲的崇高品德的绝笔信。信中虽反复道及留恋人生、留恋爱妻的感人情怀，但“吾牺牲百死而不辞”，革命豪情战胜了个人私情。这样的家书，自是“天地间之至文”，慷慨赴义的壮举具有震撼人心的巨大力量。

名言警句

夫男儿在世，不能建功立业，以强祖国，使同胞享幸福，虽奋斗而死，亦大乐也。

赴义前禀父绝笔书

方声洞

作者简介

方声洞（1886—1911），字子明，福建侯官（今福建福州市）人。自1902年起，两度赴日本留学，先入东京成城学校，后入千叶医校就读。1903年参加拒俄义勇队，1905年加入同盟会，任中国留学生会总代表、同盟会福建支部队长等职。1911年3月2日回国参加广州黄花岗起义。4月27日在广州双门底作战饮弹身亡，年仅二十五岁。是“黄花岗七十二烈士”之一。

父亲大人膝下[1]：跪禀者，此为儿最后亲笔之禀。此禀果[2]到家，则儿已不在人世者久矣。儿死不足惜，第[3]此次之事，未曾禀告大人，实为大罪。故临死特将其死之原因，为大人陈之。

窃自满洲入关以来，凌虐我汉人，无所不至。迄于今日，外患逼迫，瓜分之祸，已在目前。满洲政府，犹不愿实心改良政治，以图强盛；仅以预备立宪之空名，炫惑内外之观听，必欲断送汉人之土地于外人，然后始大快于其心。是以满政府一日不去，中国一日不免于危亡。故欲保全国土，必自驱满始，此固人人所共知也。儿蓄此志已久，只以[4]时未至，故隐忍[5]未发。迩者[6]，与海内外诸同志，共谋起义，以扑[7]满政府，以救祖国。祖国之存亡，在此一举，事败则中国不免于亡，四万万人皆死，不特[8]儿一人；如事成，则四万万人皆生，儿虽死亦乐也。只以大人爱儿切，故临死不敢不为禀告。但望大人以国事归心，勿伤儿之死，则幸甚矣。

夫男儿在世，不能建功立业，以强祖国，使同胞享幸福，虽奋斗而死，亦大乐也。且为祖国而死，亦义所应尔也。儿刻已念有六岁矣，对于家庭本有应尽之责任，只以国家不能保，则身家亦不能保，即为身家计，亦不得不于死中求生也。儿今日极力驱满，尽国家之责任者，亦即所以保卫身家也。他日革命成功，我家之人，皆为中华新国民，而子孙万世亦可以长保无虞[9]，则儿虽死亦瞑目于地下矣。惟以此以往一切家事，均不能为大人分忧，甚为抱憾！幸有涛兄及诸孙在，则儿或可稍安于地下也。惟祈大人得信后，切不可过于伤心，以碍福体，则儿罪更大矣。幸谅之。兹附上致颖媳信一封，俟其到汉时面交，并祈得书时，即遣人赴日本，接其回国。因彼一人在东，无人照料，种种不妥也。如能早归，以尽子媳之职，或能稍轻儿不孝之罪，临死不尽所言，惟祈大人善保玉体，以慰儿于地下。旭孙将来长成，乞善导其爱国之精神，以为将来为国报仇也。临书不胜企祷[10]之至。敬请万福金安。儿声洞赴义前一日禀于广州城。

家中诸大人及诸兄弟姊妹、诸嫂，诸侄儿女、及诸亲戚统此告别。

——《广州三月二十九日革命史》

注释

1 膝下：本指人幼年时常依于父母膝旁，言父母对幼孩之亲爱，后用作对父母的尊称。

2 果：当真。《礼记·中庸》："果能此道矣，虽愚必明，虽柔必强。"

3 第：但，但是。

4 以：因，由于。

5 隐忍：克制忍耐。《史记·伍子胥列传》："方子胥窘于江上，道乞食，志岂尝须臾忘郢邪？故隐忍就功名，非烈丈夫孰能致此哉？"

6 迩（ěr）者：近来。

7 扑：击，引申为推翻。

8 特：只，仅仅。

9 虞：忧患。

10 企祷：踮着脚祈祷，形容盼望之切。

导读

为祖国强盛、同胞幸福而奋斗至死，是人生最大的快乐！

"人生自古谁无死，留取丹心照汗青"，文天祥的这两句名诗可以用来移评方声洞。《赴义前禀父绝笔书》是方声洞于1911年4月26日写给父亲的绝笔，全篇洋溢着一种大义凛然、慷慨赴死的革命乐观主义精神。希望父亲了解自己的心迹和志向，是作者写这封家书的初衷。"夫男儿在世，不能建功立业，以强祖国，使同胞享幸福，虽奋斗而死，亦大乐也"，多么掷地有声的言语！多么高尚无畏的品质！多么感人至深的宣言！像方声洞这样的烈士真正是中国人民的脊梁，是人民优秀的儿子。

方声洞为了参加广州起义，毅然将妻儿留在了日本，取道香港赶赴广州，在此之前，他写了一封《致方和生绝笔书》。在信中，他勉励侄儿方和生"上须为祖国尽力及善事祖父大人，下须教导诸弟妹，以尽为长兄之责"，其中慷慨赴死的志向表达得与《赴义前禀父绝笔书》毫无二致。特附录于此，供读者参阅。

赴义前致方和生绝笔书

和生贤侄鉴：去年横滨一别，刻将一载。前日尔在□□寄书，知近日汉文大有进步，慰何如之。洞因念祖国之危亡，故与诸同志起义于广州城。此书如能达贤，则吾已别人世久矣，则祖国之存亡，及家人之健康，均不得而知矣。此举如能成功，则吾虽死，亦瞑目于地下。盖祖国已强，吾同胞已能享文明之幸福。如事败身死，则吾之责已尽，而吾侄则有无穷之责任在。盖上须为祖国尽力及善事祖父大人，下须教导诸弟妹，以尽为长兄之责，幸吾侄勉之。此书须留存，以示诸弟妹。切切。临死书不尽言。即问百好。叔声洞书于香港。辛亥三月二十七晚。

图书在版编目（CIP）数据

古代经典家书导读 / 王人恩编著 . —北京：人民教育出版社，2021.4
ISBN 978-7-107-32408-6

Ⅰ . ①古…　Ⅱ . ①王…　Ⅲ . ①书信集—中国—古代　Ⅳ . ① I262

中国版本图书馆 CIP 数据核字（2021）第 062018 号

古代经典家书导读
责任编辑 / 张华娟　徐　佳
书籍设计 / 胡白珂

出版发行　人民教育出版社
（北京市海淀区中关村南大街 17 号院 1 号楼　邮编 100081）
网　　址　http://www.pep.com.cn
经　　销　全国新华书店
印　　刷　北京新华印刷有限公司
版　　次　2021 年 4 月第 1 版
印　　次　2021 年 4 月第 1 次印刷
开　　本　890 毫米 ×1 240 毫米　1/32
印　　张　9.125
字　　数　243 千字
定　　价　48.00 元